KB052597

뒤틀린
집

전건우 장편소설

네가 대적에게 에워싸이고 맹렬히 쳐서 곤란케 함을 당하므로

네 하나님 여호와께서 네게 주신 자녀

곧 네 몸의 소생의 고기를 먹을 것이라.

—신명기 28장 53절

차례

2년 전

가족들끼리 사이가 틀어져서 서로 죽인 거래. 취업인가 뭔가로 싸움이 붙었는데 아버지랑 아들이 칼을 들고…… 어휴.

동우는 장례식장에서 들었던 말을 떠올렸다. 밥을 먹는데 옆자리 이모들이 그렇게 수군거렸다. 엄마가 툭 쳐서 더 자세히 듣진 못했지만 안 좋은 일이 일어난 것만은 분명했다. 동우는 맵고 짠 국을 밀어 놓고 주위를 살폈다. 어딘지 모르게 무겁고 답답한 공기가 흐르고 있었다. 누군가가 끊임없이 울었다.

엄마와 아빠가 다른 사람들과 이야기를 나누는 사이 동우는 식당을 둘러봤다. 동우의 눈길을 끄는 거라고는 벽에 덩그러니 걸린 달력뿐이었다. 방금, 한 아주머니가 12시가 넘었다며 달력 한 장을 찢어 냈기 때문이다. '15'라는 날짜만 크게 적힌 달력은 동우가 처음 보는 모양이었다.

곧 달력에도 싫증이 난 동우는 식당을 빠져나와 분향소 쪽으로 슬그머니 다가갔다. 아까는 절만 하느라 제대로 둘러보지 못했다. 분향소 제단에는 두 사람의 영정 사진이 놓여 있었다.

가까운 친척이라고는 하지만 열 살 동우의 기억에는 없는 존재들이었다. 할아버지는 웃고 있었지만 삼촌은 무뚝뚝한 표정이었다. 그 사진을 보고 있으니 어쩐지 오소소 소름이 돋았다. 그런데도 사진에서 눈을 뗄 수가 없었다. 영정 사진 속 삼촌은 정면을 바라보고 있는 것 같았다. 그 얼굴이 어딘지 아빠와 닮았다고 생각하던 찰나, 삼촌의 눈알이 슬며시 돌아갔다.

동우는 그 자리에서 얼어붙었다.

사진 속 삼촌이 자신을 노려봤다. 아주 무서운 얼굴로.

한 번도 느껴 보지 못한 이상한 감각이 동우를 에워쌌다. 넓은 장례식장에 혼자 남겨진 것 같았다. 우는 소리도 들리지 않았다. 삼촌의 얼굴이 점점 일그러졌다. 무슨 말인가를 하려는 듯 입을 크게 벌렸다. 동우는 숨을 쉬기가 힘들었다.

그 순간 누군가가 동우의 어깨를 건드렸다.

"뭐 하니? 이제 갈 거야."

엄마였다.

동우는 다시 영정 사진을 쳐다봤다. 삼촌은 아무 일도 없었다는 듯 시치미를 뚝 떼고 정면을 바라보고 있었다.

"엄마. 저기 사진이……."

"빨리 동생들 좀 챙겨. 벌써 12시가 지났어. 아빠 피곤하시니까 빨리 돌아가야 해."

엄마 말이 맞았다. 집까지 가려면 한참 걸릴 것이다. 이럴 때는 군말 없이 시키는 대로 하는 게 좋다. 동우는 희우의 손을 잡고 신발장까지 갔다. 아빠는 지우를 안고 사람들과 인사하기 바빴다. 엄마는 그런 아빠를 보며 슬쩍 미소를 짓고 있었다.

그게 바로 한 시간 전의 일이었다.

깊은 밤이었고, 동생들은 다 자고 있었지만 동우는 잠들지 못한 채 눈만 껌벅이고 있었다. 장례식장에서 겪었던 일이 계속 머릿속에 맴돌았다. 아빠와 아들이 서로를 죽였다는 게 믿기지 않았다.

가족들끼리 사이가 틀어져서 서로 죽인 거래.

그 말과 함께 자신을 무섭게 노려보던 삼촌 얼굴이 생각나 오싹했다. 그래서일까, 아까부터 배가 살살 아프기 시작했다. 동우는 배가 아플 때가 많았고, 그런 순간이면 어김없이 별로 안 좋은 일이 일어났다. 엄마 아빠가 싸운다거나 동생들이 다친다거나 하는 일들 말이다.

동우는 배 아픈 걸 잊으려고 비 오는 창밖을 바라봤다. 비

가 사나운 맹수처럼 달려들었다. 어찌나 세차게 내리는지 풍
경이 잘 보이지 않을 정도였다. 아빠도 온 신경을 집중해 운전
하는 것 같았다. 와이퍼가 쉴 새 없이 움직였다.

　도로에는 달리는 차가 한 대도 없었다. 깜깜한 어둠이 끝
도 없이 펼쳐졌다. 차 안에는 아빠가 틀어 놓은 라디오 소리
만 들렸다. 차분한 목소리의 남자가 영화 음악 어쩌고 하며
나른하게 이야기를 늘어놓고 있었다. 몇 분 전까지 아빠와 웃
으며 이야기를 나누던 엄마도 이제는 잠든 것 같았다.

　동우는 점점 더 아파 오는 배를 움켜쥐었다. 내리는 비처
럼 통증이 점점 거세졌다. 도저히 참을 수 없어진 동우가 아
빠를 불렀다.

　"아빠."

　대답이 없었다.

　"아빠. 나 배 아파."

　고개를 앞으로 쑥 내민 채 앞만 바라보고 있을 뿐 아빠는
여전히 아무 말도 하지 않았다.

　"아……."

　다시 아빠를 부르려는 순간, 동우의 목덜미에 차가운 입김
이 닿았다.

　하아.

　깜짝 놀라 입을 벌린 채로 굳었다. 카니발 맨 뒷자리에는
아무도 없었다. 희우도, 지우도 모두 동우 옆에 앉아 있었다.

그렇다면…….

동우는 천천히 고개를 돌리려 했다. 그때였다. 룸미러에 뒷좌석이 비쳐 보였다. 거기에 시커먼 형체가 앉아 있었다. 잔 뜩 웅크린 그 형체가 스윽 얼굴을 들었다. 삼촌이었다. 영정 사진 속 그 사람이 눈을 부릅뜬 채 룸미러 속 동우를 노려보고 있었다.

"으악!"

동우는 힘껏 비명을 질렀다. 아무도 반응하지 않았다. 순간 차가 휘청거렸다. 그랜드카니발이 차선을 왔다 갔다 하며 비틀거렸다. 조금 전까지만 해도 운전 중이던 아빠가 고개를 푹 숙이고 있었다.

"아빠!"

다급하게 소리를 질렀지만 아빠도, 엄마도 깨지 않았다. 차는 가드레일을 향해 다가가고 있었다. 가드레일 밖은 낭떠러지였다.

바로 그 순간이었다.

빠앙!

엄청나게 큰 경적이 들리는가 싶더니 뒤쪽에서 달려오는 차가 불빛을 번쩍거렸다.

빠앙! 빠앙!

소리가 계속 이어졌고 마침내 엄마가 먼저 깨어났다.

"엄마!"

동우가 엄마를 향해 소리쳤다. 엄마는 졸고 있는 아빠를 보더니 놀라서 깨우기 시작했다.

"여보. 여보!"

"어? 어!"

겨우 정신을 차린 아빠가 다시 핸들을 잡고 동시에 브레이크를 밟았다. 차는 기분 나쁜 소리와 함께 가드레일을 스치며 간신히 멈춰 섰다. 차가 크게 출렁거렸고 그 바람에 동생들도 모두 깨어났다. 지우는 울기 시작했다.

"내가 언제부터 졸았지?"

아빠가 믿을 수 없다는 듯 중얼거렸다.

그때 계속 경적을 울려 줬던 SUV가 앞쪽에 정차했다.

"저 차가 깨워 줬어."

동우가 앞에 선 차를 가리키며 말했다.

비상등이 깜박이는 SUV에서 운전자가 내렸다. 운전자는 빗속을 뚫고 동우네 차로 달려왔다. 아빠가 운전석 창문을 열었다. 부리부리한 눈매에 눈썹마저 진한 남자가 고개를 들이밀고는 대뜸 소리쳤다.

"뒷문 좀 열어 보소!"

"네?"

"급하니까 빨리 열어 보소!"

아빠가 당황한 얼굴로 문의 잠금장치를 풀었다. 남자는 기다렸다는 듯 뒷문을 열고선 거의 구겨 넣다시피 자기 몸을 밀어 넣었다. 남자는 승려나 입을 법한 회색 옷을 걸치고 있었는데 길게 기른 머리카락은 뒤로 묶은 상태였다.

동우는 남자의 얼굴을 본 순간부터 왠지 모르게 안심이 됐다. 배도 덜 아픈 것 같았다. 그래서일까, 자기도 모르게 말이 쏟아져 나왔다.

"아저씨. 저기…… 저기 뒤에 그것이 있어요."

그 말을 들은 남자는 잠시 동우를 바라봤다.

"저기요. 도와주신 건 고마운데 무슨 일로……."

아빠가 남자에게 말했다.

"장례식장 갔다 왔지요?"

남자는 대답 대신 큰소리로 물었다.

"네. 그, 그렇긴 한데."

"이런 걸 묻혀 오면 우짭니까!"

"네?"

남자는 이번에도 대답하지 않았다. 그 대신 품 안에서 초록색 잎 뭉치를 꺼냈다. 그러더니 허락도 받지 않고 엄마의 텀블러를 쓱 가져가서는 뚜껑을 열었다. 그러고는 뚜껑을 뒤집어 그 안에다가 잎 뭉치를 넣었다.

"뭐 하시는 거예요?"

이번에는 엄마가 날카롭게 물었다.

"가만있어 보이소. 이게 말린 쑥인데, 귀신이 싫어하거든."

"귀신이요?"

남자는 아무래도 다른 사람 말을 무시하는 게 특기인 듯
했다. 귀신이라는 말을 해 놓고도 대답 하나 없이 바지춤에서
라이터를 꺼낼 뿐이었다. 그러고는 자기가 말린 쑥이라고 말
한 그 잎 뭉치에 불을 붙였다.

"어어!"

아빠가 놀라서 안전띠를 풀고 거의 뒤로 넘어오려고 하는
순간. 말린 쑥에서 새하얀 연기가 피어오르더니 순식간에 차
안 가득 퍼졌다. 그 연기에서 아릿한 냄새가 풍겼다.

"뭔 일인지는 모르겠지만 장례식장에서 귀신이 묻어 왔다
이 말이오. 내가 뒤에서 달리다가 보고는 깜짝 놀라서 빵빵거
렸지."

엄마와 아빠는 믿을 수 없다는 표정을 지었지만 동우는
마른침을 꿀꺽 삼켰다. 이 아저씨가 맞는 말을 한다는 걸 본
능적으로 느낄 수 있었다.

'내가 본 게 진짜 귀신이었다니.'

동우는 다시 소름이 돋았다.

"그, 그래서 뭘 어쩌려는 겁니까?"

아빠가 물었다.

"기다리소."

남자는 불이 붙어 연기를 내뿜는 마른 쑥을 입가로 가져
가더니 '후' 하고 불었다. 그러자 연기가 살아 있기라도 한 것
처럼 꿈틀거리며 뒷좌석으로 뻗어 나갔다. 동우는 용기를 내

뒤로 고개를 돌렸다. 삼촌 얼굴을 한 그 검은 형체는 사라지고 없었다. 그 대신에 서늘한 기운이 기나긴 그림자처럼 남아 있었다.

"그게 없어졌어요."

동우가 중얼거렸다.

"맞습니다. 귀신은 떨어져 나갔습니다. 그래도 혹시 모르니까 집에 도착하면 차 구석구석 굵은소금 뿌리이소. 맛소금 이런 건 안 됩니더. 크하하."

억센 사투리와 썰렁한 농담, 그리고 호탕한 웃음까지 남자는 개성이 뚜렷해 보였다.

"고맙습니다."

아빠는 여전히 의심스러운 표정이었지만 일단 인사를 했다.

"그럼 혹시 우리가 다 존 것도 그 귀신 때문에⋯⋯?"

엄마가 조심스레 물었다.

"뭐, 그렇다고 볼 수 있지요. 장례식장에서 묻어 오는 것들은 대부분 혼자 가기 싫어서 누굴 데려가고 싶어 하거든요."

동우는 새삼 오싹해서 남자를 바라봤다. 동우만이 아니었다. 어느새 가족 모두가 남자만 보고 있었다. 어린 지우도 울음을 그치고 눈을 동그랗게 뜨고 있었다. 그 시선을 눈치챘는지 남자가 대뜸 자기를 소개했다.

"내는 요런 일을 전문으로 하는 법삽니더. 이름은 김구주라고 하는데⋯⋯."

그렇게 말하며 명함을 꺼내 아빠에게 건넸다.

"우리 집안이 대대로 독실한 크리스천이라서 이름이 이렇습니더. 정작 자식은 부적 가지고 귀신 없애는 일이나 하는데. 크하하!"

"아무튼, 도움을 주셔서……."

"이번에는 운이 좋았다, 생각하고 조심해서 다니이소. 내는 이만 가 보겠습니더."

엄마의 말을 싹둑 자른 김구주 법사가 차 문을 열고 훌쩍 뛰어내렸다. 그러더니 문득 고개를 돌렸다.

"니는 쪼깨 감이 좋네!"

쏟아지는 비를 맞으며 김구주 법사가 동우에게 말했다. 그러고는 왔을 때처럼 다시 달려서 자신의 SUV로 갔다. SUV가 곧 비상등을 켠 채로 빗속을 뚫고 출발했다. 동우네 그랜드카니발 안에는 한동안 침묵이 맴돌았다.

"저 아저씨 누구예요?"

희우가 긴 침묵을 깨고 물었다.

"글쎄. 사기꾼 같지는 않은데."

아빠의 말에 엄마도 고개를 끄덕였다.

"근데 좀 허풍이 섞여 있는 것 같기도 하고."

"어쨌든 덕분에 사고 안 났으니 다행이지 뭐. 그럼 우리도 다시 출발해 볼까?"

"조심해."

"걱정하지 마. 이제 정신이 번쩍 들었어."

동우는 엄마와 아빠의 대화를 들으며 다시 창밖을 바라봤다. 배 아픈 건 사라졌지만 여전히 찜찜한 기분을 떨쳐 버릴 수가 없었다. 자신이 귀신을 봤고 그게 현실이었다는 사실이 믿기지 않았다. 차라리 아까 그 아저씨가 사기꾼이고 자신이 잘못 본 거였으면 좋았을 거라고 동우는 생각했다.

그때 동우네 차 옆으로 커다란 화물트럭이 굉음을 내며 지나갔다. 짧은 순간이었지만 동우는 그 트럭에 타고 있는 아이들의 모습을 똑똑히 봤다. 그걸 보자 괜스레 또 소름이 돋았다. 아무래도 자기가 이상해진 것 같다고 생각하며 동우는 김구주 법사가 했던 말을 떠올렸다.

니는 쪼깨 감이 좋네!

그랜드카니발은 다시 국도로 접어들었고, 동우네 가족은 아무 일도 없었다는 듯 집을 향해 달렸다.

제1장 명제

5월 8일 금요일

집은 새하얀 외벽과 파란색 지붕이 돋보이는 세련된 2층 양옥이었다. 아무렇게나 파헤쳐 붉게 드러난 산등성이와 울퉁불퉁한 비포장도로와는 사뭇 어울리지 않는 모습이었다. 마치 이 집만 동화 속에서 튀어나온 것 같았다. 그래서 더 아름다웠고 한편으로는 섬뜩하기도 했다. 적어도 명혜가 보기에는 그랬다.

명혜는 푸른 잔디밭을 가로질러 이삿짐이 속속 들어오는 모습을 바라보고 있었다. 아이들은 잔디밭과 집 안을 왔다 갔다 하며 들뜬 모습을 감추지 못했다. 서울의 낡고 좁은 아파트에서 이렇게 넓은 집으로 왔으니 그럴 만하다고 생각하면서도 명혜는 어딘지 모르게 그 모습이 거슬렸다. 아니, 거슬리는 건 그뿐만이 아니었다.

"여보. 밖에 서 있지 말고 빨리 좀 들어와 봐."

남편이야말로 제일 들떠 있었다. 아이들에게 잔뜩 바람을 넣은 것도 남편이었다.

"너희들. 새집에 가면 그네도 있어! 어때? 신나지? 마당도 얼마나 넓은지 몰라."

어제저녁에도 남편은 그렇게 말했다. 제일 신난 사람은 아이들이 아니라 남편 같았다. 명혜는 남편 현민의 그런 태도가 못마땅했다.

철이 없는 건지, 아니면 생각이 없는 건지…….

현민은 어느 날 혼자 집을 보고 와서는 대뜸 이사를 결정했다. 물론 어쩔 수 없는 상황이긴 했으나 이렇게 시골까지 밀려나야 할 줄은 몰랐다. 서울 집을 팔고 남은 돈으로 급한 불을 껐다고는 하지만 이제부터 어떻게 할 건지, 아이들 교육은 또 어떻게 할 건지 현민은 아무런 대책이 없었다.

"어서 들어와 보라니까."

현민이 다시 명혜를 불렀다.

"알았어."

명혜는 떨떠름하게 대답하고는 집으로 들어갔다.

집 안에는 가구들이 다 들어서 있었지만 왠지 썰렁하고 비어 보였다. 현민은 자기가 짐을 나르지도 않으면서 장갑을 끼고 목에 수건까지 두른 채 싱글거리며 다가왔다.

"어때? 가구들 멋지지? 다 원목이야. 전에 살던 사람들이 이걸 왜 두고 갔는지 몰라."

맞는 말이었다. 소파며 수납장, 그리고 테이블까지 모두 고가의 가구들이었고 매우 깨끗했다. 디자인 역시 마음에 들었지만 명혜는 남이 놓고 간 물건을 쓰는 게 달갑지 않았다. 심지어 TV며 냉장고 같은 가전제품도 있었다는데 그건 명혜가 한사코 거절해서 다 처분했다.

"좋긴 한데……."

"좋으면 좋은 거지 뭐가 걱정이야? 이제 여기서 다시 시작하는 거야. 나 열심히 작업할 거라고. 그러니까 당신도 힘내."

명혜는 말없이 고개를 끄덕였다.

좋으면 좋은 거다.

어쩌면 현민의 생각이 맞을지도 모른다. 일단 최악의 상황은 넘겼고 현민도 전에 없이 의욕을 보인다. 현재까지는 아무런 문제가 없다. 아니, 오히려 서울에서 전전긍긍할 때보다 좋은 게 사실이다. 다만…….

명혜가 팔을 쓸어내렸다. 반소매 아래로 드러난 팔뚝에 오소소 소름이 돋았다. 전례 없이 무더운 5월이라는 말이 무색하게 집 안에는 서늘하다 싶을 정도로 냉기가 흘렀다. 게다가 한낮인데도 어두컴컴했다. 분명히 남향이라 들었고 거실에는 통유리로 된 창문까지 있는데도 눅진하게 달라붙은 어둠이 가시질 않았다.

"천장이 높아서 좀 썰렁한가 봐. 게다가 오래 비어 있었으니 더 휑한 느낌이 들고."

현민이 명혜의 눈치를 살폈다.

"아니야. 내가 몸이 좀 안 좋은가 봐."

명혜는 그렇게 말하고 나서 안방으로 향했다. 안방의 고풍
스러운 화장대와 침대 역시 전에 살던 사람들이 놓고 간 것들
이었다.

화장대 의자에 앉았다. 푸석푸석하고 파리한 얼굴의 여
자가 자신을 응시하고 있었다. 명혜는 눈을 감고 얼굴을 감싸
쥐었다. 정말로 몸이 안 좋은지 기운이 없는 건 물론이고 머
리까지 아팠다. 그때였다.

똑.

작은 소리가 들렸다.

톡.

다시 한번.

무언가가 거울을 살짝 건드리는 듯한 소리였다. 명혜가 고
개를 들었다. 처음에는 아무런 이상도 발견하지 못했는데 자
세히 들여다보니 거울 맨 위쪽 모서리에 실금이 가 있었다. 분
명 조금 전까지는 없던 것이었다.

명혜는 실금에 손가락을 가져다 댔다. 까끌까끌하면서도
섬뜩한 느낌이 손가락을 타고 전해졌다.

"기분 나빠."

명혜가 자기도 모르게 중얼거렸다.

그때 이삿짐센터 직원들이 명혜가 원래 쓰던 전신 거울을 들고 들어왔다.

　　"이건 어디 둘까요?"

　　직원이 물었다.

　　"일단 아무 데나 세워 주세요."

　　어차피 다시 정리해야 한다. 전신 거울을 놓을 위치쯤은 이 넓은 집에 얼마든지 있을 것이다.

　　"알겠습니다."

　　직원들은 명혜 바로 뒤, 화장대와 마주 보는 위치에 거울을 내려놓고 다시 밖으로 나갔다. 명혜는 고개를 돌려 전신 거울을 쳐다봤다. 거울 속 화장대가 보였다. 화장대 거울에는 전신 거울이 보였다. 그 안의 전신 거울에는 또 화장대가…… 서로가 서로를 비추는 두 거울 사이에 자신의 얼굴이 셀 수 없을 만큼 많이 끼어 있는 모습을 보며 명혜는 섬뜩해졌다.

　　그때였다.

　　지우의 우는 소리가 들린 것은.

　　지우는 혼자 그네 옆에 서서 울고 있었다. 작은 몸을 바들바들 떠는 모습에 깜짝 놀란 명혜가 얼른 지우를 안았다.

　　"왜 그래? 응?"

　　지우는 말없이 울기만 했다. 숨까지 헐떡이면서. 명혜가 혹시 다친 데라도 있나 싶어 지우의 몸을 살펴봤지만 다행히 그렇지는 않았다.

"지우야. 무슨 일이니? 엄마한테 말해 봐."

명혜는 지우의 등을 부드럽게 쓸어 주었다. 계속 훌쩍이던 지우의 울음이 조금씩 잦아들었다.

"엄마."

지우가 속삭이듯 명혜를 불렀다.

"응? 그래. 말해 봐, 우리 딸."

"저기 무서운 게 있어."

지우는 그렇게 말하며 명혜의 뒤편을 가리켰다. 명혜는 고개를 돌렸다. 아무것도 없었다. 지붕 바로 아래, 다락방에 뚫린 조그만 창문이 보일 뿐이었다. 서양 영화에서나 볼 법한 아치형 창문이었다. 바깥으로 열리는 다락방 창문이 이국적인 분위기를 자아냈다.

"어디?"

명혜가 물었다.

"저기."

지우는 분명 다락방 창문을 가리키고 있었다. 창문에 햇빛이 반사되고 있었다. 순간 창문에 누군가가 서 있는 것처럼 보였다.

"엇!"

당황한 명혜가 미간을 찌푸리고 다시 창문을 봤을 때 그 누군가는 미세하게 흔들리는 커튼으로 바뀌어 있었다.

'저건가? 저걸 보고…….'

자신처럼 지우도 커튼을 사람으로 착각한 모양이었다. 그런데 왜 무섭다고 했을까?

명혜가 지우의 얼굴을 바라보며 싱긋 웃었다.

"지우야. 괜찮아. 무서운 거 없어."

"무서운 거 없어?"

"그럼. 무서운 거 엄마랑 아빠가 다 쫓아낼 거야."

"어떻게?"

"이렇게!"

명혜가 지우의 옆구리를 간지럽혔다.

"그만. 그만."

지우가 밝은 웃음을 터트리며 몸을 배배 꼬았다. 명혜는 지우의 그 웃음이 좋았다. 다섯 살 아이에게서만 풍기는 달콤한 땀 냄새도 좋았다. 명혜는 지우를 다시 한번 꼭 안았다. 그때 뒤에서 목소리가 들렸다.

"엄마."

돌아보니 희우가 서 있었다.

"응?"

희우는 특유의 약간 주눅 든 표정으로 빠르게 말했다.

"창고에 뭐가 있어요."

"창고?"

"계속 부스럭거리는 소리가 나요."

"거긴 잠겨 있잖아."

희우가 고개를 끄덕였다. 그러고는 조그맣게 속삭였다.

"어쩌면 쥐일지도 몰라요."

쥐라니, 생각만 해도 끔찍했다.

"알았어. 엄마가 가 볼 테니까 지우 좀 보고 있어."

명혜는 지우의 머리를 한 번 쓰다듬은 후 창고로 향했다. 창고는 집 뒤편에 있었다. 빈 토끼장 바로 옆이 창고였다. 지나치게 화려하다 싶은 집과 달리 창고는 무뚝뚝해 보일 정도로 네모반듯하게 지은 시멘트 건물이었다. 회색 벽에는 페인트조차 칠해 놓지 않았다. 묵직해 보이는 철문에는 큼지막한 자물쇠가 달려 있었다.

그러고 보니 부동산 사장에게 건네받은 열쇠 뭉치 중에 창고 열쇠는 없었던 게 생각났다.

넓은 창고 안에 가득 차 있을 잡동사니를 떠올리니 머리가 아팠다. 게다가 쥐까지 있다면 그야말로 최악이었다.

명혜는 창고 앞으로 다가가 가만히 귀를 기울였다. 아무런 소리도 들리지 않았다. 그 대신에 차디찬 기운이 문틈으로 스멀스멀 새어 나왔다. 깊이를 알 수 없는 동굴 입구에 서 있는 것 같았다. 저만치 아래, 깊고 어두운 곳에서 불어오는 서늘한 바람이 명혜의 팔을 쓸고 지나갔다.

서늘한 기운에 맞서 한 발 더 문 앞으로 다가갔을 때였다.

텅!

창고 안에서 갑자기 큰 소리가 들렸다.

"악!"

명혜는 비명을 지르며 물러섰다.

무언가가 문에 세게 부딪친 것 같았다. 마치 문을 박차고 나오려는 듯이. 만약 저게 쥐라면 엄청나게 큰 놈일 것이다. 명혜는 상상만 해도 소름이 돋았다.

명혜는 결국 세탁실과 연결된 쪽문으로 도망치듯 들어갔다. 창고를 여는 건 현민에게 맡겨야 할 듯했다.

거실 쪽에서 짐 나르는 소리가 계속 이어졌다. 큰 가구들을 놓고 왔다고는 하지만 다섯 식구 살림은 제법 양이 많았다. 아이들 장난감만 해도 몇 상자가 나왔다. 거기다가 현민이 자료 조사용으로 모은 각종 서류며 책까지, 죄다 무거운 짐뿐이었다.

"자, 자. 시원하게 한 잔씩 하세요."

현민의 밝은 목소리가 들렸다.

그 목소리를 듣고 있자니 명혜도 움직여야겠다는 생각이 들었다. 마음에 안 드는 구석이 있다고는 하지만 어쨌든 계속 살아야 할 집이다. 정을 붙여야 한다. 무엇보다 자신이 팔을 걷어붙이고 정리를 해야 이사도 금세 끝날 것이다. 특히 그릇 정리 같은 일은 명혜의 손이 꼭 필요하다.

그렇게 생각하자 조금은 의욕이 샘솟았다.

명혜가 세탁실에서 나와 주방으로 향했다. 그때 자기 방에 있던 동우가 슬쩍 얼굴을 내밀었다. 현민이 호들갑을 떨던 어젯밤에 이미 각자 자기 방을 정했다. 현민의 작업실은 다락방이었다. 명혜가 위험하다고 했는데도 희우와 지우는 한사코 2층 방을 골랐다. 그리고 동우는 양보하는 척 1층을 고르고는 벙커 침대를 사 달라고 조건을 걸었다.

"엄마."

동우가 명혜를 불렀다.

"왜?"

"숙이 뭐야?"

"숙?"

처음 듣는 단어였다.

"누가 그랬어. 이 집에 숙이 엄청 많다고. 그거…… 안 좋은 거래."

"너 또 유튜브 봤구나? 정리도 안 하고 그러고 있으면 어떡하니?"

동우는 유튜브에 푹 빠져 산다. 그것도 괴담이니 미스터리니 하는 것들만 챙겨 본다. 현민은 별문제 없다지만 명혜 눈에는 영 안 좋아 보였다. 지금처럼 엉뚱한 이야기나 해 대고.

"아냐. 누가 말해 줬다니까."

"누가?"

"됐어. 내가 찾아볼게."

동우는 그 말만 남기고선 자기 방으로 들어가 버렸다.

"쟤가."

따라 들어가 따끔하게 한마디 할까 하다가 참았다. 1년 전 그 사건 이후 어느새 훌쩍 커 버린 아들이었다. 사신과 현민이 갈팡질팡할 때도 묵묵히 동생을 챙겨 온 것 역시 동우였다. 그리고 지금 동우는 천천히 사춘기의 그늘을 지나고 있었다.

"여보. 이건 어디 놓을까?"

마침 주방 쪽에서 현민의 목소리가 들렸다. 주방으로 가니 직원들이 그릇을 꺼내는 중이었다.

"어. 그건 제가 정리할게요."

다른 이가 정리를 하더라도 다시 직접 손을 대야 직성이 풀리는 자신의 성격을 뻔히 아는 명혜는 도우미 아주머니도 아예 쓰지 않았다.

"알겠습니다."

직원들은 그릇을 내려놓고 다시 나갔다.

"정리하고 있어. 난 상황이 어떤지 보고 올게. 거의 다 끝났거든."

명혜가 현민을 향해 고개를 끄덕여 보였다.

원목으로 짠 고급 찬장에 그릇을 넣고 있자니 기분이 묘했다. 원래는 식기도 그대로 남아 있었단다. 남의 것을 쓰기 싫어 몽땅 버리라고 했던 명혜였지만 지금은 이 집의 원래 주인이 어떤 그릇을 사용했을지 조금 궁금했다.

분명 비싸고 좋은 것이겠지.

'나도 그런 것쯤 살 수 있었다고.'

그랬다. 눈앞에 성공이 보였다. 돈이 마구 들어왔고 현민과 마냥 즐겁기만 하던 시절이 있었다. 그게 불과 2년 전이었고, 무서울 정도로 솟아올랐던 성공의 기운은 딱 하나의 사건으로 바닥 끝까지 추락해 버렸다. 그리고 바로 이곳까지 밀려났다.

명혜는 옛 생각을 하며 쓴웃음을 지었다.

현민은 전에 없이 의욕을 보이며 재기를 다짐했지만 명혜는 회의적이었다. 진짜로 마음에 이상이 생긴 사람은 현민이 아니라 자신일지도 모른다. 1년 전 그 사건 이후 희망적인 생각을 도통 할 수 없게 되었으니.

5월 9일 토요일

명혜는 자꾸만 추웠다. 이불을 턱까지 끌어당겨 덮었지만 서늘함이 가시지 않았다. 머리도 아팠다. 잠을 못 이루고 뒤척이는 게 추위 때문인지 두통 때문인지 분간이 가지 않았다. 1년 전 그 사건 이후로 불면증이 지긋지긋하게 명혜를 따라다녔다. 안대, 귀마개, 수면제까지 다 동원해도 고작 서너 시간 자고 일어날 때가 많았다.

환경이 바뀌어서 더 그런가 봐.

몸을 뒤척이며 명혜는 그렇게 생각했다. 이럴 바에야 차라리 못다 한 정리라도 하는 편이 나을 듯싶었다. 아무래도 편히 잠들기는 그른 것 같으니까.

그때였다. 창문 쪽에서 펄럭이는 소리가 들렸다. 명혜는 눈을 뜨고 고개를 돌렸다. 커튼이 조금씩 움직이고 있었다.

분명히 창문은 다 닫았는데…….

명혜는 이상하다는 생각을 하며 일어나려 했다. 그 순간 발견했다. 묘하게 움직이던 커튼의 부피가 점점 커지는 것을. 커튼은 안에서 누가 밀어내기라도 하는 것처럼 부풀어 오르더니 이내 팽팽하게 당겨졌다. 당겨지면 당겨질수록 커튼에 사람 얼굴 형상이 똑똑히 찍혔다.

명혜는 비명도 지르지 못한 채 얼어붙었다.

투두둑!

커튼 고리가 끊어졌다. 커튼을 뒤집어쓴 그 존재는 어둠 속에 우뚝 서 있었다. 발은 보이지 않았다. 다만 그것이 실존한다는 사실은 분명했다. 그렇지 않고서는 이렇게 차가운 기운을 내뿜을 수 없었다.

그것이 한 발 움직였다. 스윽. 커튼이 바닥에 쓸리며 섬뜩한 소리를 냈다.

명혜는 아무런 소리도 낼 수 없었다. 성대가 말라붙은 것 같았다. 또렷하게 들리는 불규칙한 심장박동 소리만이 명혜가 느끼는 공포감을 대신 나타내 주고 있었다. 명혜는 저 존

제1장 명혜

재가 다가올 것에 대비해 온몸에 힘을 잔뜩 줬다. 손가락 하나만이라도 까딱할 수 있다면 마비가 풀릴 것 같았다.

그것이 성큼성큼 다가왔다.

명혜는 간신히 몸을 움직일 수 있게 되었다. 목청도 다시 트였다. 비명을 지르며 침대 밖으로 몸을 날리려는 찰나, 커튼이 휙 날아와 명혜의 얼굴을 덮었다.

"헉!"

예상치 못한 상황에 명혜가 버둥거렸다. 커튼은 그물이라도 되는 것처럼 명혜가 버둥거릴수록 더욱 옭아맸다.

앞이 보이지 않는다. 그것이 어디까지 왔는지도 알 수 없다.

공황에 빠진 명혜는 숨을 거칠게 놓아쉬며 커튼을 젖히는데 온 신경을 쏟았다.

그때였다.

"아이들은 어디 있니?"

귓가에 목소리가 들렸다. 날카롭고 차가운, 그리고 악의에 가득 찬 목소리였다. 그걸 듣는 순간 명혜의 모든 감각이 되살아났다.

"으악!"

명혜가 힘껏 비명을 질렀다.

"으악!"

다시 한번 비명을 지르며 명혜는 번쩍 눈을 떴다. 심장이 마구 두근거렸고 온몸이 땀에 젖어 있었다. 커튼 사이로 비쳐 드는 햇살 덕분에 자신이 끔찍한 꿈을 꿨고 이제는 현실로 돌아왔다는 사실을 겨우 깨달았다.

햇살이 제법 따뜻했고 그걸 쬐고 있자니 악몽이 몰고 온 공포감이 조금씩 증발하는 느낌이었다.

명혜는 용기를 내 창문 쪽을 바라봤다. 커튼은 멀쩡했다. 뜯기지도 않았고 누가 그 뒤에 숨어 있지도 않았다.

그야말로 모든 게 그냥 악몽이었다.

명혜는 가슴을 쓸어내리며 시계를 확인했다. 벌써 아침 9시가 훨씬 넘었다. 명혜로서는 드물게 늦잠을 잔 것이다. 허둥지둥 일어나 거실로 향하려는데 크게 웃음을 터트리는 가족들 소리가 들렸다. 명혜는 자기도 모르게 멈칫했다.

"너희들. 이 집 좋지?"

"응!"

"나중에 숨바꼭질이나 할까?"

"좋아! 숨바꼭질 좋아."

아이들의 경쾌한 대답에 명혜는 알 수 없는 씁쓸함을 느꼈다. 그러고 보면 아이들은 아빠와 있을 때 더 즐거워한다. 현민은 잔소리를 하지 않기 때문이다. 좋은 역할은 늘 아빠 몫이었다.

명혜는 작게 한숨을 쉰 다음 거실로 향했다. 식탁에 옹기종기 모여 앉아 있던 현민과 아이들이 일제히 명혜를 바라봤다.

"어? 엄마!"

역시 명혜를 제일 반기는 아이는 희우다. 명혜는 애써 웃으며 식탁으로 다가갔다. 그 순간 현민의 표정이 살짝 굳는 걸 명혜는 눈치챘다. 현민은 간밤에도 정리를 핑계로 다락방에서 잤다. 딴에는 신경이 날카로워 보이는 아내를 배려한다고 생각하겠지만 명혜 입장에서는 그것조차 일종의 도피였다. 현민은 도망치는 데 선수였다.

"숨바꼭질한다며? 엄마도 같이 할까?"

"좋아! 좋아!"

지우가 펄쩍펄쩍 뛰며 좋아했다.

"당신 괜찮아? 머리 아프다고 했잖아?"

현민이 물었다.

"푹 자고 일어났더니 개운한데, 뭐."

명혜는 거짓말을 했다.

"그럼 지금 바로 해."

지우가 눈을 반짝이며 말했다.

"그럴까?"

현민이 그렇게 말하며 명혜의 눈치를 슬쩍 살폈다.

"그래. 그럼 엄마가 술래 할 테니까 모두 숨어."

명혜는 활짝 웃으며 말했다. 아침이야 조금 늦게 먹어도 될 터였다. 오늘은 왠지 아이들의 기분을 맞춰 주고 싶었다.

"집 밖으로 나가는 건 반칙이야."

시큰둥할 줄 알았던 동우도 적극적으로 나섰다.

"자, 그럼 엄마가 열 셀 테니까 숨는 거야."

명혜는 벽에다 얼굴을 대고 눈을 감았다. 그러고는 크게 수를 세기 시작했다.

"하나, 둘, 셋, 넷……."

가족들이 부산하게 움직이는 소리가 들리더니 이내 잠잠해졌다. 명혜는 열까지 센 후 뒤를 돌아봤다. 방금까지 부산하게 떠들던 가족이 모두 사라진 주방은 휑뎅그렁해 보였다.

"너희들 어디 있니? 엄마가 찾는다."

명혜는 일부러 큰 소리로 말한 뒤 천천히 거실 쪽을 둘러봤다. 현민은 물론 기가 막히게 잘 숨었을 테고 동우도 만만치 않을 것이다. 희우도 어느 정도 숨었겠지만 문제는 지우였다. 지우는 자기만 안 보이면 숨은 줄 안다. 어떤 때는 자기 얼굴을 가린 채 가만히 서 있었던 적도 있다.

그래도 지금은 모두 잘 숨었다. 지우도 보이지 않았다.

명혜는 동우부터 찾기로 했다. 희우와 지우는 재미를 위해서라도 맨 마지막에 찾아야 한다. 현민은 뭐, 마음대로 하라지.

"우리 애들 어디 있을까?"

명혜는 거실을 한 바퀴 둘러본 후 1층 복도를 지났다. 중간에 동우 방을 슬쩍 들여다보았지만 아무도 찾지 못했다.

이제 남은 곳은 세탁실뿐이었다. 희우라면 세탁실에 숨었을 수도 있다. 그때였다. 명혜가 지나온 거실 쪽에서 키득거리는 웃음과 함께 작은 발소리가 들렸다. 아마도 지우인 듯했다.

"엄마가 소리 다 들었어."

명혜는 웃음기를 담아 외친 후 다시 거실로 향했다. 과연 거실 창의 기다란 커튼 아래로 지우의 맨발이 불쑥 나와 있었다. 이렇게까지 확실히 발견한 이상 못 본 척 지나칠 수는 없었다.

"어디 있을까, 우리 지우?"

커튼을 향해 천천히 다가가며 명혜는 짐짓 모른 체 이야기했다. 키득키득. 커튼 안에서 또다시 숨죽인 웃음이 들렸다.

명혜는 빙그레 웃으며 커튼을 확 젖혔다.

"찾았다!"

아무도 없었다.

지우는커녕 사람의 흔적이라고는 보이지 않았다.

분명 커튼 아래로 작은 발이 나와 있었는데…….

그 순간, 악몽의 한 장면이 떠오르며 오싹해졌다. 명혜는 얼른 커튼에서 멀어져 원래 계획대로 세탁실로 향했다. 이제는 제발 누군가 한 사람이라도 찾길 바라는 마음뿐이었다. 이 넓은 집에 혼자 남겨진 것 같았다. 무섭기도 하고 불쾌하기도 했다.

명혜는 세탁실 문을 열려다가 멈칫했다. 안에서 두런거리는 말소리가 들렸기 때문이다.

"뭐라고? 너도 여기 숨어 있었다고?"

"알았어. 나도 숨어 볼게. 고마워."

목소리의 주인은 분명 희우였지만 누구와 대화하는지는 알 수가 없었다. 명혜는 조심스레 세탁실 문을 열었다. 역시 아무도 없었고, 좁은 세탁실에는 도무지 숨을 공간이 없어 보였다. 하지만 확실히 희우 목소리가 들렸다.

'혹시 쪽문 열고 밖으로 나갔나?'

명혜가 그런 생각을 하며 쪽문 쪽으로 향했을 때였다. 세탁기 안에서 덜컹, 하는 소리가 났다.

설마…….

명혜는 상체를 숙여 세탁기 문 안쪽을 들여다봤다. 문이 검은색인 데다가 오목렌즈처럼 생긴 탓에 안이 잘 보이지 않았다. 그래도 하얀 옷을 입은 형체를 희미하게 알아볼 수는 있었다.

"얘가. 위험하게 세탁기 안에 숨으면 어떡하니?"

명혜가 그렇게 말하며 세탁기 문을 열려고 했다. 그때 안쪽에서 텅! 하는 소리와 함께 손바닥 모양이 선명하게 찍혔다. 명혜는 화들짝 놀라 한 발 물러섰다.

"엄마. 거기서 뭐 해요?"

뒤에서 들려온 희우의 목소리에 명혜가 재빨리 고개를 돌렸다. 희우는 세탁 도구를 올려놓은 철제 선반 뒤쪽에서 고개를 쏙 내밀고 있었다.

"너…… 계속 거기 숨어 있었던 거니?"

희우가 고개를 끄덕였다.

명혜는 단숨에 세탁기 문을 열었다. 안은 텅 비어 있었다.

"너 누구랑 이야기하지 않았어?"

"아니요."

희우가 눈을 내리깔고 조용히 말했다. 거짓말을 할 때면 나타나는 행동이었다. 명혜는 더 캐물으려다 그만뒀다. 우선은 이상하게 돌아가는 이 숨바꼭질을 끝내야 할 것 같았다.

"희우야. 다른 식구들은 어디 있니?"

"몰라요. 지우가 동우 오빠 뒤를 졸졸 따라다니는 것만 봤어요."

피곤해서, 혹은 신경이 날카로워서 자신이 잘못 본 걸지도 모른다. 커튼 밑의 발도, 세탁기 안의 존재도. 그래도 찜찜함을 떨쳐 버리기 힘들었다.

"희우야. 넌 거실에 가 있어. 엄마가 다 찾아볼게."

희우가 고개를 끄덕이고는 세탁실 밖으로 나갔다.

명혜는 허리에 손을 얹고 생각에 잠겼다. 동우와 지우가 위험할지도 모른다는 막연한 불안감이 명혜의 마음을 파고들었다. 이유는 모르겠다. 그저 바짝 날이 선 촉이 그렇게 말해 주고 있었다.

1층을 다 돌았으니 이제 2층 차례였다.

2층으로 올라가려던 명혜는 문득 걸음을 멈추고 안방으로 향했다. 동우라면 허를 찌른답시고 안방에 숨었을 수도 있었다.

명혜는 안방을 돌아봤다. 화장대와 거울, 장롱과 침실용

TV. 숨을 데라고는 없었다. 혹시 몰라 침대 이불까지 확인하고 돌아서려는데 침대 밑에서 불쑥 튀어나온 손이 명혜의 발목을 잡았다.

"꺄악!"

진심으로 놀란 명혜가 비명을 질렀다. 심장이 두근거리고 호흡이 턱 막힐 정도였다. 그러자 침대 밑에서 현민이 슬그머니 상체를 내밀었다.

"미안. 이렇게 놀랄 줄 몰랐어."

"아까부터 계속 여기 숨어 있었던 거야?"

"응. 여기라면 안 들킬 줄 알았지. 흐흐."

화가 난다기보다는 어이가 없었다. 현민은 때론 애들보다도 더 애 같았다.

"동우랑 지우는?"

"모르겠는데. 2층에 있지 않을까?"

그때 동우가 헐레벌떡 안방으로 들어왔다. 동우의 얼굴이 새하얗게 질려 있었다.

"무슨 일이니?"

명혜가 물었다.

"지우가…… 다락방에 올라갔는데…… 창문으로……."

그 말을 듣자마자 명혜와 현민은 날듯이 다락방으로 달려 올라갔다. 다락방과 창문이라는 두 단어만으로도 머릿속에 최악의 상황이 그려졌다.

"지우야!"

현민이 다락방 문을 열며 막내딸을 불렀다.

명혜는 눈앞에 펼쳐진 광경을 보고 무릎에 힘이 빠져 주저앉을 뻔했다. 지우가 창문 난간에 서 있었다. 그 작은 몸이 천천히 흔들렸다. 중심이 조금이라도 앞으로 쏠리면 3층 아래로 떨어질 것만 같았다.

"지우야. 어서 내려와. 알았지?"

현민이 부드러운 목소리로 말했다.

지우는 대답이 없었다. 뒤를 돌아보지도 않았다. 바람이 불었고, 아이의 머리카락이 나부꼈다.

"지우야. 뭐 하는 거야? 거기 위험하잖아."

이번에는 명혜가 말했다. 그사이 현민은 지우를 향해 조심스레 다가갔다. 그때 지우가 고개를 돌렸다. 아무런 표정도 없는 새하얀 얼굴에 눈은 초점을 잃은 채 멍하니 뜨고 있었다.

"엄마. 여기서 뛰어내리면 숨바꼭질에서 이길 거래."

지우가 알 수 없는 말을 했다.

다음 순간 지우의 몸이 창밖으로 쏠렸다. 현민이 몸을 날렸다. 지우가 떨어지려는 찰나, 거의 동시에 현민이 지우의 허리춤을 잡고 안으로 끌어당겼다.

쿵.

지우가 엉덩방아를 찧으며 다락 안으로 떨어졌다.

"으앙!"

그러고는 울음을 터트렸다.

현민이 지우를 안고 토닥였다. 어느새 다락으로 올라온 동우와 희우도 그 광경을 보며 말없이 서 있었다.

"지우야. 괜찮아. 괜찮아."

명혜도 지우에게 다가가 머리를 쓰다듬어 주었다. 아이의 작은 얼굴은 땀범벅이었다. 도대체 무슨 일이냐고 묻고 싶었지만 다섯 살 아이에게 합리적인 대답을 들을 순 없을 것 같았다. 그저 비슷한 일이 일어나지 않게 조심하는 수밖에 없었다.

"다락방 문 잠그고 다녀."

명혜의 말에 현민이 고개를 끄덕였다.

"내가 일등이야?"

어느새 진정이 됐는지 지우가 훌쩍이면서도 그렇게 물었다.

"뭐? 그래. 우리 지우가 일등이다! 하하하."

현민이 웃음을 터트렸고 그 덕분에 가족 모두 웃었다. 명혜는 다행이다 싶었다. 이상한 일이 연달아 일어나긴 했지만 가족들은 아무 이상이 없었으니까.

"자, 이제 아침 먹어야지."

명혜의 말에 동우가 제일 신나 했다. 요즘 들어 부쩍 먹성이 좋아진 동우였다.

"나 배고프니까 빨리 해 줘!"

"알았어."

가족들이 우르르 1층으로 내려갔고 명혜는 맨 마지막으

로 다락방에서 나갔다. 다락방 문을 잡고 명혜가 고개를 들었을 때 창문은 이미 굳게 닫혀 있었다.

'누가 닫았지?'

아무리 생각해도 떠오르지 않았다.

아침을 먹은 후 가족들은 뿔뿔이 흩어졌다. 현민은 다락방에서 정리할 게 있다며 올라가 버렸고 애들 역시 자기 방으로 들어갔다.

"바이러스는 숙주의 가장 약한 부분을 공격하죠."

거실에는 TV가 의미 없이 켜져 있었다. 패널들이 우르르 몰려나와 한마디씩 거드는 건강 프로그램이 나오는 중이었다. 오늘의 주제는 바이러스인 모양이었다.

졸지에 혼자 남겨진 명혜는 안방에서 각종 공과금 서류와 가계부, 그리고 계산기를 들고 나왔다. 여전히 두통이 심했지만 해결할 일이 산더미였다. 서울 집을 팔고 남은 돈은 명혜의 계산대로라면 기껏해야 넉 달 정도 갈 것이다. 그 전에 뾰족한 수를 찾지 못하면 이 낯선 시골 마을에서도 쫓겨날 판이었다. 안 되면 자신이라도 일을 하겠다고 했지만 현민은 한사코 반대했다. 아이들은 누가 보느냐는 것이었다. 그러면서도 현민은 기나긴 슬럼프에서 좀체 벗어나지 못하고 있었다.

명혜는 이번 달에 꼭 나가야 할 돈을 가계부에 적었다. 공과금, 세금, 생활비……. 머리가 지끈거렸다. 점점 줄어드는 잔고를 생각하자 심장도 벌렁거리기 시작했다. 마지막으로 남아 있는 것은 아이들 앞으로 들어 놓은 보험이었다. 동우, 희우, 지우가 아프거나 다칠 때를 대비해 들어 놓기는 했는데 지금까지는 딱히 보상받을 일이 없었다.

"이걸 해지할까?"

명혜는 고민했다. 보험료만 줄어도 도움이 될 텐데…….

그때 언제 2층에서 내려왔는지 희우가 슬그머니 다가왔다.

"엄마. 머리 아픈 거 괜찮아요?"

"어떻게 알았니?"

"머리 아픈 표정이잖아요."

"아!"

아마 자기도 모르게 얼굴을 찡그리고 있었나 보다. 명혜는 괜스레 미안했다. 어른들 고민을 아이에게 내비치고 싶지 않았는데.

"엄마는 괜찮아. 희우가 걱정 안 해도 돼."

명혜가 미소를 지어 보였다.

"이 집에 온 후로 엄마 기분이 계속 안 좋아 보였어요."

희우는 단순히 어른스럽다기보다 일곱 살이라고는 믿을 수 없을 만큼 예민하고 사려 깊은 구석이 있는 아이였다. 아마 자라 온 환경 때문일 것이다. 그 생각을 하면 명혜는 가슴이 아팠다.

"아니야. 엄마가 좀 피곤해서 그래."

"피곤해서 그런 거 아니래요. 이 집에는 무서운 게 산다고 그랬어요."

희우가 비밀 이야기라도 하듯 주위를 두리번거리며 속삭였다.

"뭐? 그게 무슨 말이니?"

아이들의 풍부한 상상력은 종종 무서운 것들을 만들어 내곤 한다. 어젯밤 처음으로 혼자 잔 희우이기에 약간 겁을 먹었는지도 모른다. 명혜는 단순하게 생각했다.

"친구가 말해 줬어요."

희우의 목소리가 한층 더 기어들어 갔다.

"친구?"

희우가 고개를 끄덕였다.

"친구라니 누굴 말하는 거야?"

이사 온 지 이제 하루밖에 안 됐다. 벌써 친구를 사귀었을 리가 없다. 더군다나 집 밖으로 나간 적이 한 번도 없는데.

"비밀이랬어요."

희우가 다시 속삭였다.

비밀.

그냥 비밀이 아니라 누가 시키기라도 한 것처럼 대답한다. 전에 볼 수 없던 희우의 모습에 명혜는 고개를 갸우뚱했다. 자신의 존재를 비밀로 하라는 그 친구란 도대체 누구일까? 어린 시절에는 상상 속 친구를 만들어 내기도 한다. 일곱 살이나 먹었는데도 그럴까? 게다가 지극히 현실적인 희우가?

의문이 커져만 갔다.

명혜는 희우의 눈을 가만히 들여다보며 다시 물었다.

"희우한테 새로운 친구가 생겼는데 그게 누군지 비밀이라는 거네?"

희우가 고개를 끄덕였다.

"그리고 그 친구가 이 집에는 무서운 게 산다고 그랬고?"

"그래서 빨리 도망가야 한댔어요."

"그 친구는 지금 어디 있어?"

희우가 뭐라고 대답하려던 순간 거실에 걸어 놓은 가족 액자가 툭, 하는 소리와 함께 소파 위로 떨어졌다.

명혜는 엉거주춤 일어나 소파로 향했다. 2년 전, 세상 모든 행복을 다 가진 것만 같았던 그때 찍은 사진이었다. 명혜는 액자를 들고 새삼 사진을 봤다. 희우만 살짝 무표정할 뿐 모두 환하게 웃고 있었다. 그 모습이 어색했다. 특히 자신은 아예 다른 사람 같았다. 이토록 밝게 웃는 사람은 어딘가에서 죽어 버린 게 아닐까 싶을 정도였다.

"이게 왜 떨어졌지?"

벽에 못은 그대로 박혀 있었다. 액자 뒤의 끈이 끊어진 것도 아니었다. 마치 누군가가 일부러 벗겨 낸 것 같았다.

"희우야."

뒤를 돌아봤지만 희우는 어느새 사라지고 없었다. 그 대신에 대리석 바닥을 달리는 소리만 들렸다.

"희우야. 엄마 말 아직 안 끝났어."

명혜는 복도 안쪽으로 이어지는 발소리를 따라갔다.

"희우야!"

발소리가 뚝 끊겼다. 대리석 바닥에 아이의 맨발 자국이 남아 있었다. 발자국은 동우의 방을 지나 벽장까지 이어졌다.

'여기에 벽장이 있었나?'

분명 어제도 봤을 텐데 이상하게 낯설었다. 그리고 보니 벽장 안에 무언가를 넣었던 기억도 없었다. 열어 보긴 했나? 그것도 장담할 수 없었다.

"희우야. 혹시 여기 있니?"

어딘가에 숨는 건 지우나 할 법한 행동이었지만 혹시나 해서 벽장문을 열었다. 벽장 내부는 생각보다 넓었다. 그리고 어두웠다. 위를 올려다보니 전구가 빠져 있었다. 이 집의 모든 공간이 그렇듯이 벽장 안도 서늘했다. 어두컴컴한 그곳에 희우는 없었다. 문을 닫으려는데 벽장 선반에 놓인 무언가가 명혜의 눈에 들어왔다. 명혜가 손을 뻗어 그걸 집어 들었다.

이상한 물건이었다.

여러 겹의 스타킹 안에 둥글고 묵직한 쇠구슬을 넣어 놓았다. 스타킹 끝을 손에 감고 휘두르면 누군가를 공격하기에 딱 좋은 무기가 될 것 같았다.

"호신용인가?"

집 안에 골프채나 야구방망이 같은 걸 두는 사람은 봤어도 이런 건 처음이었다. 하긴 워낙 외진 곳이니 만일의 사태에 대비하는 것도 중요하겠지만 이런 쇠구슬을, 게다가 숨긴 것처럼 놓아두었다니 선뜻 이해가 가지 않았다.

명혜는 괜스레 찜찜한 마음이 들어 쇠구슬을 다시 선반에 올려놓았다. 혹시라도 아이들이 손을 대면 큰일이 날 수도 있으니까.

벽장문을 닫은 명혜는 희우 찾는 걸 포기했다. 너무 외로워서 상상 속 친구를 만들어 냈을 수도 있다. 보육원 담당 교사도 그렇게 말하지 않았던가. 대부분의 입양아가 몇 년간은 진한 외로움을 느낀다고. 지금 당장은 희우에게 더 많은 관심을 주는 게 제일 좋은 방법이지 싶었다.

거실로 돌아온 명혜는 액자를 다시 걸려고 집어 들었다. 그러다가 멈칫했다. 방금 전까지 멀쩡했던 액자가 망가져 있었다. 다른 곳은 멀쩡했지만 명혜 자신의 얼굴 부분만 마구 긁혀 있었다. 누군가가 뾰족한 것으로 긁은 것 같았다. 명혜의 머릿속에 여자의 긴 손톱이 떠올랐다.

밤이 되자마자 가족들은 일찌감치 잠자리에 들었다. 이곳 의성리는 해가 넘어가면 불빛 한 점 없이 깜깜하게 변한다. 게다가 정말로 조용하다. 멀리서 개 짖는 소리만 희미하게 들릴 뿐이다. 원래 이 근처에 단독주택 수십 채가 들어설 예정이었다고 현민이 뒤늦게 말해 줬다.

"그런데 건설사가 부도가 났나 봐. 원래는 주택지구였는데 띄엄띄엄 몇 채만 지어 놓고 계획 자체가 완전히 엎어졌대."

의성리 사람들은 이 집을 파란 지붕 집이라 부르는 모양이었다. 건설사의 의도였는지는 모르겠지만 현민의 말처럼 몇 채 안 되는 인근의 단독주택은 그 지붕 색이 모두 달랐다. 모양은 비슷한데 지붕 색깔만 다른 집이 몇백 미터 걸쳐 하나씩 서 있으니 오히려 더 을씨년스러웠다.

현민은 어쩐 일로 다락방에 올라가지 않고 안방 침대에서 잠들었다. 코까지 골며 세상모르게 자는 현민을 보며 명혜는 슬쩍 부아가 치밀었다. 명혜는 잠을 못 이루고 뒤척이다가 일어나 앉은 지 오래였다. 수면제도 먹었지만 바늘처럼 날카롭게 곤두선 신경이 쉽게 가라앉지 않았다.

"하아."

작게 한숨을 쉬며 명혜가 얼굴을 비볐다. 몸은 분명 피곤했다. 목이 뻣뻣하고 어깨가 뭉쳐서 고개를 돌리기도 힘들 정도였다. 최악은 두통이었다. 이 집에 온 후로 두통이 더 심해졌다. 너무 아플 때는 관자놀이에 누군가가 못을 때려 박는 것 같았다.

'이게 다 추위 때문이야.'

명혜는 팔을 감싸며 생각했다.

이 집의 지독한 추위에는 좀처럼 적응할 수 없었다. 다른 가족들은 괜찮다고 하는데 유독 명혜만 추위를 탔다. 아이들은 마당에서 조금만 놀아도 땀을 뻘뻘 흘렸다. 현민은 에어컨을 언제부터 틀 거냐며 눈치 없는 소리만 했다. 명혜는 자기 몸이 어딘가 잘못된 게 아닐까 의심스러웠다. 추위는 살갗에 머무르지 않았다. 뼛속 깊숙이 파고들어 온몸을 빙글빙글 돌았다.

지금도 마찬가지였다. 침대에 앉아 다리까지 이불을 덮고 있는데도 한기를 느꼈다. 불면도, 두통도, 그리고 이유를 알 수 없는 불안감도 모두 이 추위에서 오는 거라고 명혜는 확신했다.

결국 침대에서 내려와 카디건을 걸쳤다. 그러고는 거실로 나갔다. 따뜻한 허브차라도 한 잔 마실 생각이었다.

거실은 더 서늘하고 썰렁했다. 주방으로 향하며 스위치를 눌렀지만 불이 켜지지 않았다.

"왜 이래?"

다시 한번 스위치를 눌러 봐도 마찬가지였다. 주방은 냉기를 내뿜으며 어둠 속에 잠겨 있었다. 그나마 정수기의 푸른 불빛 덕에 사물을 분간할 수 있었다.

명혜는 밀려오는 짜증을 꾹 누르며 주방으로 들어갔다. 대리석 바닥의 찬 기운이 맨발을 타고 전신으로 올라왔다. 어서 슬리퍼를 사야겠다고 생각하며 정수기 쪽으로 다가가다가 따끔한 통증에 멈춰 섰다.

무언가가 발바닥을 찔렀다.

얼른 바닥을 내려다보니 싱크대 바로 앞에 흰색의 무언가가 떨어져 있었다. 그걸 밟은 것이다.

"이게 뭐야?"

명혜는 쪼그리고 앉아 그걸 집어 들었다. 흰색에다가 타원형, 그리고 납작한 모양의……

"아!"

명혜는 놀라서 주저앉았다. 손톱이었다. 뿌리째 빠진 손톱. 혹시 아이 중 누가 다친 건 아닐까?

제일 먼저 그 생각부터 들었다. 그렇지만 손톱이 빠질 정도의 사고라면 울고불고 난리가 났을 터였다. 오늘 저녁은 지루할 정도로 평온하게 지나갔다. 그렇다면 누구의 손톱이란 말인가?

명혜는 싱크대 아래쪽 공간을 향해 상체를 숙였다. 어쩐지 손톱이 그 안에서 튀어나온 것 같았기 때문이다.

안쪽은 훨씬 더 어두웠다. 말라붙은 어둠이 바닥과 싱크대 사이를 가득 채우고 있었다. 아무것도 보이지 않았다. 다만 어둠이 자신을 응시하는 것 같았다. 명혜는 찜찜한 마음에 일어나려고 했다.

그때였다.

명혜는 쏘는 듯한 시선을 느꼈다. 등 뒤, 저만치 위쪽에서 누군가가 자신을 내려다보고 있었다. 목을 타고 소름이 쫙 퍼져 나갔다. 마른침을 삼킨 뒤 천천히 고개를 돌렸다. 아무것도 없었다. 명혜가 다시 걸어 놓은 가족사진 액자만이 맞은편 벽에서 자신을 바라볼 뿐이었다.

'설마…… 저것 때문에?'

명혜는 미간을 찌푸린 채 어둠 속에 걸려 있는 가족사진을 바라봤다. 하나, 둘, 셋, 넷, 다섯. 가족 수는 같았지만 왠지 다른 사람처럼 보였다. 명혜가, 아니 사진 속 여자가 이를 훤히 드러낸 채 환하게 웃는 모습이 유독 눈에 들어왔다.

명혜가 한 발 다가간 순간 액자가 다시 떨어졌다.

"헉!"

명혜는 두려움에 떨며 재빨리 안방으로 향했다. 그 시선은 명혜의 등 뒤에 끈적끈적하게 달라붙어 방문을 닫을 때까지 계속 따라왔다.

5월 10일 일요일

간밤의 일로 잠을 설친 명혜는 또다시 오전 늦게야 일어났다. 몸 상태가 말이 아니었다. 두통이 더욱 심해졌고 마음속 어딘가에 휑하니 구멍이 뚫려 찬바람이 드나드는 것 같았다.

가까스로 일어나 거실로 나온 명혜의 눈에 현민과 이야기 중인 낯선 노인이 들어왔다. '농협'이라 적힌 녹색 모자를 쓴 사람이었다.

"아! 인사해. 이쪽은 의성리 이장님."

현민이 노인을 소개했다.

"아. 네……."

명혜는 자다 깬 모습이 민망해서 안절부절못했다. 그래도 이대로 들어가 버릴 수는 없었다.

"차라도 드릴까요?"

명혜가 묻자 이장이 손사래를 쳤다.

"아뇨. 시원한 물 대접받았으니까 그걸로 됐죠. 새로 이사도 오셨다 해서 한번 들러 본 거니 너무 신경 쓰지 마세요. 그나저나 날씨가 우라지게 덥죠? 원래 여기가 그래요. 여름엔 가마솥이 따로 없고 겨울엔 불알도 얼어 버린다니까."

이장은 뭐가 그리 웃긴지 혼자 껄껄 웃었다.

"여보. 여기 앉아 봐."

현민이 자기 옆자리를 가리켰다.

명혜는 어쩔 수 없이 현민 옆에 앉았다. 너무 불편해서 짜증이 날 정도였다. 이렇게 아침부터 찾아온 이장이나, 아내가 자고 있는데 덜컥 사람을 들인 현민이나 모두 이해할 수가 없었다.

"그래서요. 이장님. 아까 이야기 계속해 주시죠."

현민이 말했다.

"더 할 것도 없어. 여기가 마을과 떨어져 있긴 하지만 그래도 모임 같은 거 있으면 잘 참석하고 해서 좀 친해지라는 거지. 전에 살던 사람들은 안 그랬거든."

"전에 살던 사람들요? 저희가 오기 전에 살았던 사람들에 대해서 좀 아세요?"

명혜는 비로소 이장과의 대화에 흥미가 생겼다.

"아니 뭐, 잘 안다기보다는 그냥 몇 번 왕래가 있었지. 그 이들이 참 착했는데 마을 사람들하고 잘 어울린 건 아니었거든. 맞다! 그러고 보니 그 사람들도 다섯 식구였어."

"다섯이요?"

"그래요. 부부 둘에 애들 셋. 참 우여곡절이 많았는데 결국은……."

이장이 말끝을 흐렸다. 명혜가 참지 못하고 물었다.

"결국은 뭐요?"

"아니, 그게…… 하룻밤 새 가족 모두가 사라졌거든요. 누 군 야반도주를 했다고도 하고. 아무튼 짐도 그대로 두고 사람 들만 없어졌으니 흉흉한 소문도 돌고……."

하긴, 그럴 만도 하다고 명혜는 생각했다. 문제는 그 가족 들이 왜 사라졌느냐는 것이다. 명혜는 그 이유가 궁금했지만 이장은 거기까지는 모르는 눈치였다.

"아무튼, 자주 보자고요. 그래야 서로 어떤 어려움이 있는 지 알고 돕지. 그러니까 오늘 마을 회의에 참석 좀 하고."

마지막 말은 현민을 향해 한 것이었다. 현민이 대번에 허 리를 꾸벅 숙이더니 한마디 했다.

"아이고. 당연히 그래야죠. 지금 이장님 따라가면 되죠?"

"그래요. 마을회관에 다들 모여 있으니까 갑시다."

명혜는 황당했다. 일요일 아침부터 마을 회의를 한다는 것도 이상했지만 무엇보다 냉큼 따라 나서는 현민을 이해할 수 없었다. 오늘은 남은 짐 정리를 마무리하자고 어제부터 약속을 해 두었다.

이장이 현관 쪽으로 앞서 걸어갔다.

명혜는 그 뒤를 따라가는 현민의 옆구리를 쿡 찔렀다.

"정리는 어쩌고? 오늘 창고 문도 열어 준다고 했잖아!"

"에이. 나중에 하면 되지. 걱정하지 마. 빨리 끝내고 올 테니까."

현민은 그 말을 남기고 휙 나가 버렸다. 명혜는 터져 나오려는 한숨을 간신히 참으며 서 있었다.

나중에.

현민이 입에 달고 사는 말이었다. 나중에 갚으면 되지. 나중에 대박 내면 되지. 나중에 처리하면 되지. 나중에…….

그 '나중에'가 결국 '기약 없음'이라는 뜻임을 명혜는 잘 알고 있었다.

명혜는 거실 한구석에 쌓아 둔 각종 잡동사니를 쳐다봤다. 모두 창고에 넣으려고 했던 물건들이었다.

"안 되겠어. 그냥 내가 열어야지."

명혜가 혼잣말을 중얼거렸다.

집안일에 관심 없는 남자와 같이 살면 어쩔 수 없이 공구 다루는 일에 익숙해진다.

명혜는 공구 상자를 들고 창고로 향했다. 아무리 뒤져도 창고 열쇠는 나오지 않았다. 결국 문을 열려면 공구를 쓸 수밖에 없었다.

금방이라도 비가 퍼부을 듯 잔뜩 찌푸린 하늘이었다. 시골이라 공기는 좋지 않을까 기대했지만 명혜가 느끼기에는 서울과 별반 차이가 없었다. 희우와 지우는 TV를 보고 동우는 방에 틀어박혀 책을 읽고 있었다. 동우에게 도와 달라고 말할까 하다가 그만뒀다. 이 집에 온 후로 동우는 표정이 눈에 띄게 어두워졌다. 자신처럼 동우 역시 친구들과 다 떨어져 이사를 온 게 못마땅한 모양이라고, 명혜는 생각했다. 이럴 때는 혼자 있을 시간을 주는 게 좋다.

무거운 공구 상자를 창고 앞에 내려놓으며 명혜가 한숨을 쉬었다. 아무래도 쇠톱으로 자물쇠를 잘라 내야 할 판이었다. 꽤 힘든 작업이 될 것이다. 하지만 그것보다 창고 안에 있을지도 모를 무언가가 더 걱정이었다. 투실투실 살찐 커다란 쥐가 갑자기 튀어나오는 장면이 머릿속에서 떠나지 않았다.

"문 열 때는 동우를 부를까?"

명혜는 그렇게 중얼거리며 쇠톱을 들고 자물쇠를 자르기 시작했다.

그때였다.

"안녕하세요?"

낯선 목소리가 들렸다.

명혜가 고개를 돌려 소리가 난 곳을 바라봤다. 낯선 여자가 서 있었다. 빨간색 얇은 카디건을 걸치고 싱긋 웃는 여자는 명혜 또래쯤으로 보였다.

"누구⋯⋯."

"이은영이라고 해요. 저 아래 빨간 지붕 집에 살아요."

"아!"

몇 채 안 되는 단독주택 중 한 곳에 사는 사람인 모양이었다.

"새로 이사 오셨다기에 인사도 드릴 겸 와 봤어요."

이은영은 웃는 모습이 매력적이었다. 일요일 아침인데도 화장을 예쁘게 하고 있었다. 머리카락이 헝클어지고 피부가 푸석푸석한 자신과는 영 딴판이었다.

"안녕하세요?"

명혜도 인사를 했다.

"젊은 분들이 이사 오셔서 정말 좋아요. 저, 여기서 외로웠거든요. 그런데 성함이?"

"아! 네. 명혜, 박명혜라고 해요."

명혜는 허둥지둥 대답하고는 속으로 후회했다. 이은영이라는 저 여자처럼 느긋하게 말했어야 하는데⋯⋯.

"바쁘신가 봐요?"

"네. 제가 좀⋯⋯. 이 창고를 열고 싶은데 열쇠를 못 찾아서요."

명혜가 난감하다는 표정을 지으며 쇠톱을 들어 보였다.

"아! 그 창고. 거기에 잡동사니 되게 많을 텐데. 아시잖아요. 다섯 식구 살다 보면 이런저런 안 쓰는 물건들 많이 나오는 거."

이은영이 아무렇지도 않게 말했다.

"어머! 전에 살던 분들이랑 잘 아세요?"

명혜가 물었다.

"그럼요. 꽤 왕래가 있었죠. 이 근처에 사는 사람들이야 사정이 다 비슷하니까 서로 어울릴 수밖에 없어요. 마을 사람들하곤 영 수준이 안 맞아서. 아시죠?"

이은영이 속삭이듯 말하며 싱긋 웃었다. 그러고는 말을 이었다.

"가끔 같이 밥도 먹고 그랬는데 어느 날 말도 없이 사라졌지 뭐예요. 섭섭하기도 하고 걱정되기도 하고⋯⋯."

"저도 그 이야긴 들었는데 왜 짐을 다 놔두고 도망치듯 사라졌을까요?"

"꺼름칙한 일이 있긴 했는데⋯⋯. 모르죠, 뭐 빚쟁이들한테 쫓긴 건지 아니면 누가 싹 다 죽이고 묻어 버린 건지."

"네?"

"아! 실제로 그런 소문도 돌았거든. 이런 외딴곳에선 조심해야 할 게 많아요. 당장에 집 안으로 누가 들어와도 모르잖아요. 그래서 방범 시스템을 제대로 갖추는 게 중요해요."

명혜는 마른침을 삼켰다. 이은영은 아무렇지도 않게 이야기했지만 그럴 가능성을 완전히 배제할 수는 없었다. 설마, 이 집 마당에 묻혀 있는 건 아니겠지?

"그런데 그거 아세요?"

"뭐요?"

오싹한 생각에 빠져 있던 명혜는 이은영의 질문에 다시 현실로 돌아왔다.

"이 집…… 뒤틀려 있다는 거."

"네?"

"요렇게 뒤틀려 있대요."

이은영이 미소를 지으며 고개를 옆으로 기울였다. 그 모습이 괜스레 섬뜩해 보였다.

"그게 무슨 말이에요? 건축이 잘못됐단 건가요, 아님 남향이 아니란 건가요?"

"저도 잘은 몰라요. 전에 살던 사람들이 그렇게 말했어요. 참. 그거, 제가 잡아 드릴까요?"

이은영이 자물쇠를 가리켰다.

"네? 아. 네."

명혜는 엉겁결에 대답했다.

이은영이 다가와서 자물쇠를 잡았다. 그사이에도 명혜는

집이 뒤틀렸다는 말을 머릿속에서 지우지 못하고 있었다.

"어서 자르세요. 창고 열어야죠."

이은영의 재촉에 명혜는 기계적으로 톱질을 시작했다. 확실히 다른 사람이 잡아 주니 자르기가 편했다.

명혜는 곧 톱질에 몰두했다. 이마에 땀이 송골송골 맺힐 때쯤 되었을 때 자물쇠가 툭, 하는 소리와 함께 잘려 나갔다.

"됐네요!"

이은영이 오히려 더 기뻐했다.

바로 그 순간 희우의 비명이 들렸다.

희우는 소파에 누운 채 발작을 일으키고 있었다. 머리를 뒤로 젖히고 손발을 부들부들 떠는 희우를 보자 명혜의 머릿속이 새하얗게 변했다.

"희우야!"

명혜는 희우에게 달려갔다. 놀란 지우는 울지도 못하고 눈을 동그랗게 뜬 채 그 모습을 바라보고 있었다. 자기 방에서 뛰쳐나온 동우도 마찬가지였다.

"정신 차려 봐! 희우야!"

명혜가 희우를 흔들었지만 반응이 없었다. 희뜩 뒤집힌 눈은 흰자위만 보였다. 입에서는 침이 줄줄 새어 나왔다. 온몸이 땀에 젖어 있었다.

"어떡해! 어떡해."

어쩔 줄 몰라 당황스러웠다. 그때 이은영이 명혜의 어깨를 감싸더니 차분한 목소리로 말했다.

"빨리 병원부터 가요. 119 불러서 기다리는 것보다 그게 더 빠를 거예요."

그 말을 듣고서야 조금 정신이 들었다.

"엄마. 내가 지우 보고 있을 테니까 어서 병원 다녀와."

동우가 말했다.

"아, 알았어."

"제가 같이 가 드릴 테니까 너무 걱정하지 마세요."

이은영의 말에 명혜는 눈물이 날 지경이었다. 그렇지만 울고 있을 순 없었다. 명혜는 동우의 도움을 받아 희우를 등에 업었다.

"동우야. 아빠한테 전화해 봐."

명혜는 이은영과 함께 마당으로 나갔다. 동우가 명혜의 핸드폰을 귀에 댄 채 따라왔다.

"아빠 전화 안 받아. 신호는 가는데 그냥 끊어졌어."

동우가 말했다.

"집 전화로 계속 걸어 봐. 엄마 다녀올게."

"혼자 괜찮지?"

동우가 어른스러운 표정으로 물었다.

"여기 아주머니가 같이 가 주신다니까 괜찮아. 넌 지우 잘 보고 있어. 연락할게!"

명혜는 희우를 그랜드카니발 뒷좌석에 눕힌 뒤 서둘러 운전석에 올랐다. 사이드미러에 동우가 비쳤다. 걱정스러워하는 표정이 역력했다.

"조심해서 운전하세요."

옆자리에 앉은 이은영의 말을 듣고 명혜는 시동을 걸었다.

"휴우."

한 번 심호흡을 한 후 조심스레 가속페달을 밟았다.

시내에 있는 병원까지 가는 동안 다행히 희우의 발작은 조금씩 잦아들었고 희우는 이내 잠에 빠져들었다. 그 덕분에 명혜도 차츰 진정했다. 이은영의 도움도 컸다. 이은영은 계속 질문을 하면서 명혜가 진정할 수 있도록 도와줬다.

"희우는 몇 살인가요?"

"일곱 살이에요."

"아까 오빠도 있던 것 같던데……."

"아! 동우가 장남인데 올해 열두 살이에요."

"희우가 오빠랑 나이 차가 좀 나네요."

명혜는 잠시 망설이다가 말했다.

"사실 희우는 보육원에서 데려온 아이예요."

"그럼 입양하신 건가요?"

명혜는 고개를 끄덕이고는 룸미러로 뒷좌석을 살폈다. 희우는 고르게 숨을 쉬며 잠들어 있었다.

"네. 3년 전이었어요. 동네 다른 주부들하고 같이 근처 보육원에 봉사활동을 갔어요. 그냥 가벼운 마음으로 간 거였는데 거기 희우가 있었어요. 그때는 네 살이었죠. 다른 아이들보다 훨씬 어둡고 예의 바른 아이였어요. 나중에 이유를 알고 보니 한 번 파양됐던 경험이 있더라고요. 그 어린 마음에 얼마나 상처가 됐겠어요. 그걸 알고 나니 너무 불쌍한 거예요. 그래서 저도 모르게 희우한테 살갑게 대했죠."

"그러다가 정이 들었군요."

"네. 처음엔 일주일에 한 번 방문했는데 나중에는 저 혼자서 거의 매일 갔어요. 마침 남편도 딸이 있으면 좋겠다고 노래를 부르던 때라 슬쩍 이야기를 해 봤죠. 남편은 흔쾌히 동의했어요. 제가 원하면 입양을 하자고. 그래서 희우를 데리고 온 거예요."

"그러면 막내는?"

"희우를 입양하고 나서 뒤늦게 지우를 임신했다는 사실을 알았어요. 전혀 예상치 못한 임신이었죠. 희우가 많이 섭섭했을 거예요. 제가 임신이다 뭐다 해서 정신이 없었거든요. 오히려 남편이 애정을 보여 줘서 그나마 다행이었죠."

"희우가 아픔이 많은 아이였네요. 평소에도 몸이 안 좋았어요?"

"아뇨. 그런 일은 없었는데……."

"그럼 혹시 보험 들어 놓은 건 있어요?"

이은영이 물었다.

"보험은 있죠."

"그럼 다행이네요. 아이들이 아플 때 제일 유용한 게 보험이에요. 제가 설명을 잘 해 드릴 테니까 그대로만 하세요. 그래야 보험금을 최대로 받아요."

"아. 네……."

그런 말을 하는 사이에 시내 병원에 도착했다.

명혜는 희우를 업고 응급실로 뛰어 들어갔다. 아이를 침상에 눕히고, 수속을 밟고, 의사를 만나고, 여러 검사를 하는 동안 몇 시간이 지났다. 현민은 검사 결과가 나올 때쯤 병원에 도착했다.

"도대체 뭐야? 연락도 안 되고! 당신 술 마셨어?"

명혜는 현민을 보자 참았던 섭섭함과 함께 분노가 터져 나왔다. 대낮부터 술에 취해 벌게진 얼굴로 오다니.

"아니. 어르신들이 주시기에 몇 잔 마시긴 했는데 그것 때문에 늦은 건 아니고……."

"됐으니까 가. 가서 동우랑 지우나 봐."

"희우는 좀 어때?"

"의사 말로는 검사상으론 아무 이상이 없대. 그래도 혹시 모르니 하루쯤 입원시키려고……."

군이 입원을 해야 한다고 말한 건 이은영이었다. 그래야 보험금이 더 나온다는 게 이은영의 주장이었다.

"그렇잖아요. 애가 아픈 것도 신경 쓰이는데 돈 들어갈 생각 하면 마음이 더 안 좋잖아. 그럴 거면 확실하게 보험금을 받아 내는 게 좋다니까."

이은영의 말에도 일리가 있다고 생각한 명혜가 희우를 응급실에서 일반 병실로 옮겼다. 희우는 안정제를 맞은 덕분인지 계속 잠에 빠져 있었다.

"그래도 이유가 있으니까 발작을 일으켰을 거 아냐?"

현민이 답답하다는 듯 물었다.

"의사는 스트레스 때문일 거라고."

"스트레스? 일곱 살 애가 스트레스 때문에 쓰러졌다고?"

"아니, 의사가 그렇게 말하는데 어쩌라고? 당신 혹시 나 때문이라고 의심하는 거야? 내가 스트레스를 줘서……."

명혜는 짜증이 폭발했다.

"아니야. 아닌 거 알잖아! 많이 피곤해 보이는데 이제 집에 가서 좀 쉬어. 오늘은 내가 병원에 있을 테니까."

명혜는 잠든 희우를 내려다봤다. 피곤한 건 사실이었다. 다리가 풀려 주저앉고 싶을 정도였다. 곤두섰던 신경이 누그러지면서 말로는 표현하기 힘든 피곤함이 밀려왔다. 게다가 내일은 동우가 전학할 학교에 처음 가는 날이었다. 길도 모르고 마을버스도 몇 번을 타야 하는지 모르는 상황이라 동우를 학교에 데려다줘야 했다.

"알았어. 일단은 돌아갈 테니까 희우 좀 잘 봐 줘."

명혜가 조금 누그러진 목소리로 말했다.

그때였다.

잠든 줄 알았던 희우가 눈을 번쩍 뜨더니 명혜의 팔목을 꽉 잡았다. 일곱 살 아이라고는 상상도 하지 못할 정도로 강한 힘이었다. 명혜는 깜짝 놀랐다.

"엄마. 거기 열면 안 돼! 친구가 말해 줬어!"

희우는 병실이 떠나가라 소리를 지르고는 건전지 떨어진 장난감처럼 다시 잠에 빠져들었다. 명혜와 현민은 말을 잃고 서로를 바라보기만 했다. 한참 후 현민이 조심스레 입을 열었다.

"잠꼬대였나 봐."

"그러게."

명혜는 찜찜한 마음을 애써 누르며 조용히 병실에서 나왔다. 희우가 쥐었던 손목이 계속 아팠다. 명혜는 벌겋게 남은 손자국을 보며 왠지 모를 불안감을 느꼈다.

집에 돌아와 보니 동우가 오빠 노릇을 톡톡히 해 놓았다. 지우에게 저녁을 해 먹이고 씻는 것도 도와준 뒤 재우기까지 한 것이다.

"고마워. 아들."

명혜가 진심을 담아 말했다.

"희우는 진짜 괜찮은 거지?"

동우가 물었다.

"응. 오늘 밤만 병원에 있다가 올 거야."

"엄만 괜찮아?"

"응?"

"아니야."

동우는 그 말만 하고서는 자기 방으로 들어갔다.

명혜는 샤워라도 할까 하다가 너무 피곤해 그냥 양치질과 세수만 하고 방으로 들어갔다. 몸이 천근만근인데도 막상 누우니 또 신경이 날카로워졌다. 할 수 없이 수면제를 먹었다. 명혜는 억지로 눈을 감고 잠을 청했다. 자는 것도 아니고 그렇다고 깬 것도 아닌 비몽사몽 상태가 몇 시간이나 계속됐다. 몸이 축 늘어지는데도 바람에 떨리는 나뭇가지 소리 같은 게 생생하게 들렸다.

"하아."

결국 침대에서 일어났다. 여전히 공기는 서늘했고 잠은 오지 않았다. 아무래도 약을 더 먹어야겠다고 생각하던 찰나, 그 소리가 들렸다.

텅!

처음에는 무슨 소리인지 몰라 괜히 가슴이 철렁했다. 다시 한번 소리가 들렸다.

텅!

가만히 귀를 기울이니 철제로 된 무언가가 부딪치는 소리였다.

'혹시?'

명혜는 그제야 끊어 놓은 창고 자물쇠가 생각났다. 텅, 하는 소리는 분명 창고 쪽에서 들려왔다. 명혜는 카디건을 걸친 뒤 손전등을 챙겨 들고 밖으로 나갔다. 핸드폰을 확인하니 이미 자정이 지나 있었다.

텅!

또 그 소리가 들렸다.

바람이 제법 많이 불었다. 바람은 습기를 잔뜩 머금고 있었다. 밤하늘에는 먹구름이 뒤덮여 있었다. 언제 비가 쏟아져도 이상할 게 없는 날씨였다.

명혜는 손전등을 비추며 창고로 향했다. 주위가 아주 어두웠다. 손전등 불빛 속에 드러난 창고는 웅크리고 있는 거대한 짐승처럼 보였다. 바람이 불자 그 입이, 아니 문이 조금씩 열리고 닫히고를 반복했다. 그때마다 텅, 하는 소리가 났다.

명혜는 창고로 다가가 조심스레 문을 열었다. 바깥과는 비교도 되지 않을 짙고 끈적끈적한 어둠이 창고 안에 고여 있었다. 손전등으로 간신히 스위치를 찾았지만 고장 났는지 불이 켜지지 않았다. 명혜는 안으로 차마 들어가지 못한 채 어둠만 노려봤다. 그 어둠을 뚫기에 손전등 불빛은 턱없이 모자랐다. 게다가 고약한 냄새가 코를 찔렀다. 거의 2년째 한 번도 열린 적이 없으니 어쩔 수 없다고 생각하면서도 명혜는 코를 감싸 쥐었다.

'그냥 돌아가자.'

굳이 이 밤에 창고에 들어갈 필요는 없을 것 같았다. 걸쇠에 드라이버라도 박아 놓으면 문이 열렸다 닫혔다 하는 일도 없으리라.

그렇게 생각한 명혜가 한 발 물러섰을 때였다. 어둠이 꿈틀거렸다. 창고 안에서 분명히 무언가가 움직였다. 순간 비명을 지를 뻔했다. 뭐가 됐든 그것이 와락 달려들지도 모른다는 두려움에 간신히 참았다. 명혜는 어둠 속을 노려봤다. 다시 무언가가 움직였다. 일정한 규칙에 맞춰 흔들리는 것 같았다.

'뭘까?'

호기심이 두려움을 이겼다. 명혜는 손전등을 정면으로 향한 채 천천히 창고 안으로 들어갔다. 어둠이, 살아 있기라도 한 것처럼 명혜의 몸을 스르르 감싸 안았다. 창고는 밖에서 보던 것보다 훨씬 넓었다. 바닥에는 먼지가 가득했다. 손전등 불빛이 닿는 곳에 선반과 각종 공구가 있었다. 일단은 오래된 창고에서 볼 수 있는 평범한 물건들이었다. 명혜는 용기를 내 조금 더 과감히 안으로 들어갔다. 그 순간이었다.

쾅!

문이 닫혔다.

놀란 명혜가 문을 향해 돌아섰다. 바로 그때 문 앞에서 허연색 김이 피어올랐다.

하아.

누군가가 뱉어 내는 입김이었다. 그 사실을 깨달은 명혜는 천천히 뒷걸음질 쳤다. 아무리 손전등을 비춰도 입김의 주인은 보이지 않았다. 하지만 분명한 것은…….

……누군가 있었다.

겁에 질려 계속 창고 안으로 들어가던 명혜의 어깨에 무언가가 닿았다.

"꺄악!"

놀라서 주저앉았다. 그와 동시에 몸을 돌려 허공을 향해 손전등을 비췄다. 천장에 매달린 뭔가 하얀색 물체가 흔들거리고 있었다. 심장이 미친 듯이 뛰었다. 처음에는 그저 시체로밖에 보이지 않았다. 숨을 몰아쉬며 몇 번이나 눈을 깜박이고 나서야 그것의 정체를 제대로 알아볼 수 있었다.

인형이었다.

천을 대충 뭉쳐서 만든 커다란 인형.

그 인형 목에다가 줄을 묶어 천장에 매달아 놓았다. 정체를 알아차리자 조금은 진정이 됐다. 명혜가 조심스레 일어나 인형을 이리저리 살펴봤다. 가장 소름 돋는 부분은 얼굴이었다. 다른 부위는 다 밋밋한 천인데 얼굴에만 탈을 씌워 놓았다.

둥그런 탈바가지에 눈구멍이 뻥 뚫려 있고 전체적으로 종기 같은 게 잔뜩 붙어 있었다.

"문둥탈……."

언젠가 다큐멘터리에서 본 기억이 났다. 명혜는 그때도 기괴하게 생긴 탈을 보고 섬뜩함을 느꼈다.

이런 끔찍한 인형이 왜 창고에 걸려 있는지 알 수가 없었다. 그때였다. 갑자기 핸드폰이 울리는 바람에 또다시 놀랐다. 혹시 현민일지도 모른다는 생각에 핸드폰을 꺼내 들었지만 액정에는 '알 수 없는 번호'라고 뜰 뿐이었다.

'이 시간에 누가?'

핸드폰이 집요하게 울렸다. 명혜가 받지 않으면 영원히 울릴 것만 같았다. 명혜는 찜찜한 마음을 애써 누르며 전화를 받았다.

"여보세요?"

전화를 건 상대는 아무 말도 하지 않았다. 그 대신에 바람소리가 들렸다. 휘이이잉. 좁은 곳에 고여 있던 바람이 천천히 빠져나가는 듯한 소리였다. 그다음은 하아, 하는 숨소리였다. 그리고…….

"히히히."

숨죽여 웃는 소리가 들렸다.

"누구세요?"

명혜가 외쳤다.

"히히히."

웃는 소리가 계속됐다. 저 멀리, 아니 저 아래 짐작도 할 수 없을 정도로 깊은 곳에서 올라오는 소리였다. 아마도 그곳은 차가운 바닥일 테고, 이끼와 먼지가 가득할 것이며, 알 수 없는 무언가가 썩어 가고 있을 터였다.

명혜는 전화를 끊으려고 했다. 그 순간 웃음이 사라지고 차가운 목소리가 들렸다.

"아이들은…… 어디 있니?"

놀란 명혜가 다시 문 쪽을 바라봤을 때 뭔가가 툭 소리를 내며 떨어졌다.

문둥탈이었다.

뻥 뚫린 눈구멍이 명혜를 올려다보고 있었다. 그 안에는 오직 어둠만이 가득했지만 그래서 더더욱 명혜는 문둥탈에서 눈을 뗄 수가 없었다.

"그걸…… 써……어."

전화 속 목소리가 속삭였다.

명혜는 홀린 듯 탈을 집어 들었다. 탈은 아주 차가웠고 땀에 전 냄새도 났다.

"그걸…… 써……어."

다시 한번, 그 여자가 중얼거렸다. 발음은 불분명했지만 그 안에 담긴 섬뜩하고 사악한 의지만은 생생히 전달됐다. 명혜가 고개를 가로저었다.

"안 돼! 싫어!"

"달라져…… 그걸…… 써……어."

"싫어!"

그렇게 외치며 명혜는 탈을 던져 버리려 했다. 그때였다. 핸드폰에서 귀에 익은 목소리가 들려왔다.

"엄마는 말이야. 늘 자기 마음대로야. 정말 싫어!"

동우였다.

"엄마 무서워. 얼굴 이렇게 찡그리고 있잖아."

지우였다.

"아줌마는 날 싫어해요. 그래서 저도 아줌마가 싫어요."

희우였다.

"너희들이 다들 이해해. 너희 엄마, 머리가 아픈 사람이잖아, 안 그래?"

남편, 현민이었다.

그 뒤로도 네 사람의 대화는 계속됐지만 명혜는 이미 초점 잃은 눈으로 어둠이 더께더께 칠해진 어딘가를 멍하니 바라보고만 있었다.

가족들이 자신을 불편해한다는 사실은 이미 알고 있었다. 불면증에 시달려 온 지난 1년 동안 짜증 내고 화내고 쉽게 소리 지르는 사람이 되어 갔다. 아이들에게 불친절했고 이 모든 것의 원흉인 현민에게는 말할 것도 없었다. 결국 자신은 겉돌고 있었다. 필사적으로 가정을 이루었고 필사적으로 가족에 속하기 위해 애썼으나 결국 실패했다.

"아이들은…… 어디 있니?"

여자가 물었다.

아이들은, 위험하게도 가족이라는 이름 안에서 각자 뿔뿔이 흩어져 있었다. 그걸 모으는 것이, 그리하여 행복한 가정을 만드는 것이 자기가 해야 할 일이라고 명혜는 생각했다.

명혜는 새삼 문둥탈을 내려다봤다.

어느새 탈의 안쪽이 보이도록 돌려서 들고 있었다.

핸드폰에서는 이제 가족들의 대화도, 여자의 목소리도 들리지 않았다. 그저 불분명한 비명과 울음, 고성, 무언가를 때려 대는 소리 같은 것들이 반복적으로 들릴 뿐이었다.

명혜는 핸드폰을 든 손을 툭, 하고 내렸다. 온몸에 힘이 빠졌다. 명혜는 마지막 남은 한 줌의 힘을 짜내 자신의 얼굴로 문둥탈을 가져갔다.

마치 명혜를 위해 만든 것처럼 탈이 딱 맞았다.

명혜는 탈을 쓴 채 눈을 한 번 감았다가 떴다. 그 순간, 얼굴의 모든 구멍으로 차갑고 끈적끈적한 무언가가 비집고 들어왔다. 눈앞이 깜깜해졌다. 명혜는 그대로 정신을 잃었다.

명혜는 침대 위에서 다시 눈을 떴지만 그것은 예전의 명혜가 아니었다.

"아이들은 어디 있니?"

명혜는 그렇게 중얼거리며 히죽 웃었다.

제2장 현민

5월 11일 월요일

꿈의 시작은 늘 똑같다.

자신이 초등학교 4학년 소년이 되는 것이다. 아침이다. 가방을 챙긴다. 너덜너덜한 교과서들 사이로 손때 묻은 책 한 권이 보인다. 《도깨비 탐정: 섬뜩한 복수》다. 소년은 마지막으로 큼지막한 공업용 커터 칼을 가방에 넣는다.

모든 꿈이 그렇듯 거기서 장면이 훌쩍 건너뛴다. 교실이다. 소년은 지각을 했다. 드르륵. 뒷문을 열고 소년이 들어간다. 선생님은 물론이고 아이들까지 소년을 바라본다. 비난하는 눈빛이다. 그중 맨 뒷자리에 앉은 덩치 큰 소년이 큰소리로 놀린다.

"너 또 지각이냐? 쓰레기 집에서 길이라도 잃었냐?"

소년은, 망설이지 않는다.

가방에서 바로 커터 칼을 꺼낸 후 드르륵 칼날을 빼내 덩치 큰 소년의 얼굴을 그어 버린다.

피가 튀고 비명이 들린다. 아이들이 모두 벌떡 일어난다. 선생님이 달려온다. 소년은 얼굴을 감싸 쥔 채 쓰러져 울고 있는, 다시는 원래의 얼굴로 돌아가지 못할 그 덩치를 내려다본다, 조용히.

선생님이 달려와 소년을 밀친다. 소년이 쓰러지고 열린 가방에서 교과서가 쏟아져 나온다. 그리고 그 책도.

《도깨비 탐정: 섬뜩한 복수》.

선생님에게 붙잡혀 커터 칼을 뺏기고 쓰러진 소년이 그 책을 바라본다.

지이잉.

지이잉.

현민은 번쩍 눈을 떴다. 병원이고, 아침이었다. 희우가 누운 침대에 자신도 머리만 대고 엎드려 선잠에 든 모양이었다.

지이잉.

지이잉.

현민이 계속 울리는 핸드폰을 집어 들었다. 동우에게서 걸려 온 전화였다. 아직 아침 7시가 채 되지 않았다. 이른 시각에 전화하다니 괜히 불안했다.

"동우야."

현민이 전화를 받았다.

"아빠. 엄마가 안 일어나."

동우가 다급하게 말했다.

"뭐?"

"학교 가야 하는데 엄마가 안 일어난다고."

오늘은 월요일. 동우가 새로운 학교로 첫 등교를 하는 날이다. 어제 병원에서 교대하며 오늘 동우를 학교로 데려다주겠다고 먼저 말한 이가 바로 명혜였다. 의성초등학교까지는 초행이라 동우 혼자서 가기 힘들었다.

"자고 있는데 안 깬단 말이지?"

"응. 아무리 불러도 뭐라고 계속 잠꼬대만 하고 일어나질 않아."

"넌 준비 다 했고?"

"응. 지우 밥도 챙겨 줬어."

"동우야, 잠깐. 희우한테 말 좀 하고 아빠가……."

"아빠. 다녀오셔도 돼요."

어느새 일어난 희우가 전화 통화 내용을 들었는지 그렇게 말했다.

"괜찮겠어?"

희우가 조용히 고개를 끄덕였다. 현민은 다시 핸드폰에 대고 이야기했다.

"동우야. 아빠가 지금 택시 타고 갈 테니까 차 키 들고 마당에 나와 있어. 알았지?"

"응."

현민이 전화를 끊고 보조 침대에서 일어났다. 그때 희우가 현민의 손을 잡았다. 현민이 내려다보자 희우가 나지막하게 말했다.

"아빠 잘못 아니잖아요."

"뭐?"

"잠꼬대를 하셨어요. 계속 잘못했다고 말하면서."

"아……."

현민은 괜히 머쓱했다.

"고맙다. 그렇게 말해 줘서. 아빠 금방 돌아올 테니까 그때 퇴원 수속 밟자."

"네."

현민은 병실을 나서며 울컥하는 마음을 겨우 다잡았다. 그 사건이 터지고 나서 여러 사람에게서 위로의 말을 들었지만 아이들에게서는 처음이었다. 특히 희우가 그렇게 말해 주다니……. 이제야말로 과거에서 탈출해 새로운 미래를 그려야겠다는 생각이 들었다. 지난 1년간 폐인처럼 살았다. 그만큼 그 사건이 준 충격이 컸다.

현민은 평범한 직장인이었지만 늘 그림 동화 작가를 꿈꿨다. 미술을 전공하지는 않았지만 그림 재주가 남달랐고 연습도 꾸준히 했다. 틈틈이 공모전에 도전하는 것도 잊지 않았다. 그러다가 한 출판사가 주최하는 공모전에서 우수상을 받았다. 그때 제출했던 작품이 바로《도깨비 탐정》이었다. 기존의 그림 동화와는 완전히 다른, 우울하고 기괴하며 오싹한 이야기.

《도깨비 탐정》은 심사 위원들 사이에서도 엇갈린 평가를 받았다. 획기적이고 신선하다는 평이 있었던 반면 아이들이 보기에는 너무 어둡다는 부정적인 반응도 있었다.

《도깨비 탐정》은 기대와 우려 속에 출간되었고…… 대박이 났다.

택시를 타고 가는 내내 명혜에게 전화를 걸었지만 받지 않았다. 짜증이 밀려왔다. 수면제를 정량보다 더 먹은 게 분명하다. 비슷한 일이 벌써 몇 번째 있었다. 잠이 안 온다며 수면제를 몇 알씩 먹고선 일어나지 못해 온종일 몽롱한 채 돌아다니곤 했다.

그 사건 이후 제일 충격을 받은 건 현민이었지만 가족들역시 적잖이 상처를 입었다. 그중에서도 명혜는 마치 자기 일처럼 분노하고 슬퍼하고 억울해했다. 처음에는 마음을 써 주는 것 같아 고마웠지만 명혜가 불면증 판정을 받은 후로 상황이 달라졌다.

세상 모두가 손가락질하는 남편을 둔, 그래서 잠도 편히 못 자는 불행한 아내.

그것이 명혜가 얻어 낸 자신만의 면죄부였다.

타인과 함께 남편을 마음껏 미워하고 비난할 수 있는 면죄부.

그 사건은, 세상의 모든 불행한 일이 그렇듯 어느 날 갑자기 일어났다. 서울의 한 사립초등학교 4학년 소년이 평소 자신을 괴롭히던 친구의 얼굴을 커터 칼로 그었다.

몇 번이나, 뺨이 너덜너덜해질 정도로.

피해를 입은 학생의 어머니가 인터넷에 올린 글과 인증 사진이 퍼져 나가면서 사건은 큰 화제가 됐다. 그때까지만 해도 현민은 상상하지 못했다. 뒤이어 공개된 또 한 장의 사진으로 자신의 인생이 무너질 줄은.

사진 속에는 가해자 소년의 가방에서 쏟아져 나온 교과서들이 들어 있었는데 그 사이에 낀《도깨비 탐정: 섬뜩한 복수》가 단연 눈길을 끌었다. 사진과 함께 올라온 글에는 이렇게 적혀 있었다.

"그 사이코패스 새끼가 이 책 보고 그대로 따라 했대요."

《도깨비 탐정: 섬뜩한 복수》는 '도깨비 탐정' 시리즈의 다섯 번째 책이었고 반응도 가장 좋았다. 그때쯤 현민은 인기 동화작가로 발돋움해 TV에도 출연하는 등 바쁘게 활동하고 있었다. 통장에 돈이 쌓여 갔다. '도깨비 탐정' 시리즈는 현민에게 부와 명예를 모두 가져다주었다. 특히《도깨비 탐정: 섬뜩한 복수》를 기점으로 시리즈 전체의 애니메이션화 이야기가 나오고 있었다. 그랬는데…….

　가해자 소년이 《도깨비 탐정: 섬뜩한 복수》를 읽고 그런 범죄를 저질렀다는 식의 보도가 쏟아지기 시작했다.

　실제로 책에 커터 칼이 등장하기는 했다. 하지만 그게 복수의 도구도 아니었고, 복수 자체를 미화하는 내용도 없었다. 커터 칼은 악당이 남겨 놓은 단서 중 하나일 뿐이었다. 짧은 그림책을 한 번만 읽어 봐도 충분히 알 수 있는 내용을, 기자들과 누리꾼들이 사실 확인도 없이 퍼 나르기 시작했다.

　그 결과 현민은 폭력과 폭행, 그리고 복수를 조장하는 사이코패스 쓰레기 동화작가로 낙인찍히고 말았다. 현민이 아무리 입장을 밝히고 설명을 해도 소용없었다. 듣도 보도 못한 각종 단체들이 현민과 출판사를 퇴출해야 한다는 성명까지 발표하면서 사건은 점점 커졌다. 한때 '도깨비 탐정'이 포털사이트 검색어 1위를 할 정도였다.

　결국 출판사도, 현민도 두 손을 들었다. 《도깨비 탐정: 섬뜩한 복수》는 물론이고 지금까지 나온 '도깨비 탐정' 시리즈를 모두 절판시켰다. 일련의 사건을 겪으며 현민은 우울증과 공황장애를 얻었다. 자기편인 줄로만 알았던 사람들이 제일 먼저 손가락질하며 떠나갔다. 현민은 완전히 지고 말았다.

　그것이 불과 1년 전 일이었다.

　"감사합니다."

　현민은 택시에서 내리자마자 마당으로 달려 들어갔다.

"아빠. 여기!"

동우가 차 키를 건넸다.

"어? 너 뭐야? 코피 났어?"

동우는 왼쪽 콧구멍을 휴지로 막고 있었다.

"별거 아니야. 빨리 태워 주기나 해. 전학 첫날부터 지각하
기 싫어."

"알았어. 타."

현민은 아무렇지 않게 말했지만 속으로 가슴이 아팠다.
동우가 코피를 흘리기 시작한 것 역시 그 사건 이후부터였다.
병원에서는 스트레스 때문이라고 했다. 최근에는 좀 나아졌
나 했더니…….

"희우는 괜찮아?"

동우는 차에 타자마자 희우 상태부터 물었다.

"응. 이제 안정됐어. 오늘 퇴원할 거야."

"아빠 어제 뭐 했어. 아빠가 연락도 안 되고 하니까 엄마가
화난 거 아냐."

동우는 5학년이 되고 나서 부쩍 잔소리가 늘었다. 아니,
속이 깊어졌다. 가족 전체가 불안정한 상태였던 지난 1년간
동우만은 묵묵히 장남 역할을 해 왔다. 현민과 명혜 사이가
틀어질 낌새라도 보이면 이런저런 핑계를 들어서라도 중재를
했고 동생들을 챙겼다.

"아니 그게, 마음에 좀 걸리는 일이 있었거든."

"그게 뭔데?"

"어제 마을 어르신들하고 한잔, 아니 회의를 하고……."

"거봐. 술 마셨잖아!"

"마시긴 했는데 그게 중요한 게 아니고, 집에 돌아오는 길이었는데 누가 우리 집을 훔쳐보고 있는 거야."

"엥?"

현민은 어제 일을 떠올렸다. 마을 회의는 그저 말뿐이었고 그야말로 술판이었다. 제일 젊은 데다가 새로 이사까지 온 현민은 어른들이 건네는 술잔을 받느라 바빴다. 마을 어른들은 파란 지붕 집 자체에 관심이 많았다. 전에 살던 사람들의 행방에 대한 의견도 각기 달랐다. 야반도주를 했다느니, 실종이 됐다느니, 누가 죽여서 파묻었을지도 모른다느니 하는 온갖 이야기가 나왔다. 어른들은 비어 있던 파란 지붕 집에 현민의 가족이 들어와 산다는데 적잖이 안심하는 눈치였다.

술자리가 파한 것은 오후가 다 되어서였다. 현민은 알큰하게 취한 상태로 마을회관을 나와 집까지 걸었다. 거리가 제법 되는 덕분에 집에 거의 도착했을 무렵에는 술도 좀 깨고 딱 적당할 정도로 몸에 땀도 흘렀다. 현민은 괜스레 기분이 좋아 콧노래를 흥얼거리며 집으로 향하는 외길에 들어섰다.

그때였다. 그 외길에서 덩치 큰 남자가 걸어 나왔다. 처음에는 별다른 생각이 없었고 그래서 남자와 스쳐 지났다. 그러다 뭔가 이상하다 싶었다. 외길 끝에 있는 것은 파란 지붕 집

뿐이었다.

"저기요."

현민은 남자를 불러 세웠다.

남자는 멈춰 서더니 현민의 눈치를 살피며 덩치에 어울리지 않게 주뼛거렸다. 그 순간 현민은 남자의 목에 걸린 쌍안경을 발견했다. 바지 밑단에는 풀과 나뭇잎이 붙어 있었고 무릎은 흙먼지로 더러웠다.

"어디서 내려오시는 건가요?"

현민이 물었다.

"그게, 저……."

남자는 말끝을 흐리며 돌아서더니 냅다 도망을 치기 시작했다.

"이봐요!"

현민은 남자 뒤를 쫓았다. 남자는 둔해 보였던 인상과 달리 현민보다 훨씬 빨랐다. 거리가 쑥쑥 벌어졌다. 결국 남자는 외길이 끝나는 지점에서 야산으로 올라가 사라져 버렸다.

"젠장."

헛구역질이 올라오는 걸 간신히 참으며 현민은 남자가 사라진 야산을 올려다봤다. 산을 타고 올라가면 국도로 이어질 것 같았다. 현민은 한번 시도해 볼까 하다가 포기했다. 엄두가 나지 않았다. 발바닥은 화끈거리고 숨은 차고, 무엇보다 남자를 잡는다고 해도 자신이 힘으로 밀릴 것이다. 그 사실을 남자도 알 텐데 그래도 도망간 걸 보면 남자 역시 켕기는 게 꽤 있다는 소리다. 현민은 남자의 목에 걸린 쌍안경을 떠올렸다. 풀숲 어딘가에 숨어 쌍안경으로 자신의 집을 훔쳐보는 모습이 어렵지 않게 그려졌다.

왜, 도대체 무슨 이유로?

"왜?"

이야기를 다 듣고 난 동우가 물었다.

"그러니까 아빠 말이! 그 남자가 도대체 왜 그랬을까?"

동우는 말이 없었다. 그사이 의성초등학교에 도착했다. 학교가 작고 예뻤다. 현민은 차를 세우고 시동을 끄려고 했다. 그때 동우가 말했다.

"아빠. 그냥 가. 나 혼자 가면 돼."

"무슨 소리야? 전학 첫날인데 아빠가 선생님도 보고……."

"아빠 지금 되게 피곤해 보이는 거 모르지?"

그 말을 듣고서야 현민은 룸미러로 자기 상태를 살폈다. 충혈된 눈, 거뭇거뭇 돋아난 수염, 거칠한 얼굴, 게다가 땀 냄새 나는 옷까지 여러모로 최악이었다.

"아니, 그래도."

"나 이제 5학년이야. 혼자 할 수 있어. 아빠 어서 병원 가 봐. 희우 기다리잖아. 엄마한테 사과하는 것도 잊지 말고!"

동우가 잔소리를 늘어놓으며 차에서 내렸다.

"야! 집에 돌아올 땐 어쩌려고?"

"선생님께 물어보고 마을버스 타면 되지."

현민은 대견하다는 듯 동우를 잠시 바라봤다. 그러곤 손짓을 했다.

"그래. 그럼 빨리 들어가 봐."

"아빠."

"응?"

"희우 왜 쓰러졌는지 알아?"

동우가 물었다.

"의사가 스트레스 때문이라고 했다던데."

"아닐지도 몰라."

"뭐?"

"지우가…… 아니, 아니야. 나 갈게. 운전 조심해!"

"유동우! 말을 끝까지 해야지."

동우는 아무런 대답 없이 손을 흔든 후 학교 안으로 달려 들어갔다.

현민은 그 길로 곧장 병원으로 가서 희우를 퇴원시켰다. 희우는 푹 쉬어서 그런지 생기가 돌아온 모습이었다. 반면 현민은 제대로 자지 못해 피곤했다. 오히려 희우가 그런 현민을 걱정했다.

"아빠 괜찮아요?"

"아빠 완전 피곤해 보이지?"

희우가 말없이 웃었다.

"자, 그럼 집으로 가 볼까."

현민이 희우를 위해 조수석 문을 열어 주었다. 두 사람은 시내를 빠져나와 의성리까지 신나는 드라이브를 했다. 현민이 희우가 좋아하는 걸그룹 노래를 틀어 주었다. 희우는 차 안에서 마음껏 노래를 따라 부르며 좋아했다. 영락없이 일곱 살 아이 같은 모습에 현민은 내심 기분이 좋았다. 현민이 희우를 보며 말했다.

"어때? 진짜 신나지? 아빠는 말이야, 우리 희우가 항상 즐겁게……."

"아빠!"

희우가 정면을 가리키며 소리쳤다.

현민은 앞을 바라봤다. 숲에서 무언가가 튀어나와 차 앞을 가로지르고 있었다. 현민은 핸들을 돌리며 힘껏 브레이크를 밟았다.

끼익!

그랜드카니발은 풀숲 근처까지 가서야 가까스로 멈춰 섰다.

"괜찮니?"

현민은 희우부터 살폈다. 희우가 놀란 표정으로 사이드미러를 바라봤다.

"아빠. 우리가 친 거예요? 그런 거예요?"

"아니야. 아빠가 확인해 볼게."

현민은 서둘러 차에서 내렸다. 부딪힌 느낌은 들지 않았다. 그래도 확인해야 했다. 분명 차 앞을 스쳐 지나간 것은 네 발 달린 동물이었다. 털이 까맣고 자그마한…….

멍!

반대편 풀숲에 그 녀석이 있었다. 강아지였다. 비쩍 마르긴 했지만 제법 늠름한 자세로 버티고 서 있었다.

멍!

녀석은 불만 가득한 표정으로 다시 짖었다. 왜 놀라게 했느냐고 항의라도 하는 듯했다. 전체적으로 검은색인데 아래쪽과 주둥이 부분만 흰색이었다. 가장 눈에 띄는 건 눈 바로 위에 난 흰색 점 두 개였다.

"우와! 귀여워."

어느새 따라 내린 희우도 강아지를 보고 있었다. 신기하게도 강아지는 희우를 보자마자 그 짧은 꼬리를 살랑살랑 흔들었다. 희우가 쪼그리고 앉아 손을 내밀었다. 강아지가 다가와 희우의 손가락을 핥았다.

"아빠. 얘, 배고픈가 봐요."

"그래? 잠시만."

현민이 차 안을 다 뒤져서 소시지 두 개를 찾아냈다. 그걸 까서 희우에게 건네자 강아지는 대번에 냄새를 맡고 숨을 헐떡이기 시작했다.

희우는 소시지를 맛있게 먹는 강아지에게서 눈을 떼지 못했다. 현민은 그런 희우에게서 눈을 떼지 못했다. 희우가 이렇게 풍부한 표정으로 무언가를 대하는 걸 현민은 처음 봤다.

강아지는 소시지 두 개를 단숨에 삼키고는 그 똘망똘망한 눈으로 희우를 올려다보며 계속 꼬리를 흔들었다. 희우가 간절함이 가득 담긴 표정으로 현민을 돌아봤다.

"아빠. 이 강아지…… 우리가 데려가면 안 될까요?"

현민은 희우가 무언가를 부탁하는 걸 처음 들었다. 희우는 먹고 싶은 게 있어도 꾹 참는 아이였다.

"어디 좀 보자."

현민도 덩달아 쪼그리고 앉아 강아지를 찬찬히 들여다봤다. 목줄은 없었다. 몇 개월인지 짐작은 못 하지만 그래도 어리다는 사실만은 분명했다. 온몸이 흙투성이인 것으로 보아 혼자 산을 돌아다닌 듯했다. 골격은 큰 편이었지만 못 먹은 탓에 갈비뼈가 드러날 정도였다.

"주인이 있을지도 모르지만 이대로 두고 가면 너무 불쌍하니까 일단 데리고 가자. 그 대신에 주인이 나타나면 언제든 돌려주는 거야. 알았지?"

버려진 강아지라 생각하면서도 현민은 일단 그렇게 말했다.

"네!"

희우가 너무나도 기쁜 표정으로 대답했다. 그러고는 강아지를 조심스레 안아 올렸다.

"자, 호떡아. 같이 가자."

"호떡이?"

"무늬가 호떡 같잖아요."

희우가 그렇게 말하며 싱긋 웃었다.

멍!

마치 대답이라도 하듯 강아지가 짖었다. 맑고 경쾌한 소리였다.

현민이 주차를 하자 기다렸다는 듯 지우가 달려 나왔다.

"지우야!"

현민이 막내딸을 반갑게 불렀지만 지우의 눈은 이미 딴데 가 있었다. 희우가 데리고 내린 호떡이를 발견한 것이다.

"강아지다!"

지우는 급하게 달려와서는 현민 옆을 지나쳐 곧장 호떡이에게 갔다.

"지우야. 엄마는……."

"언니. 강아지 귀여워! 어디서 났어?"

지금 지우에게는 어떤 말도 들리지 않을 것이다.

"동물 병원 다녀오기 전까진 혹시 모르니 조심해."

현민은 희우에게 당부를 한 후 집으로 향했다. 일단은 명혜에게 다시 사과를 해야겠다고 생각하면서. 떠돌이 개까지 데려온 지금, 그렇게라도 하지 않으면 또 기나긴 냉전이 시작되리란 걸 현민은 잘 알았다. 그건 싫었다.

텅!

현민이 현관문을 막 열려는데 그 소리가 들렸다. 현민은 고개를 빼고 귀를 기울였다.

텅!

소리가 다시 들렸다.

"뭐야?"

그렇게 중얼거리며 소리가 나는 창고 쪽으로 발걸음을 옮겼다. 현민은 애초부터 창고에 별다른 관심이 없었다. 새집에 창고가 딸려 있다는 걸 알고는 있었지만 그게 뭐 대수냐 싶었다. 그 이야기를 들은 친구는 펄쩍 뛰며 말했다.

"야! 창고 같은 걸 네 공간으로 만들어야지! 맨 케이브, 몰라? 한쪽에는 공구들 딱! 반대쪽에는 운동기구 딱! 앞에는 게임기 딱딱!"

한때 남자들만의 동굴이니 공간이니 하는 것들이 잠시 유행했을 때도 현민은 도통 이해가 가지 않았다. 공구나 자동차, 스포츠, 전자 기기 등 보통 남자들이 좋아할 만한 것들에 현민은 흥미가 생기지 않았다. 책을 읽고 그림을 그리는 것만이 현민의 유일한 취미였고 그 정도는 다락방이면 충분했다.

텅!

창고 문이 3분의 1쯤 열려 있었다. 무거워 보이는 철문이 닫히면서 텅! 소리를 내고 다시 끼익 하며 열리기를 반복하고 있었다. 그러고 보니 명혜가 창고 문을 열었다고 이야기했던 게 생각났다. 아니나 다를까, 문 아래에 공구함이 아무렇게나 놓여 있었다.

창고로 다가가 문틈으로 안을 한번 휙 둘러봤다. 워낙 어두워 아무것도 보이지 않았지만 악취만큼은 그 존재감을 확실히 드러내고 있었다. 시큼하면서도 알싸한 냄새가 났다.

"으."

현민이 코를 막으며 창고 안으로 들어갔다. 전등 스위치는 찾을 수 없었다. 환한 대낮인데도 햇빛이 창고 입구에만 머물렀다. 그래서인지 입구부터 서늘한 기운이 느껴졌다. 아주 멀리서 차가운 바람이 불어오는 것 같았다. 그 바람 끝에 악취가 스며 있었다.

"흠."

현민은 괜스레 헛기침을 했다. 창고 안으로 들어가기가 망설여졌다. 뚜렷한 이유가 있지는 않았다. 그저 몸이 거부하고 있었다. 당황스러울 정도로 꺼림칙했다. 이런 느낌은 처음이었다.

'악취 때문이야. 더러운 게 있을 것 같아.'

그런 생각을 하는 한편, 그게 말도 안 되는 핑계라는 사실 또한 분명히 깨닫고 있었다. 평소 자신은 그런 것에 둔감했다. 쓸고 닦는 쪽은 명혜였다.

"전구를 갈아야겠네."

현민은 누가 듣고 있기라도 한 것처럼 소리 내어 중얼거렸다. 그 핑계가 마음에 들었다. 그럴싸했다. 조용히 뒷걸음질 칠 만한 충분한 이유가 되는 것 같았다. 창고를 완전히 빠져나간 다음 문을 닫고, 돌멩이든 뭐든 이용해 다시는 열리지 않게…….

입구 근처, 그나마 햇빛이 닿는 곳에 그것이 놓여 있었다.

검은색 장화 한 켤레.

가지런히 놓인 그 장화를 보는 순간 오싹 소름이 돋았다. 현민은 자제력을 잃고 거의 도망치듯 밖으로 나왔다. 그러고는 쾅 소리가 나게 문을 닫았다. 주위를 둘러보다가 공구함 옆에 떨어진 드라이버를 발견했다. 현민은 최대한 팔을 뻗어 드라이버를 주워 든 후 걸쇠에 끼워 넣었다. 문이 제대로 닫힌 걸 확인한 현민은 자기도 모르게 한숨을 쉬었다.

"이제 안 열리겠지?"

그렇게 말하고 나서야 현민은 자신이 문을 온몸으로 꽉 밀고 있었다는 사실을 깨달았다. 어깨가 아플 정도로 세게.

현민은 애써 찜찜함을 누르며 현관으로 향했다. 손잡이에 막 손을 가져다 대려는데 문이 먼저 열렸다.

"어?"

낯선 여자와 명혜가 차례로 나왔다.

"어머. 남편분이신가 봐요."

낯선 여자가 말했다. 더운 날씨인데도 명혜처럼 카디건을 걸치고 있었다. 빨간색 카디건이 유독 눈에 들어왔다.

"누구⋯⋯."

현민이 명혜에게 말했다.

"이웃이야. 저기 아래쪽 빨간 지붕 집에 사신대."

명혜가 웃으며 말했다.

현민은 무엇보다 명혜의 표정이 밝아 보여서 다행이라 생각했다. 그때 낯선 여자가 꾸벅 인사를 했다.

"안녕하세요? 이은영이라고 해요."

"아. 네⋯⋯."

현민도 엉거주춤 고개를 숙였다.

"이분이 어제 많이 도와주셨어."

"아! 그래요? 이거 감사합니다."

이번에는 정식으로 허리를 숙여 인사를 했다.

"아니에요. 마침 제가 있어 다행이었어요. 그럼 명혜 씨. 내가 한 말 잊지 마요."

이은영이 사람 좋아 보이는 미소를 지었다.

"네. 조심히 가세요."

명혜 역시 활짝 웃었다.

현민이 집으로 들어섰고, 명혜는 이은영이 멀어지는 걸 보며 현관문을 닫았다.

"벌써 친구를 사귄 거야?"

현민이 물었다.

"그냥 친구가 아니고 선생님."

명혜가 말했다.

"선생님? 뭘 가르쳐 주는데?"

"그냥. 이것저것."

명혜는 그렇게 말하며 어깨를 으쓱했다. 그때였다.

멍! 멍!

마당에서 호떡이 짖는 소리가 들렸다. 현민은 뜨끔했다.

"어머. 이거 우리 마당에서 들리는 거 맞지?"

명혜가 거실 통유리 쪽으로 걸어갔다.

"여보. 그게……."

현민이 자초지종을 설명했다. 명혜는 동물을 별로 안 좋아했다. 아이들이 강아지며 고양이를 키우자고 아무리 졸라도 털 날려서 싫다고 반대해 왔다. 현민은 재빨리 덧붙였다.

"희우랑 지우도 저렇게 좋아하고 강아지도 불쌍한데 우리가 키우면 안 될까?"

명혜는 눈을 동그랗게 떴다. 무슨 소리를 하느냐는 듯.

"당연하지. 마당도 있겠다, 강아지 키우는 데 뭐 다른 문제 있어?"

"응?"

예상하지 못한 대답에 현민은 살짝 당황했다.

"키우자. 마당 있는 넓은 집에 개까지 있으면 완벽하잖아."

"아니, 난 당신이 동물 싫어하는 줄 알았지."

"나도 개나 고양이 좋아해. 애들 키우는 게 벅차서 들일 생각을 못 했을 뿐이지."

"그래? 그럼 내가 당장 동물 병원에 데리고 갈게. 애들한테는 당신이 말해 주는 게 좋겠다. 그럼 더 기뻐할 거야."

"알았어. 난 점심 준비할게."

"응? 점심은 이미 지났잖아. 하하."

현민이 웃으며 명혜를 봤다. 명혜는 웃지 않았다.

"그러네. 그럼 저녁 준비할게."

"저녁은 너무 이른……."

"뭘 먹으면 좋을까? 마트에 가서 고기라도 사 올까? 새 식구가 들어왔으니 파티라도 해야겠네. 당신은 동물 병원 가서 사료도 좀 사 오고 해."

명혜는 전에 없이 밝고 활기차 보였다. 그 사건이 터지기 전으로 돌아간 것 같았다. 현민이 걱정하던 모습과는 달랐다. 너무나 달랐다.

"여보."

"왜?"

명혜가 또 웃었다. 헝클어진 머리카락이 현민의 눈에 들어왔다. 카디건은 단추를 잘못 채워 위쪽부터 한 칸씩 어긋나 있었다.

"희우 안부는 안 물어봐?"

현민이 말했다. 조심스레.

"희우는 어때?"

명혜가 물었다.

"퇴원했어. 괜찮아. 지금 그 강아지랑 밖에 있어. 지우도 같이. 그리고 동우는……."

"근데 그거 알아?"

명혜가 현민의 말을 자르며 물었다.

"뭐?"

"이 집. 뒤틀려 있다는 거."

명혜는 그 말을 남긴 뒤 묘한 미소와 함께 안방으로 들어가 버렸다. 거실에 혼자 남은 현민은 천천히 팔뚝을 쓸어내렸다. 집 안 공기가 서늘했다. 그때 문을 열고 희우와 지우가 들어왔다. 희우는 호떡이를 안고 있었다.

"아빠. 동물 병원 언제 가세요?"

희우가 물었다.

"아! 동물 병원. 지금 가지, 뭐."

현민은 희우에게서 호떡이를 받아 들었다. 계속 꼬리를 살랑살랑 흔들고 있던 호떡이는 현민의 품에 안기자 못마땅한 표정으로 힐끔 올려다봤다. 그러고는 작게 짖었다.

멍!

안방을 향해.

시내 동물 병원 수의사는 호떡이를 찬찬히 진찰하고는 싱긋 웃었다.

"좀 말라서 그렇지 건강하네요. 보니까 야생에서 제법 오래 혼자 지낸 것 같습니다. 이렇게 건강한 게 기적이라 할 정도예요."

"어쩌다가 어미랑 떨어졌을까요?"

현민이 물었다.

"보면 아시겠지만 얘는 블랙탄 진돗개 잡종이에요. 애초에 키우던 사람이 어미를 버렸을 가능성이 크고 그 버려진 어미가 야생에서 새끼들을 낳았을 겁니다. 아무래도 야생이다 보니 어미도 선별적으로 자식들을 키웠을 거고, 그렇게 얘는 자연스레 가족에서 도태되었겠죠."

"그럼 저희가 데려다 키우는 건 문제가 없을까요?"

"어휴. 그럼요. 그 대신에 진짜 가족이 되어 주셔야 해요. 어미한테 버려진 녀석들, 그만큼 정에 굶주려 있거든요."

수의사가 진지한 표정으로 말했다.

"네. 알겠습니다."

호떡이는 여러 검사를 하는 동안에도 몸부림 한 번 치지 않았다. 예방주사도 늠름하게 맞았다. 가족이 되기 위해서는 감내해야 한다는 사실을 아는 것 같았다.

"감사합니다."

무시 못 할 비용을 내고 나오며 현민은 인사를 했다.

"이거 가져가세요."

간호사가 내민 전단에는 '학대하지 말기! 버리지도 말기!'

라고 적혀 있었다. 현민은 전단을 받아 들고 차로 향했다. 품에 안긴 호떡이가 꾸벅꾸벅 졸고 있었다. 그제야 좀 강아지 같아 보였다.

"호떡아. 식구가 된 걸 환영한다."

그 말을 듣자마자 호떡이는 귀를 쫑긋 세우더니 만족스러워 보이는 표정을 지었다.

호떡이를 데리고 집으로 돌아가자 아이들은 새삼 또 반겼다. 희우는 호떡이가 건강하다는 사실에 기쁨을 감추지 못했고 지우는 방방 뛰며 온몸으로 기쁨을 표현했다. 매사에 표정 변화가 없는 동우마저도 눈을 반짝였다.

"호떡아. 언니가 많이 놀아 줄게."

지우가 말했다.

호떡이는 꼬리를 흔들며 헥헥거리기에 바빴다.

"좋지?"

현민이 동우를 보며 슬쩍 물었다. 동우는 아차 하는 표정을 짓더니 관심 없다는 듯 고개를 돌리며 우물우물 한마디를 했다.

"좋긴 한데…… 이름이…….."

"이름이 왜?"

"호떡이가 뭐야, 호떡이가. 멋진 이름이어야지! 희우야. 우리 블랙 드래건으로 하면 안 될까?"

동우가 결국 본심을 드러냈다.

"난 호떡이가 좋은걸. 봐 봐. 호떡이도 자기 이름 좋아해. 호떡아."

멍!

"호떡아."

멍!

호떡이는 희우와 박자라도 맞추듯 짖었다.

"아니라고. 쟤도 멋진 이름을 좋아할 거야. 블랙 드래건. 블랙 드래건. 블랙 드래건!"

동우가 아무리 불러도 호떡이는 쳐다보지 않았다.

"그 이름 호떡이가 싫어해."

지우의 말에 동우가 살짝 당황한 표정을 지었다.

아이들 모습을 보며 미소를 짓던 현민은 명혜를 찾아서 안방으로 들어갔다. 방에는 아무도 없었다. 현민은 동우에게 물었다.

"엄마는?"

"세탁실."

여전히 블랙 드래건에 대한 미련을 버리지 못한 동우를 뒤로하고 현민은 세탁실로 갔다.

"여보. 나 왔어. 여보."

세탁실 문을 열자 우뚝 서 있는 명혜가 보였다. 명혜는 세탁기에 시선을 고정한 채 현민은 거들떠보지도 않았다. 세탁기가 툴툴툴 거슬리는 소리를 내며 돌아가고 있었다.

"왜? 세탁기에 문제라도 있어?"

한참 후 명혜의 대답이 돌아왔다.

"세탁기 균형이 안 맞아."

"응? 괜찮아 보이는데."

현민은 건성으로 대답하며 세탁기를 바라봤다. 현민의 눈에는 어디가 잘못된 건지 보이지 않았다.

"비스듬하게 기울었어."

명혜가 중얼거렸다.

"그럼 아래에 뭐 좀 대 볼까?"

"아니. 소용없을 거야. 집이 뒤틀려서 그런 거니까."

명혜는 그렇게 말하며 야릇한 표정을 지었다. 웃는 것도 아니고 찡그리는 것도 아닌 표정.

"아까도 그 말 하더니 그게 무슨 뜻이야?"

"이제 알게 될 거야."

이번 표정은 확실했다. 명혜는 활짝 웃고 있었다.

"무슨……."

현민의 핸드폰이 울린 건 그때였다. 액정을 보니 출판사였다.

"잠깐만."

현민은 핸드폰을 들고 세탁실에서 나왔다. 아주 중요한 전화였다.

그 사건 이후 현민은 일에 손을 대지 못했다. 우울증과 공황장애 때문만은 아니었다. 그림을 그리려고 책상 앞에만 앉으면 손이 덜덜 떨렸다. 이야기도 전혀 생각나지 않았다. 끊임없는 자기검열 속에서 그림도, 이야기도 어느 하나 제대로 나오지 않았다. 업계에서도 현민과의 작업을 꺼렸다. 출판사를 말아먹은 작가라는 꼬리표가 따라붙었다. 1년이 흐른 최근에서야 그 분위기가 조금 누그러졌다고 동료들이 알려 왔고 현민은 용기를 냈다. 짬을 내 샘플 원고를 만들어 유명 출판사에 들이밀어 보았다. 현민은 자신 있었다. 명혜에게 호언장담한 것도 그런 이유 때문이었다.

"여보세요."

현민은 최대한 침착하게 전화를 받았다.

"유현민 작가님이시죠?"

상대방이 밝은 목소리로 물었다.

"네. 제가 유현민입니다. 말씀하세요."

"보내 주신 원고 잘 봤고요……."

틀렸구나.

상대방의 목소리를 들었을 때부터 감이 왔다. 너무 어렸다. 아마 편집부 막내 직원에게 떠맡긴 것 같았다. 거절 전화는 보통 그런 식으로 건다.

"네."

"그림도 좋고 내용도 재미있는데 저희랑은 결이 좀 맞지 않아서요. 죄송하지만 이번에는 출간으로 이어질 수 없을 것 같습니다."

"저…… 혹시 편집장님과 통화를 할 수 있을까요?"

"네?"

"제가 편집장님과 친분이 조금 있어서요. 잠시 통화만 하고 싶……."

"죄송한데요, 편집장님 지금 외근 중이셔서요."

월요일 오후부터 외근이라…….

더 매달리면 구차해진다는 걸 알면서도 현민은 전화를 끊기가 힘들었다.

"그럼 편집장님 돌아오시면 연락 한번 해 달라고 전해 주세요."

"알겠습니다."

상대방이 떨떠름한 목소리로 대답했다.

"그럼."

"네!"

상대방은 기다렸다는 듯 전화를 끊었다. 현민이 다락방 계단을 채 다 오르기도 전이었다. 그만큼 짧은 통화였다.

"젠장."

현민은 머리를 벽에 기대고 눈을 감았다. 신인 시절에도 숱하게 거절 통보를 받았지만 그때와 지금은 상황이 완전히 다르다. 출판사에서 기성 작가의 신작을 거절하는 경우는 극히 드물다. 아직은 때가 아니라고 판단했을까? 아니면 정말로 작품이 별로였을까? 대중에게 찍힌 작가의 책을 내기에는 위험성이 크다고 생각했을까?

가정을 하자면 한도 끝도 없었다. 부질없는 짓이었다.

현민은 다락방으로 들어갔다. 몸에서 기운이 쏙 빠졌다. 그리고 보니 근거 없는 자신감이었다. 왜 당연히 통과될 거라고 생각했을까? 얼마간 잠잠했던 좌절감과 패배감, 그리고 무력감이 슬금슬금 올라왔다.

현민은 바닥에 벌렁 누웠다.

커튼을 쳐 놓아서 다락은 어둑어둑했다. 팔을 이마에 올리고 눈을 감았다. 호떡이 덕분에 좋았던 기분이 전화 한 통으로 끝나 버렸다. 다른 출판사에도 보내 봐야 하겠지만 떨어진 자신감이 돌아올지 알 수 없었다. 그렇다고 마냥 이렇게 백수 신세로 지낼 수는 없다. 그런 자각이 예리하게 후벼 팔수록 현민은 관자놀이가 쿡쿡 쑤셨다. 안 좋은 징조였다.

현민은 벌떡 일어났다. 누워만 있다가는 다시 끝도 없는 우울감에 잠길 것 같았다.

'움직이자. 움직여야지.'

그렇게 생각하며 책장으로 다가갔다. 책장에는 '도깨비 탐정' 시리즈가 쭉 꽂혀 있었다. 현민의 또 다른 자식과 같은 존재들이었다. 그런 사건이 벌어졌는데도 현민은 자신의 작품이 싫지 않았다. 작품은 아무런 잘못이 없었다. 물론 자신도. 그저 불행한 순간에 그 책이 거기 있었을 뿐이다.

현민은 책등을 가만히 쓰다듬었다. 한 권, 한 권 그것을 작업할 때의 기억이 되살아났다. 마감을 앞두면 지옥이었지만 완성한 후에는 천국이 펼쳐졌다. 행복한 순간들이었다.

그때 등 뒤에서 문 열리는 소리가 들렸다.

"어. 금방 내려갈게."

동우라고 생각했다. 희우와 지우는 위험하니까 다락방 출입 금지였다. 그렇다고 명혜가 직접 올라올 리도 없었다.

"가서 밥 먹자."

현민이 덧붙였다.

아무런 대답도 돌아오지 않았다.

"동우······."

고개를 돌리려다가 멈칫했다. 누군가가 뒤에 바싹 붙어 서 있었다. 현민보다 큰 사람이었다. 자신을 내려다보는 시선이 뒤통수에 그대로 느껴졌다. 악취가 풍겼다. 하아. 차디찬 숨을 내쉴 때마다 서늘한 기운이 목덜미에 닿았다. 다락방 온도가 급속도로 내려가고 있었다. 그럼에도 현민의 등허리는 금세 축축하게 젖었다. 땀이 비 오듯 흘렀다. 현민은 온 힘을 다해 입을 다물었다. 조금이라도 힘을 풀었다가는 비명이 터져 나올 것 같았다. 뒤에 선 정체불명의 존재는 자신이 비명을 지르기만을 기다리고 있다는 생각을, 현민은 문득 했다. 그 존재가 불명확한 발음으로 한마디를 중얼거렸다.

"아이······ 어디······ 있니?"

잔뜩 쉰 목소리였다. 그 목소리가 뒤이어서 한마디를 덧붙였다.

"움직이면…… 크게…… 다쳐……."

현민은 안간힘을 써서 고개를 움직였다. 그러고는 아래쪽을 내려다봤다. 그 존재의 다리가 보였다.

장화를 신고 있었다.

번들거리는 검은색 고무장화.

그때였다.

"유 작가. 유 작가님 안 계시나?"

마당에서 큰 목소리가 들렸다. 순간 그 존재가 내뿜던 압박감이 씻은 듯 사라졌다. 현민은 참았던 숨을 한 번에 토해 내면서 뒤를 돌아봤다. 아무것도, 아무도 없었다.

"유 작가. 날세. 이장."

현민은 서둘러 창문으로 다가가 커튼을 걷었다. 그러고는 창문을 열고 밖을 내다봤다. 의성리 이장이 마당에 서 있다가 현민을 발견하고는 손을 흔들었다. 주름진 얼굴에 한껏 미소를 걸고서. 벌겋게 달아오른 얼굴이 다락방에서도 똑똑히 보였다. 벌써 한잔 걸치고 온 모양이었다. 그 모습을 보고서야 이장이 어제 했던 말을 떠올렸다. 이장은 전에 살던 사람들이 궁금하면 더 이야기를 해 주겠다고 말하며 이렇게 덧붙였다.

"예전에 마을 주민 기록용으로 찍어 놓은 사진도 있을 거야. 내 그것도 찾아서 보여 주지."

"이장님."

현민이 간신히 목소리를 쥐어 짜냈다.

"아이고. 일하고 계셨나? 어제 말했던 거 기억하지? 사진도 찾았거든."

"네. 내려가겠습니다."

현민은 그렇게 말한 뒤 돌아서려다가 멈칫했다. 이장의 등 뒤로 유독 그림자가 짙게 드리워 있었다. 아직 해가 지려면 멀었는데도 이장 주위에만 땅거미가 진 것 같았다. 현민은 서둘러 내려갔다. 다락방에 잠시라도 더 머물기가 싫었다. 지금 이 순간에 나타난 이장이 마치 구세주처럼 느껴졌다.

"아빠. 누가 왔는데?"

호떡이와 놀던 동우가 현민에게 말했다. 명혜는 여전히 보이지 않았다.

"잠깐 나갔다 올게."

현민이 막 그렇게 말했을 때였다.

"으악!"

마당에서 비명이 들렸다. 말로는 표현할 수 없는 처절한 비명이었다. 현민은 놀라서 우뚝 멈췄다. 희우와 지우가 서로를 끌어안았다.

"너희들. 여기서 꼼짝 말고 있어!"

현민은 아이들을 향해 외친 후 현관문을 벌컥 열었다.

마당 한가운데 이장이 쓰러져 뒹굴고 있었다. 주위가 온

통 피바다였다. 푸른 잔디와 붉은 피가 극적인 대조를 이루며
섬뜩함을 더했다.

"괜찮으세요?"

현민이 이장에게 달려갔다.

"으_으."

이장은 얼굴을 가린 채 고통에 찬 신음을 흘렸다. 피가 너
무 많이 흘렀다. 이장의 손가락 틈새로 검붉은 피가 울컥울컥
새어 나왔다.

"이, 일단 지혈부터 할게요!"

현민은 입고 있던 티셔츠를 벗고는 이장의 손을 얼굴에서
떼어 냈다.

그 순간 보고 말았다. 양쪽 뺨에 선명하게 나 있는 할퀸
상처를. 피부가 너덜거릴 정도로 상처가 깊었다. 길고 날카로
운 무언가가 순식간에 이장의 뺨을 할퀴고 지나간 듯했다.

'아니야. 그건 아닐 거야.'

현민은 이장의 얼굴을 자신의 티셔츠로 감싸며 생각했다.

할퀸 상처는 꼭 손톱자국 같았다. 길고 날카로운 손톱을
한껏 세워 단번에 그어 버리는 모습이 현민의 눈앞에 떠올랐
다가 사라졌다.

하지만 누가?

마당에는 이장 말고는 아무도 없었다. 현민이 내려오기까
지는 채 1분도 걸리지 않았고. 그사이 누군가가 다가와 이장

의 얼굴을 할퀸다는 건 불가능했다.

현민은 떨리는 몸과 마음을 간신히 추스르며 핸드폰으로 119에 신고했다. 이장은 거의 정신을 잃어 가고 있었다.

"빨리 와 주세요! 빨리!"

현민이 한껏 소리를 지르며 주위를 둘러봤다. 그 순간 명혜와 눈이 마주쳤다. 명혜는 거실 통유리로 바깥을 바라보고 있었다. 놀란 기색도 없이 태연한 얼굴로.

5월 12일 화요일

현민은 다락방에서 눈을 떴다. 사방이 어둑어둑했다. 아마 새벽 같았다. 어제 일이 떠올랐다. 이장의 사고, 경광등을 번쩍이며 달려온 구급차, 그리고 경찰의 취조까지. 경찰 역시 무엇이 이장 얼굴에 그런 상처를 남겼는지 모르는 듯했다. 이장의 입을 통해서도 들을 수 없었다. 병원으로 가자마자 곧장 혼수상태에 빠졌기 때문이다. 결국 현민은 그때 상황을 설명하는 수준으로밖에 이야기할 수 없었다. 경찰은 영문을 몰라 하면서도 현민을 용의자로 보는 것 같지는 않았다.

"상처 방향으로 봐서 누가 뒤에서 할퀸 것 같은데 그게 가능할까?"

"설마 자기가 자기 얼굴을 그런 건 아니겠지?"

경찰들끼리 나누는 대화를 들으며 현민은 집으로 돌아왔다. 이미 늦은 밤이었다. 가족들은 다 자고 있었다. 거실에서 턱을 괸 채 누워 있던 호떡이만이 슬그머니 얼굴을 들고는 꼬리를 한 번 흔들어 주었다.

현민은 일단 안방으로 향했다. 명혜에게는 제대로 설명을 해야 할 것 같았다. 이장의 꺼림칙한 사고는 물론이고 자신이 다락방에서 겪었던 그 섬뜩한 경험에 대해서도. 그런데…….

명혜는 태연히 자고 있었다.

아이들이야 그렇다 쳐도 명혜까지 잘 줄은 몰랐다. 울컥하는 마음에 명혜를 깨우려 했다. 그 순간 현민은 자기도 모르게 코를 막았다. 시큼하고 퀴퀴한 냄새가 코를 찔렀다. 냄새는 분명 명혜에게서 풍기고 있었다. 현민은 깨우려던 걸 포기하고 침대에서 자려던 것도 포기하고 다락방으로 쫓기듯 올라갔다. 그러고는 마음을 진정시킬 겸 그림을 그렸다. 아마 그러다가 책상에 엎드린 채 잠이 든 모양이었다.

현민은 기지개를 켜며 책상에 놓인 종이를 바라봤다. 종이에는 자신이 만든 캐릭터인 신경쇠약 도깨비 '과민이'가 연필 선으로 대충 쓱쓱 그려져 있었다. 과민이는 매사에 신경질적이고 짜증을 부르는 캐릭터. 캐릭터에 맞게 팔다리가 길쭉하고 매부리코에 입은 작다. 눈썹은 빗자루처럼 위로 뻗어 올랐고 입꼬리는 축 처졌다. 손에는 장갑을 끼고 다닌다. 더러운 걸 만지기 싫어하기 때문인데 그 장갑 낀 손에 부엌칼이 들려 있었다.

'부엌칼? 내가 언제 이런 걸?'

놀랄 틈도 없었다. 종이 속 과민이가 움직인다 싶더니 부 엌칼로 자기 목을 거침없이 그었다.

"으악!"

현민은 비명을 지르며 진짜로 깨어났다.

역시 다락방이었고, 책상에 엎드린 채 자다가 일어난 상태 였다.

"헉헉."

현민은 숨을 몰아쉬었다. 꿈인지 현실인지 분간되지 않았 다. 커튼 사이로 빛이 새어 들어오는 것으로 봐서 날이 밝은 건 분명했다. 그걸 확인하고 나서야 마음이 조금 놓였다. 현민 은 슬쩍 아래를 내려다봤다. 역시 과민이가 종이에 그려져 있 었다. 장갑 낀 손에 든 것은…… 가느다란 도깨비방망이였다.

"휴."

현민은 한숨을 내쉬며 이마에 솟은 땀을 닦았다. 그때였 다. 천장이 빙그르 돌면서 익숙하고 불쾌한 감각이 현민을 덮 쳤다. 눈앞이 흐려지면서 심장이 빨리 뛰었다.

공황발작.

현민을 삶의 끝까지 밀어붙였던 그 빌어먹을 포식자가 방 심하고 있던 틈을 타 갑자기 습격한 것이다.

현민은 이를 악물고 벌떡 일어났다. 일단은 다락방에서 벗어나야 한다. 의사는 발작이 찾아오면 현장에서 벗어나라고 충고했다. 호흡이 가빠 오기 시작했다. 진땀이 흘렀다. 심장은 펌프질이라도 하는 것처럼 빠르게 뛰었다가 금세 멎을 것처럼 느리게 뛰었다가를 반복했다. 무엇보다 숨을 제대로 쉴 수 없다는 게 가장 괴롭고 두려웠다. 보이지 않는 손이 입안으로 쑥 파고 들어와 숨구멍을 막고 있는 듯했다.

비척거리면서도 용케 1층으로 내려왔다. 눈앞이 흐려서 계단 난간을 꽉 잡아야 했다. 다락방을 벗어나자 확실히 호흡이 조금 돌아왔다. 죽을 것 같은 공포감도 조금씩 옅어졌다.

"하아."

현민은 벽을 짚은 채로 천천히 심호흡을 했다. 호흡이 정상을 되찾으면서 목이 말라 왔다. 몸 안의 모든 수분이 땀으로 다 빠져나간 것 같았다. 현민은 다시 한번 숨을 크게 쉰 뒤 냉장고로 향했다. 정수기에서 물을 받는 시간도 견딜 수 없었다.

냉장고 문을 벌컥 연 현민은 언제부터 들어 있었는지도 알 수 없는 김빠진 사이다를 꺼내 단숨에 들이켰다. 차갑고 달콤한 액체가 목구멍을 타고 넘어갔다. 그제야 조금 정신이 들었다.

현민은 냉장고 문을 닫고 그 앞에 주저앉았다.

부푼 꿈을 안고 이사를 온 게 불과 며칠 전인데 벌써 조금씩 무너지고 있는 느낌이었다. 출판사는 작품을 거절했고 공황은 다시 찾아왔다. 어제 다락방에서 겪었던 일은 또 어떤 가. 그것은 환각도 아니었고 착각도 아니었다. 분명 뒤에 누군 가가 서 있었다. 그리고 이장…….

집이 뒤틀려서 그래.

문득 명혜가 했던 그 말이 떠올랐다. 가장 께름칙한 것이 바로 명혜의 변화였다. 명혜는 하룻밤 새 다른 사람처럼 행동하고 있다. 말투도 미묘하게 바뀌었다. 감지 않아 떡 진 머리카락, 며칠째 갈아입지 않는 옷, 온몸에서 풍기는 악취.

'집…… 이 집이 문제인가?'

현민은 처음으로 그런 생각을 했다.

그때 화장실 쪽에서 찌이익 하는 귀에 거슬리는 소리가 들렸다. 그러고 보니 집에는 아무도 없었다. 동우는 학교에 갔을 테고 명혜와 희우와 지우는 어디로 갔을까? 호떡이도 보이지 않았다.

찌이익.

그 소리가 다시 들려왔다. 붙어 있는 무언가를 억지로 떼는 소리.

현민은 일어나 화장실로 향했다. 스위치를 눌렀지만 불이 들어오지 않았다. 그 대신에 답답한 기운이 달려들었다. 화장실 문이 내내 열려 있었는데 그 안에 가득 찬 공기가 그대로 질척질척하게 굳은 것만 같았다. 질감이 살아 있는 공기가 현민의 다리를 휘감았다.

찌이익.

현민은 소리가 들리는 쪽으로 고개를 돌렸다. 세면대 앞 거울이었다. 거울에는 현민을 시작으로 명혜, 동우, 희우, 지우의 칫솔을 각자 붙여 놓았다. 색깔도 다 달랐다. 이사 오기 전부터 사용하던 압착식 칫솔걸이였다. 바로 그것들이 찌이익 귀에 거슬리는 소리를 내며 반쯤 떨어지려 하고 있었다.

"이게 왜 갑자기……."

현민이 채 말을 마치기도 전에 뿅 소리와 함께 명혜의 칫솔이 세면대에 떨어졌다. 현민은 고개를 갸웃하며 명혜의 칫솔을 다시 붙였다. 그러자 기다렸다는 듯 이번에는 희우의 칫솔이 떨어졌다. 다음 순간, 다른 칫솔도 모두 뿅 소리를 내며 떨어졌다.

현민은 세면대 앞에서 한 발 물러섰다. 그러고는 떨어진 칫솔을 노려봤다. 한동안 대치 상태가 계속됐다. 그사이 화장실 안에 떠돌던 압박감과 답답한 기운이 서서히 사라졌다.

"아무 일도 아니야."

누구에게랄 것도 없이 중얼거렸다. 상담사가 했던 말이 떠올랐다. 아무 일도 아니라고 생각하면 아무 일도 아니게 된다고. 같잖은 말장난이었다. 그래도 현민은 다시 그 말을 되뇌었다.

"아무 일도 아니라고."

세면대로 다가가 떨어진 칫솔걸이를 다시 붙였다. 절대 떨어지지 않게 하아, 입김을 분 후 타일에다가 꽉 눌렀다. 현민은 잠시 지켜보다가 돌아섰다. 그 순간이었다. 느낌이 이상했다. 고개를 돌렸다. 칫솔들이 일제히 흔들리고 있었다. 누군가가 손가락으로 톡톡 치기라도 하는 것처럼.

현민이 다시 세면대로 다가가 거울 앞에 섰을 때였다. 갑자기 불이 켜졌다. 다음 순간 화장실 구석에 쪼그리고 앉은 작은 형체가 거울에 비쳐 보였다. 단발머리를 한 소녀였다. 놀란 현민이 뒤를 돌아봤다. 소녀는 사라지고 없었다. 다시 거울을 바라보자 소녀는 일어선 채 고개를 푹 숙이고 있었다.

"뭐, 뭐야?"

현민이 슬그머니 고개를 돌렸다.

없었다.

혹시나 하는 마음으로 다시 거울을 바라봤다. 거울 속에는 현민의 얼굴만 비치고 있었다. 현민은 눈을 감았다가 떴다. 헛것을 봤구나, 그렇게 생각하면서.

현민은 맥이 쑥 빠진 채로 돌아섰다. 그 순간 단발머리 소녀가 바로 눈앞에 서 있었다. 창백한 얼굴을 들고서. 소녀의 얼굴에는 이목구비가 없었다. 밋밋한 살덩이 그 이상도 이하도 아니었다. 그럼에도 현민은 시선을 느꼈다. 차디찬 시선이었다.

"억!"

현민은 너무 놀라 비명도 제대로 지르지 못했다. 그때였다.

"아빠."

뒤에서 들려온 목소리에 현민이 고개를 돌렸다. 희우였다. 희우는 볼이 빨간 채로 땀을 흘리고 있었다. 둥근 이마에 땀 방울이 송골송골 맺혔다. 살짝 숨을 헐떡이는 것으로 봐서 어딘가에서 뛰어온 듯했다.

"희우야!"

현민은 그렇게 말한 뒤 힐끔 정면을 봤다. 소녀는 사라지고 없었다. 현민은 비틀거리며 화장실에서 나왔다. 그런 현민에게 희우가 울먹이며 말했다.

"엄마 좀 말려 주세요."

희우가 울먹였다.

"왜? 무슨 일이야?"

희우가 대답 없이 현민의 손을 잡고 끌었다. 그 순간 밖에서 호떡이 짖는 소리가 들렸다. 지금까지와는 달리 위협적인 소리였다.

멍! 멍!

현민은 희우와 함께 밖으로 나갔다. 희우가 뒷마당 쪽을 가리켰다. 거기서 검은 연기 한 줄기가 올라오고 있었다.

"엄마가…… 엄마가……."

희우는 말을 잇지 못했다.

현민은 희우보다 한 발 먼저 뒷마당으로 달려갔다. 현민의 눈에 제일 먼저 들어온 것은 어디서 구했는지 모를 네모난 양철 고추장 통이었다. 여기저기 찌그러지고 검게 그을리기까지 한 그 양철통 안에서 불꽃이 타오르고 있었다.

"여보! 뭐 하는 거야?"

현민은 양철 고추장 통 안으로 스케치북을 찢어서 넣고 있는 명혜를 불렀다. 종이가 한 장씩 들어갈 때마다 불꽃과 검은 연기가 피어올랐다. 명혜는 표정 없는 얼굴로 불꽃을 들여다볼 뿐 현민에게 시선 한 번 돌리지 않았다. 지우는 안절부절못하며 멀찌감치 떨어져 서 있었다. 그 옆에 버티고 선 호떡이가 다시 짖었다.

멍!

"뭐 하는 거냐니까?"

현민이 다가가 스케치북을 빼앗았다. 명혜는 그제야 현민을 바라봤다.

"희우가 거짓말을 했어."

명혜가 말했다.

"거짓말? 희우가?"

희우가 무슨 거짓말을 했는지 모르겠지만 그것과 스케치북을 불태우는 것이 어떻게 연관되는지 알 수가 없었다.

"그걸 한번 봐 봐. 희우가 어떤 거짓말을 했는지."

명혜의 말에 현민은 스케치북을 넘겨 봤다. 꽃, 사람, 집, 나무 등의 그림이 있었다. 일곱 살 여자아이가 그릴 법한 지극히 평범한 그림들이었다.

"이걸 가지고 왜 이래? 뭐가……."

현민의 눈에 그림 하나가 들어왔다. 파란색 지붕 집을 배경으로 가족을 그려 놓은 그림이었다. 오른쪽부터 현민과 명혜가 서 있고 그다음은 동우였다. 그리고 그 옆으로 세 명이 더 있었다.

세 명?

원피스를 입은 제일 작은 애는 지우일 것이다. 그렇다면 그 옆의 땋은 머리가 희우 본인이다. 그리고 제일 끝에 선 단발머리 여자애는…….

심장이 내려앉았다. 동공이 흔들렸다. 화장실에서 봤던 그 소녀가 틀림없었다. 자신을 올려다보던 그 서늘한 눈빛이 떠올라 현민은 마른침을 삼켰다. 그러고는 스케치북에서 눈을 들어 희우를 바라봤다. 희우는 말없이 서 있었다.

"단발머리에 파란 치마 보이지? 걔가 희우 친구야."

"친구?"

현민이 반문했다. 도무지 상황 파악을 할 수 없었다.

"그 친구라는 애, 치마 아래를 봐."

명혜가 말했다.

"치마 아래……."

그림을 뚫어지게 보던 현민이 한 가지 사실을 깨달았다.

그 아이, 단발머리 소녀만 발이 없었다.

현민은 혹시나 해서 스케치북을 넘겨 다른 그림도 확인했다. 단발머리 파란색 치마 소녀는 자주 등장했고 어김없이 다리와 발이 보이지 않았다. 한기가 등허리를 훑었다. 그림 속 소녀 역시 눈, 코, 입이 다 없었다. 그저 갸름한 얼굴뿐이었다.

"희우야. 얘는 누구니?"

희우는 입을 꾹 다물고 고개를 숙였다.

현민이 조심스레 물었다.

"친구니?"

희우가 보일 듯 말 듯 고개를 끄덕였다.

현민은 명혜를 봤다. 명혜는 여전히 무표정하게, 그러나 기세등등하게 서 있었다. 양철통 안의 불길이 계속 타오르는 중이었다. 먹이를 탐내는 뱀처럼 혀를 날름거리며.

"그림이 이상한 건 알겠는데······."

현민은 희우의 눈치를 살핀 다음 말을 이었다.

"희우가 대체 무슨 거짓말을 했다는 거야? 자세히 설명 좀 해 봐."

"희우는 그냥 친구라고만 했어. 하지만 아니야. 그림 속 개는 귀신이야. 희우가 귀신을 불러들인 거라고."

"귀신······."

아내 입에서 나온 그 단어가 무척 낯설게 느껴지는 것과 동시에 화장실에서 마주했던 소녀가 떠올라 소름이 돋았다. 그 소녀를 보지 못했다면 그저 황당하다고만 생각했을 것이다. 현민의 '도깨비 탐정' 시리즈에는 귀신이며 요괴 같은 것들이 등장한다. 그런 만큼 현민 역시 관련 공부를 많이 했다. 참고도서도 꽤 모으고 읽었다. 그럼에도 현민은 초자연현상에 회의적이었다. 분명 그랬는데……

"아빠. 진짜 귀신 있어?"

지우가 물었다.

"지우야. 넌 호떡이랑 들어가 있어. 엄마랑 아빠는 이야기 좀 할게. 희우야. 너도 들어가. 가서 동생하고 놀아 줘."

현민은 두 딸을 향해 말한 뒤 슬쩍 명혜를 봤다. 명혜는 대번에 고개를 가로저었다.

"희우 넌 남아 있어!"

결국 혼자 눈치를 보던 지우만 슬금슬금 사라졌다. 호떡이가 꼬리를 살랑살랑 흔들며 그 뒤를 따랐다.

현민은 희우에게 걱정하지 말라는 뜻으로 눈짓을 보낸 후 명혜를 똑바로 바라봤다. 단추를 잘못 채운 카디건이 그대로였다. 냄새도, 그대로였다.

"여보. 귀신이라니 무슨 소리야?"

현민이 목소리를 낮춰 물었다.

"말 그대로야. 당신도 그림 봐서 알잖아. 그건 사람이 아니라는 거."

"조금만 이성적으로 생각해 보자고. 희우가 상상으로 만들어 낸 친구일 수도 있잖아."

현민이 자기 자신에게 하는 말이나 다름없었다.

"이걸 보고도 그런 말이 나올까?"

명혜가 카디건 주머니에서 꼬깃꼬깃 접은 종이 한 장을 꺼내 내밀었다. 현민은 그 종이를 받아 펼쳐 봤다.

오래된 전단이었다. 코팅된 흰색 종이 맨 위에 빨간색 글씨가 크게 적혀 있었다.

〈실종된 아이를 찾습니다!〉

'아이?'

현민은 바로 아이 사진을 확인했다. 희미하게 웃고 있는 사진 속 아이는 단발머리 소녀였다. 파란색 치마를 입고 있는. 사진 밑에 아이의 이름이 나와 있었다.

〈오하영〉

"오하영……."

현민이 그 소녀의 이름을 중얼거렸다. 희우보다 한두 살 정도 많아 보였다.

"날짜를 봐. 그리고 주소도. 2년 전 이맘때고 오하영이라는 애는 바로 이 집에 살았어."

명혜의 말이 맞았다. 오하영이 실종됐다고 전단에 나온 날은 바로 2년 전 5월 8일이었다. 그리고 연락처 옆 주소는 분명 자신들이 지금 살고 있는 파란 지붕 집이었다.

"이전에 살던 가족 중 막내딸이 실종된 거야."

명혜가 턱짓으로 전단을 가리키며 말했다.

"누가 그런 이야기를 했어? 이 전단은 어디서 났고?"

"이은영."

명혜가 짧게 말했다.

"이건 그냥 실종 전단이잖아. 이 애가 죽었다는 건 어떻게 알아?"

"이 집에서 이상한 기운 못 느꼈어?"

명혜의 질문에 현민은 대답할 말을 찾지 못했다. 이상한 기운이라면 조금 전에도 느꼈다. 아니, 두 눈으로 보지 않았던가. 단발머리 소녀를.

"그게 다 맞는 말이라고 해도 희우가 무슨 재주로 귀신을 불러내, 응?"

현민이 목소리를 쥐어 짜내 물었다. 갑자기 기운이 쑥 빠졌다. 그저 이 자리를 피하고 싶은 마음뿐이었다. 희우도 마찬가지인 듯했다. 안 그래도 하얀 얼굴에 핏기가 싹 가셔 투명해 보일 정도였다.

명혜는 대답 대신 스케치북을 빼앗아 맨 뒷장을 펼쳤다. 그러고는 현민 눈앞에 휙 들이밀었다.

"이걸 봐."

그 장은 단 두 단어로 가득 차 있었다.

유희우, 오하영, 유희우, 오하영, 유희우, 오하영……

두 소녀의 이름이 빨간색으로 적혀 있었다. 현민은 그 색이 볼펜 잉크나 물감에서 나온 게 아니라는 사실을 대번에 알아챘다.

피였다.

피를 손가락에 묻혀 번갈아 가며 두 이름을 쓴 것이다. 커다란 종이 한 장 가득.

"희우야!"

현민은 손부터 머리까지 희우의 몸 여기저기를 살폈다. 그러다 희우가 치마를 꼭 쥐고 있는 걸 발견했다.

"설마……."

그때 명혜가 다가와 희우의 치마를 홱 걷어 올렸다. 현민이 말릴 새도 없었다. 희우의 가느다란 허벅지가 드러났다. 거기에는 길쭉한 상처가 가득했다. 딱지가 생긴 것도, 피가 맺힌 것도 있었다.

"이거 네가 이런 거니?"

현민이 물었다.

희우는 대답 없이 괴로운 듯 얼굴만 찡그렸다. 현민은 도저히 믿을 수가 없었다. 희우가 자기 몸에 상처를 냈다는 것도, 자신들이 그걸 까맣게 모르고 있었다는 것도 모두 다 믿기 어려웠다. 아니, 믿고 싶지 않았다.

무엇보다, 상처의 피를 손가락에 적셔 자신과 오하영의 이름을 써 내려갔을 희우의 모습을 떠올리니 머리가 어질할 지경이었다.

"이래도 못 믿겠어? 희우 쟤가 귀신을 불러낸 거야. 몹쓸

년. 귀신을 불러내서 진짜 우리 가족을 해코지하려던 게 틀림
없어!"

"명혜야!"

현민이 소리를 질렀다.

미친 것 같았다. 아니, 미쳤다. 저런 말을 하다니, 명혜의
입에서 저런 말이 나오다니…….

이 세상 누구보다 희우를 사랑하고 끔찍이 아끼는 사람이
명혜였다. 동우가 섭섭해하지 않을까 걱정이 될 정도로 희우
를 챙겼다. 물론 엄할 때는 엄했지만 마음 약한 명혜는 금세
희우를 끌어안고 위로해 줬다. 그랬는데…… 몹쓸 년이라고?

현민은 지금 상황을 도저히 감당할 수 없어 소리를 질러
놓고도 멍하니 명혜만 바라봤다.

"왜? 할 말 있어?"

명혜가 물었다.

현민은 대답하는 대신 희우의 손을 잡아끌었다. 당장 이
자리를 떠나고 싶었다. 마찬가지 마음인지 희우도 돌아보지
않고 열심히 따라왔다. 뒤에서 명혜의 거친 목소리가 들렸다.

"나쁜 아이는 벌을 받아야지!"

희우가 현민의 손을 꽉 쥐었다. 희우는 떨고 있었다. 현민
역시 심장이 뛰고 식은땀이 흐르는 걸 감출 수가 없었다. 무
언가 잘못돼도 한참 잘못되었다. 내면의 예민한 본능이 그렇
게 말해 주고 있었다.

"무서운 게 올 거래요."

뒷마당을 벗어나자마자 희우가 한마디 했다.

"뭐?"

"하영이가 그랬어요. 자기가 사라지면 진짜 무서운 게 온다고."

그 순간 현민의 시야가 닿는 곳 끝에서 무언가가 천천히 움직였다. 현민이 우뚝 멈춰 섰다.

끼이익.

거슬리는 소리가 났다. 현민이 고개를 돌렸다. 창고 문이 열렸다. 아주 조금, 마치 안에서 누군가가 엿보기라도 하는 것처럼. 그 틈 사이로 차가운 어둠이 흘러나왔다.

"왜 그러세요?"

희우가 물었다.

"아니, 아니야."

현민이 재빨리 고개를 돌렸다. 더 바라보고 있다가는 창고 안의 누군가와 눈이 마주칠지도 모른다는 말도 안 되는 상상이 머릿속을 가득 채웠다. 현민은 크게 심호흡을 했다. 희우와 마주 잡은 손에 땀이 축축하게 배어 나왔다.

"괜찮아요?"

희우가 걱정 어린 눈빛으로 올려다봤다.

"아빠 괜찮아. 그것보다 희우야."

현민이 쪼그리고 앉아 희우와 눈을 마주쳤다. 희우의 얼굴에는 여러 가지 표정이 떠올라 있었다. 슬픔, 공포, 그리고 분노까지.

"엄마 말이 다 사실이니?"

"저도 몰라요. 하영이는 말을 안 해요. 항상 어딘가에 글을 써요. 그래도 좋은 친구예요. 우리를 엄청 걱정해 주는."

"하지만 너에게 상처를 내게 했잖아."

"그건…… 하영이가 나타나지 않아서 어쩔 수 없이 그런 거예요. 하영이가 말했거든요. 피로 이름을 쓰면 잠깐 돌아올 수 있다고."

현민은 난감했다. 자신이 그 단발머리 소녀를 본 이상 오하영의 실종 혹은 죽음을 부인할 수는 없었다. 명혜의 말이 사실이라면 희우가 오하영 귀신에게 홀렸을 수도 있다. 정말로 그렇다면 어떻게 해야 할까? 영화처럼 신부나 퇴마사를 불러야 할까?

생각이 복잡해진 현민이 다시 희우를 내려다봤다. 지금 이 순간, 가장 상처받고 당황스러울 사람은 희우일 것이다. 그 생각을 하자 마음 한편이 찌릿했다.

"희우야. 아빠가 한번 알아볼 테니까 너무 걱정하지 말고 지우랑 딱 붙어 있어. 알았지?"

"걱정은 제가 안 해요. 하영이가 해요."

"그래. 그렇구나."

현민은 희우의 머리를 쓰다듬었다. 그러면서 새삼 집을 둘러봤다. 이 아름다운 집 어딘가에 귀신이 숨어 있다니, 아직까지 믿기 힘들었다. 아니, 믿고 싶지 않았다. 어쩌면 모든 게 착각은 아닐까? 현민은 알고 있었다. 그 사건 이후 가족들 모두 큰 상처를 입었고 아직 회복되지 않았다는 것을……. 지금 현민의 가정은 카드로 쌓아 올린 집이나 다름없었다. 카드가 한 장이라도 빠지면 무너지고 마는 불안한 상태. 그런 불안감이 존재하지도 않는 귀신을 만들어 낸 것 아닐까?

아무튼, 사실관계를 확인해 볼 필요는 있었다.

"아! 이거……."

부동산 사장은 현민이 내민 전단을 보자마자 안색이 변했다.

현민은 희우와 지우가 같이 있는 걸 확인한 후 곧바로 부동산으로 달려왔다. 부동산 사장은 너구리상에다 아주 친절해서 현민이 파란 지붕 집을 계약하기로 결심하는 데 큰 역할을 했다. 사장은 그때도 이야기를 하긴 했다. 전에 살던 가족이 좀 안 좋은 일 때문에 부랴부랴 떠났다고. 하지만 실종이라는 단어는 언급조차 하지 않았다.

"어떻게 된 겁니까? 지금 제가 살고 있는 집, 도대체 어떤 일이 있었던 겁니까?"

현민은 따지듯 물었다.

"아니, 그게 그러니까……."

사장의 얼굴이 사람 좋아 보이는 너구리상에서 잔머리 굴리는 족제비상으로 단숨에 변했다. 현민은 사장의 대답을 기다리지 않고 다그쳤다.

"지금부터 녹음 시작할 거니까 알아서 하세요. 사실관계가 안 맞으면 경찰 부를 겁니다."

"아이고. 경찰은 무슨……. 내가 다 설명할 테니까 일단 좀 앉읍시다."

현민이 사장에게서 시선을 거두지 않은 채 소파에 앉았다.

"커피? 아니면 박카스?"

사장이 물었다.

"괜찮으니까 빨리 이야기나 해 주세요."

"그러면……."

"아! 그 전에, 예전에 그 집에 살았던 사람들, 그 부부 이름이 뭡니까?"

"그게…… 남편이 오두신인가 그랬고 부인이 이은영일 겁니다."

오두신과 이은영.

현민이 두 사람의 이름을 머릿속에 넣었다. 그러고 나서 사장에게 바로 물었다.

"여기 나온 오하영이라는 애가 파란 지붕 집에 살았죠? 그리고 실종됐고."

사장이 고개를 끄덕인 후 입을 열었다.

"2년 전 이맘때였는데 마을이 발칵 뒤집혔죠. 부부 사이 금슬도 좋은 것 같았고 애들도 아주 예의가 발랐다니까. 겉보기엔 아무 문제가 없었지. 아! 맞다. 애들이 번갈아 가며 아프고 다치고 해서 병원 신세를 자주 지긴 했죠. 뭐 그거야 애 키우는 집에선 흔한 일이니까…… 아무튼 막내가 쥐도 새도 모르게 사라진 거요. 그때 걔가 열 살이었나 아마 그랬을 거야. 마을 사람들에다가 경찰들까지 다 동원돼서 숲이고 개울이고 샅샅이 뒤졌어요. 그런데도 안 나와. 그 부모 울던 모습이 아직도 생생하네. 이 전단도 그때 만든 거요. 꽤 많이 만들어서 의성리는 물론이고 읍에도 붙이고 그랬다니까요."

"그랬는데도 못 찾았군요."

현민의 말에 사장이 다시 고개를 크게 끄덕였다.

"일주일 동안 매일 수색을 했는데도 흔적 하나 발견하지 못했죠. 그 뒤에 그 사달이 난 겁니다."

"그 사달이라면……"

"그렇죠. 나머지 가족들도 다 사라진 거. 그것도 하룻밤 새. 가구고 짐이고 그대로 두고 사람만 없어졌죠. 이건 내가 말해 줬을 겁니다."

이번에는 현민이 고개를 끄덕였다.

"무슨 일이 있었던 걸까요?"

"소문이 엄청나게 돌았죠. 헛소문도 있고 그럴싸한 소문도 있었는데 확실한 건 누구도 진실을 모른다는 거요. 심지어 이런 이야기도 있었습니다."

현민은 자기도 모르게 사장 쪽으로 바싹 당겨 앉았다.

"그 집에 귀신이 들러붙은 거라고. 그래서 막내부터 시작해 차례로 귀신한테 끌려간 거라고."

귀신.

또 그 단어를 들었다.

"그 후에는 어떻게 됐습니까?"

현민이 물었다.

"전에 살던 사람들이 집 산다고 대출을 좀 받았나 봐요. 근데 그걸 다 못 갚고 사라졌으니 자연스레 은행에서 그 집을 차지하게 된 거죠. 그러고는 뭐, 부동산에다 의뢰를 해서 팔아 달라고 한 거지. 걔들 입장에서는 시세보다 싸도 빨리 팔아 버리는 게 이득이니까요."

"제가 때마침 그 미끼를 물었군요."

현민이 혼잣말처럼 중얼거렸다.

"그런데 이 전단은 어디서 났고, 누구한테 뭔 소리를 듣고 찾아온 겁니까?"

사장이 새삼 전단을 들여다보며 물었다.

"아내가 이웃 사람한테 받았다고 하는데 저도 잘 모르겠습니다. 다만……."

"다만?"

현민이 잠시 망설이다가 대답했다.

"집에서 이상한 일이 일어납니다. 어제도 이장님이 심하게 다치고……."

순간 사장의 표정이 굳었다. 사장은 현민의 어깨 너머 출입구 쪽을 보고 있었다. 현민도 사장의 시선을 따라 고개를 돌렸다.

부동산 밖에 이장이 서 있었다.

활짝 열어 놓은 문으로 이장의 모습이 보였다. 이장은 어깨를 구부정하게 숙인 채 어둡고 퀭한 눈으로 부동산 안을 들여다보고 있었다. 이장의 양 뺨에는 큼지막한 거즈가 붙어 있었다. 심지어 환자복을 입은 상태였다.

"저, 저 양반이 여기는 대체 왜 온 거야? 병원에 있어야 할 양반이."

사장이 더듬거리며 말했다.

현민은 엉거주춤 일어났다. 불길한 예감이 머리를 스치고 지나갔다. 이장은 비틀거리며 부동산 안으로 들어왔다. 거리가 줄어들수록 이장의 끔찍한 몰골이 똑똑히 보였다. 뺨에 붙여 놓은 거즈에는 피가 배어 있었고 두 눈은 실핏줄이라도 터졌는지 전부 새빨갰다. 손가락에서는 피가 뚝뚝 떨어졌다. 무엇보다 충격적인 것은 눈알이 튀어나오고 핏줄이 툭 불거질 정도로 말라 버린 몰골이었다. 이장은 덩치가 큰 편이 아니었지만 살집도 제법 있고 근육도 많았다. 적어도 어제까지는 그랬다.

하룻밤 사이에 완전히 변해 버린 이장의 모습에 현민은 할 말을 잃었다. 그저 멍하니 바라볼 뿐이었다. 이장은 금방이라도 쓰러질 듯 비틀거렸다. 악취가 코를 찔렀다. 현민이 자기도 모르게 한 발 물러선 순간, 이장이 다다다 달려왔다.

"헉!"

피할 새도 없었다. 이장의 움직임은 그만큼 빨랐다. 보이지 않는 거대한 손이 이장의 머리를 움켜쥔 채 던지기라도 한 것처럼.

단숨에 거리를 좁힌 이장이 현민의 멱살을 움켜쥐었다. 어마어마한 힘이었다. 현민이 아무리 용을 써도 이장은 손을 풀지 않았다.

"아이고. 이 양반이 왜 이런데!"

그렇게 외치는 사장의 목소리가 떨렸다.

"경찰…… 경찰 좀…….."

현민이 목이 조여 오는 걸 느끼며 간신히 말했다.

"어어? 네. 경찰, 경찰!"

사장이 말을 더듬었다. 그러고는 곧 경찰에 전화를 걸어 신고하는 목소리가 들렸다.

이장이 점점 더 힘을 주며 현민을 잡아당겼다. 헐렁한 환자복 아래로 드러난 나뭇가지 같은 팔에 핏줄이 곤두섰다. 이장이 입을 벙긋 벌렸다. 그러자 상처가 터지기라도 했는지 거즈가 금세 붉게 물들었다.

"이, 이장님. 이거 놓고······."

현민이 간신히 입을 연 바로 그 순간 이장의 차가운 입김이 귀에 닿았다. 이장은 이를 딱딱 부딪치며 속삭였다.

"집이 뒤틀렸으니 더 무서운 게 비집고 나올 거야. 크크크 크크."

그 말을 듣자마자 기운이 쑥 빠졌다. 현민이 팔을 축 늘어뜨렸다. 몸이 텅 빈 듯한 느낌이었다. 비어 버린 그 공간 안으로 검고 냄새나는 무언가가 들어오는 것 같았다.

"그냥 받아들여. 어쩔 수 없잖아?"

분명히 이장의 입에서 나오는 말이었지만 목소리는 이장의 것이 아니었다.

"포기해. 그냥······."

목소리는 점점 작아지다가 이내 안개처럼 흔적도 없이 사라졌다. 동시에 현민의 멱살을 잡고 있던 손에서 힘이 풀렸다.

"컥!"

현민이 이장을 밀쳐 내며 숨을 몰아쉬었다. 이장은 그 자리에 선 채로 스르르 무너져 내렸다. 풍선에 바람 빠지듯이 그렇게.

"괜찮아요?"

사장이 다가와 물었다.

"네. 그것보다 이장님 좀······."

현민이 목을 주무르며 말했다. 이장의 시뻘건 눈동자는 초점을 잃고 허공의 한 지점에 머물러 있었다. 흙빛 얼굴에 생기라고는 찾아볼 수 없었다. 이장은 무릎을 꿇고 주저앉은 자세 그대로 움직일 줄 몰랐다.

"이장님! 이봐요, 이장님. 정신 좀 차려 봐요!"

사장이 어깨를 잡고 흔들었지만 이장은 반응을 보이지 않았다. 그때였다.

"으아아아아!"

이장이 비명을 질렀다. 몸속 장기를 다 쏟아 내는 게 아닐까 할 만큼 길고 격렬한 비명이었다.

"히익!"

사장이 감전이라도 된 듯 펄쩍 뛰었다. 그러고는 멀찌감치 물러섰다. 현민 역시 놀라기는 마찬가지였다. 어제 들었던 비명도 끔찍했지만 지금에 비할 바는 아니었다. 그야말로 보이지 않는 손이 이장의 영혼을 쥐어 짜내고 있는 것만 같았다.

"으아아아아!"

이장은 급기야 벌떡 일어나더니 부동산 밖으로 달려 나가려 했다. 그 순간, 신고를 받고 출동한 경찰이 부동산으로 들어오려다가 이장과 부딪혔다.

"아이고!"

나가떨어진 쪽은 덩치 좋은 경찰이었다.

"저, 저! 빨리 잡아야……."

부동산 사장이 점점 멀어지는 이장을 가리켰다.

경찰 둘이 서둘러 이장을 쫓아갔다. 현민은 그 모습을 지켜보다가 순간적으로 비틀했다. 머리가 아파 오고 눈앞에서 빛의 알갱이가 터져 나갔다.

"작가님."

뒤에서 사장이 불렀지만 현민은 돌아보지 않고 밖으로 나가려 했다.

"작가님!"

현민이 손을 내저었다. 됐으니 이만 가 보겠다는 뜻이었지만 사장은 끝내 다가와 현민을 돌려세웠다.

"제가 지금……."

"이거 가져가세요."

사장이 그렇게 말하며 곱게 접은 종이 한 장을 내밀었다.

"이, 이게 뭡니까?"

"그러니까 이게…… 말하기가 좀 그런데 제가 작가님께 죄송한 것도 있고 해서……."

사장이 거기까지 말한 뒤 괜스레 머리를 긁적였다.

현민은 종이를 펼쳐 봤다. 거기에는 전화번호 하나가 적혀 있었다. 현민이 인상을 구기며 바라보자 사장이 재빨리 덧붙였다.

"1년 전쯤이었나, 한 남자가 여길 찾아왔어요. 이런저런 시답잖은 이야기를 하다가 파란 지붕 집에 대해 묻지 뭡니까."

"뭘 물었습니까?"

현민은 조금씩 정신이 돌아오는 걸 느꼈다.

"혹시 집이 나갔는지, 이상한 소문 같은 건 없는지 뭐 이런 것들을 물었어요. 뭔가 알고 있는 것 같더라니까. 그러면서 마지막에 나한테 부탁을 하더라고."

"부탁이요?"

사장은 누가 듣고 있기라도 한 것처럼 주위를 살피더니 현민 쪽으로 바짝 다가와 조용히 말했다.

"파란 지붕 집으로 이사 오는 사람이 있으면 자기한테 알려 달라 하더라고."

"그래서요?"

"처음에는 안 된다고 했는데…… 돈까지 쥐여 주면서 그러니까……."

"그래서 그 남자한테 우리가 온 걸 말했다?"

사장이 곤혹스러운 표정으로 고개를 끄덕였다.

"미안합니다. 좀 우락부락해도 누굴 해칠 상은 아니더라고. 그리고 난 솔직히 추심 업체 직원이나 뭐 그런 사람인 줄 알았다니까."

"상의 한마디 없이 그러면 어떡해요?"

현민으로서는 드물게 버럭 소리를 질렀다. 그 남자가 떠올라서였다. 파란 지붕 집을 훔쳐보다가 도망친 그 남자. 어쩌면 동일 인물일지도 모른다고 생각하자 더 화가 치밀었다.

"그래서 내가 이렇게 말하지 않습니까. 진짜 미안하게 됐습니다. 그럴 일은 없겠지만 혹시 문제가 생기면……."

"이게 그 남자 번호라는 거죠?"

현민은 번호가 적힌 종이를 뚫어져라 바라봤다.

"네."

"알겠습니다."

현민은 뭐라고 중얼거리는 사장을 뒤로하고 부동산을 나왔다. 습하고 더운 바람이 목덜미를 스치고 지나갔다. 말로는 표현할 수 없는 피로가 몰려왔다. 머리가 너무 복잡했다. 집에 귀신이 있다고 주장하는 명혜, 집에 대해서 궁금해하는 정체불명의 사내, 그리고 일련의 사고들……. 잔뜩 헝클어진 상황을 어디서부터 풀어야 할지 감도 오지 않았다.

현민은 잠시 고민하다가 그 남자 번호로 전화를 걸었다. 신호음이 여러 번 떨어졌지만 남자는 전화를 받지 않았다. 현민은 문자메시지를 보내고 차에 올랐다.

—파란 지붕 집에 살고 있습니다. 전화 주세요.

5월 13일 수요일

평일 오후 지하철은 붐비지 않았다. 현민은 멍하니 앉아서 창밖을 바라봤다. 간밤에도 잠을 설쳤다. 온갖 해괴한 꿈을

꾼 것 같은데 기억나는 건 없었다. 머리가 무겁고 마음이 자꾸 가라앉았다. 이러면 안 된다는 걸 알면서도 점점 무기력의 늪으로 걸어 들어가고 있었다. 오늘 약속도 다음으로 미룰까 몇 번이나 고민을 했다. 결국 준비를 해서 나온 건 순전히 명혜 때문이었다.

아침에 일어나 다락방에서 내려와 보니 집 곳곳에 부적이 붙어 있었다. 계단, 냉장고, 창문과 현관문 등 눈 닿는 곳마다 부적이었다. 노란 바탕에 적힌 붉은 글씨는 도무지 그 뜻을 알 수가 없었다.

"이게 다 뭐야?"

현민이 명혜에게 물었다.

"부적이지. 보면 몰라?"

명혜는 꼿꼿한 자세로 소파에 앉아 뚫어져라 앞만 보고 있었다.

"누가 부적인 걸 몰라서 물어. 무슨 부적이고 왜 붙였냐는 거지."

현민은 짜증이 났다. 어지러울 정도로 휘갈겨 쓴 붉은 글씨가 지금 명혜의 상태를 대변하는 것만 같았다.

"어제 말했잖아. 이 집에 귀신이 있다고."

"또 그 소리야?"

"당신도 봤잖아? 안 그래?"

현민은 할 말을 잃었다. 화장실에서 그 소녀를 봤던 일은 명혜에게 이야기하지 않았다. 명혜는 마치 다 알고 있다는 듯 확신에 찬 눈빛으로 현민을 쏘아봤다.

"이 부적을 붙여 놓으면 집이 뒤틀린 것도 바로잡을 수 있고 귀신도 몰아낼 수 있다고 했어."

현민은 저절로 한숨이 나왔다.

"하아. 여보. 그래도 이건 좀……."

"우리 가족을 위해서야. 우리 애들을 위해서라고."

명혜는 단호했다.

현민은 다시 한번 부적들을 훑어봤다. 하루도 안 지나서 이 많은 부적을 어디서 구했는지도 궁금했다. 부적을 계속 보고 있자니 머리가 아프고 속이 울렁거렸다. 현민은 서둘러 화장실로 들어갔다. 그러고는 간단히 세수를 하고 그 길로 집을 나섰다. 집에 있다가는 머리가 터질 것 같았다. 현관에서 뒤를 돌아봤을 때 명혜는 여전히 똑같은 자세로 정면을 노려보고 있었다. 오래 씻지 않아 쉰내를 물씬 풍기면서.

이런저런 생각을 하는 사이 목적지인 시청역에 도착했다. 현민은 자리에서 일어나 내릴 준비를 했다. 그때였다. 덜컹, 하는 소리가 들리더니 지하철이 갑자기 멈춰 섰다. 그 충격에 사람들 몇 명이 넘어졌다. 현민도 휘청했지만 다행히 제때 손잡이를 잡았다.

"뭐야!"

누군가가 소리를 질렀다. 기다렸다는 듯 조명도 완전히 꺼져 버렸다. 정전이었다. 지하철 안이 삽시간에 암흑에 휩싸였다. 사람들이 웅성거리기 시작했다. 당황한 현민은 주위를 둘러봤다. 어둠이 잠식한 지하철에 핸드폰 불빛만 깜박였다.

현민도 엉거주춤 서 있다가 핸드폰을 꺼냈다. 그 순간 차가운 손길이 어깨를 스치고 지나갔다. 현민은 흠칫 놀라 뒤를 돌아봤다. 어둠 속에 누군가가 서 있었다. 눈에 보이지는 않지만 차디찬 숨결이 느껴졌다. 그 숨결 끝에 매달린 끔찍한 악취도…….

현민은 핸드폰을 천천히 앞으로 내밀다가 움찔했다.

바로 앞에 고개를 푹 숙인 남자가 서 있었다. 푸르스름한 액정 불빛을 받고 있는 남자는 도무지 살아 있는 것처럼 보이지 않았다. 남자가 천천히 고개를 들었다. 숟가락으로 푹 떠내기라도 한 것처럼 눈구멍이 텅 비어 있었다. 그 구멍에서 통통하게 살찐 구더기가 기어 나왔다.

"윽!"

현민이 본능적으로 뒷걸음질을 쳤다. 남자가 입을 벌린 채 소리를 질렀다.

"아아아아아!"

신경을 긁는 끔찍한 소리에 현민은 귀를 막았다. 그 순간 남자가 홀쩍 달려들었다.

"으악!"

현민이 비명을 지르며 주저앉았다. 동시에 지하철 내부 조명이 다시 켜졌다. 현민은 쪼그려 앉은 그대로 주위를 둘러봤다. 사람들이 모두 자신을 내려다보고 있었다. 현민은 엉거주춤 일어났다. 자신이 봤던 그 남자는 어디에도 없었다. 마침 지하철이 다시 움직여 곧 시청역에 도착했다.

"승객 여러분 죄송합니다. 전철의 전원이⋯⋯."

기관사의 안내 방송을 다 듣기도 전에 현민은 제일 먼저 지하철에서 내렸다. 정신이 하나도 없었고 머리가 어지러웠다. 현민은 출구를 찾지 못해 허둥대다가 10분 정도 늦게 약속 장소인 카페에 도착했다.

최창호가 미리 와서 기다리고 있었다.

"안 오는 줄 알았다."

최창호가 보고 있던 핸드폰을 내려놓으며 슬쩍 웃었다. 풀어 헤친 넥타이에 소매를 걷어 올린 셔츠, 그리고 가느다란 뿔테 안경까지, 오랜만에 만났지만 최창호는 한결 같았다.

최창호와는 대학에서 친구가 되었다. 과는 달랐지만 둘 다 천체관측부여서 인연을 맺게 되었다. 둘은 성격이 극과 극이었지만 그래서인지 오히려 죽이 잘 맞았다. 진짜로 별자리를 관찰하기 위해 천체관측부를 선택한 현민과 달리 여자를 만날 기회가 많다는 이유로 부원이 된 이가 바로 최창호였다. 고지식한 현민과 자유분방한 최창호는 곧잘 어울려 다녔다.

"미안해. 정신이 딴 데 가 있어서⋯⋯."

현민이 머리를 긁적이며 말했다.

"기자는 시간이 생명인 거 몰라?"

최창호는 제법 유명한 일간지 기자였다. 현민은 최창호에게 일간지에 만화 연재를 할 수 있느냐고 물었고 오늘이 그 대답을 듣는 날이었다.

"어때? 통과됐어?"

현민은 본론부터 꺼냈다. 순간 최창호가 난감하다는 표정을 지었다. 현민은 그 표정만으로도 결과를 알 것 같았다.

"그게…… 실무 쪽에선 통과가 됐거든. 지면은 아니고 온라인판에 연재하면 되겠다고. 근데 윗대가리 한 명이 반대를 하고 나서서……."

최창호는 그렇게 말한 후 한마디를 덧붙였다.

"미안하게 됐다. 도움도 못 주고."

"아냐. 애초에 무리한 부탁이었어. 나도 그리 기대하진 않았어. 하하."

거짓말이었다. 이제 시간도 좀 지났고 사람들의 관심 역시 뜸하니 온라인판 연재쯤은 통과될 줄 알았다. 출판사에서 몸을 사리는 지금, 믿을 건 신문사뿐이었다. 현민은 애써 표정을 관리했지만 그걸 모를 리 없는 최창호였다.

"야! 앞으로는 잘될 거니까 너무 걱정하지 마. 내가 한 번더 말해 놓을게."

"고맙다."

현민이 슬쩍 웃었다.

"고맙거나 말거나 오늘은 한잔해야지. 어때?"

"오늘은 좀……."

현민이 말끝을 흐렸다.

"왜? 이 형님이 오랜만에 참치 쏜다! 너 참치 좋아하잖아. 한 잔만 딱 하고 들어가자. 응?"

최창호는 금방이라도 일어날 기세였다.

"집에 안 좋은 일이 좀 있어서……. 미안하다."

현민의 말에 최창호가 상체를 내밀고 걱정스러운 표정으로 물었다.

"누가 아파? 제수씨? 아님 애들?"

"그게 아니고……."

현민은 망설이다가 이사 이후 지금까지의 상황을 간략하게 설명했다. 이야기를 듣던 최창호의 표정이 차츰 변했다. 그러다가 집이 뒤틀렸다는 말이 나오자 눈을 반짝이며 관심을 표했다.

"뒤틀린 집이라는 건 아무래도 풍수지리랑 관계된 것 같은데……. 제수씨가 계속 그 말을 한단 말이지?"

"맞아. 나도 인터넷으로 여러 번 검색을 했는데 정보가 없더라고. 뒤틀렸다는 게 방위를 말하는 건지 집의 구조를 말하는 건지도 모르겠고. 한 가지 확실한 건, 명혜는 물론이고 아이들까지 점점 이상해진다는 거야."

"너는?"

그 질문에 현민은 아무런 대답도 하지 못했다. 자신 역시 이상해지고 있다는 것을 누구보다 잘 알기 때문에.

"그러지 말고 우리 무당한테 가 보면 어때?"

최창호가 의외의 말을 꺼냈다. 대학생 시절부터 종교니 신앙이니 하는 것들은 죄다 부질없고 사람을 미혹하는 거라며 떠들던 이가 바로 최창호였다.

현민이 이상하다는 표정을 짓자 최창호는 변명하듯 서둘러 말을 이었다.

"아니…… 취재하다가 만난 분인데 제법 용하더라고. 알고 있는 것도 많고. 나 이번에 진급한 것도 그 보살이 하라는 대로…… 에이, 아니다. 일단 가 보자. 지푸라기라도 잡아야 할 거 아냐!"

현민이 고개를 끄덕였다. 명혜가 귀신 타령을 하며 부적을 붙이는 지금 상황에서 자신 역시 뭐라도 해야 할 것 같았다.

"알았어. 속는 셈 치고 한번 가 보자."

현민이 자리에서 일어났다.

"어허. 속는 셈 치는 게 아니라니까. 믿음과 신뢰가 있어야 점괘도 더 잘 나오고……."

현민은 최창호의 뒤를 따라 '청명보살'이라는 간판이 달린 곳으로 들어갔다. 대기실에 제법 손님이 많았는데 최창호가 자기 이름을 대자 바로 들어오라고 했다.

"너 여기 VIP야?"

현민이 조용히 물었다.

"여긴 큰손들이 많이 와서 나 정도는 VIP가 되지도 못해. 그래도 직업이 직업이다 보니까 배려는 해 주더라고."

그럼, 저기 앉아 있는 일반 손님들은 어떻게 생각하겠느냐고 물으려다가 현민은 그냥 입을 다물었다. 사람은 다 변하기 마련이고 그건 최창호에게도, 그리고 자신에게도 해당하는 말이었다.

"아이고, 보살님."

최창호는 방에 들어서자마자 살갑게 인사를 건넸다. 현민은 옆에서 고개를 꾸벅 숙였다.

"오! 최 기자 어서 오시게. 편히 앉아. 같이 오신 분도……."

현민을 바라보던 청명보살의 표정이 대번에 굳었다. 청명보살은 입을 벌린 자세 그대로 한참을 가만히 있었다.

"보살님?"

눈치를 살피던 최창호가 슬쩍 청명보살을 불렀다.

"최 기자는 나가 계시게."

청명보살이 참았던 숨을 토해 내듯 그렇게 말했다.

"네? 아니 저도……."

"어서!"

서슬 퍼런 외침에 최창호가 현민에게만 눈짓을 보낸 뒤 대기실로 나갔다. 현민은 주뼛거리며 청명보살 앞에 앉았다.

"저는 유현민이라고 합니다."

청명보살의 뺨이 씰룩 움직였다. 무언가를 억지로 참고 있는 듯했다.

"이름은 됐고, 뭐가 궁금해서 왔나?"

"집이 뒤틀렸다…… 뒤틀린 집이라는 게 무슨 말입니까?"

현민이 물어본 순간 청명보살의 눈이 커졌다. 그러고는 혼잣말처럼 중얼거렸다.

"오귀택이군. 오귀택이야. 그러니 이렇지."

"오귀택? 그게 뭡니까?"

현민이 묻자 청명보살이 버럭 소리를 질렀다.

"뭐긴 뭐야, 온갖 귀신이 모여 사는 집이란 뜻이지!"

"네?"

"대문이 어느 방향에 있어?"

청명보살이 물었다.

"남쪽에 있습니다."

"그럼 안방은?"

"그건…… 서쪽인가?"

현민이 머릿속으로 집을 떠올리며 대답했다.

"그거야! 그거라고. 동사택이니 서사택이니 하는 말 모르지? 대충 설명하자면 집의 방위에도 음양의 조화가 중요하다는 거야. 집, 대문, 안방, 주방, 심지어 화장실까지 동사택이면 동사택, 서사택이면 서사택으로 배치가 되어야 길한 집이지. 반대로 동사택과 서사택이 섞이면 그게 바로 뒤틀린 집, 즉 오귀택이 되는 거야.”

청명보살은 마지막에 책상까지 내리치며 소리를 질렀다. 현민으로서는 청명보살의 반응도, 동사택이니 서사택이니 하는 말도 모조리 이해가 되지 않았다.

“그럼 어떻게 해야 합니까?”

현민이 조심스레 물었다.

“틀렸어.”

청명보살의 뺨이 또 씰룩 움직였다.

“네?”

“집에서 이상한 일이 자꾸 일어나지?”

“사실은 그래서…….”

“그렇게 되면 이미 글렀어.”

“글렀다고요?”

“그래! 그쪽은 모르겠지만 내 눈에는 보여.”

“뭐가 보인다는 겁니까?”

“뒤에 매달고 온 그 흉측한 원귀!”

청명보살이 다시 소리를 질렀을 때였다.

지이잉.

지이잉.

현민의 핸드폰이 진동했다. 핸드폰을 손에 쥐고 있던 현민이 재빨리 발신자를 확인했다. 명혜였다. 수신을 거부하려는 찰나 청명보살이 말했다.

"받아."

현민은 청명보살의 표정이 기괴하게 일그러지는 걸 봤다.

"받아."

마치 복화술이라도 하듯 입을 꾹 다물고 있는데 목소리가 새어 나왔다.

현민은 청명보살에게서 눈을 떼지 못한 채 전화를 받았다.

"응. 나야."

"아이들은 어디 있니?"

명혜가 아니었다. 낯선 목소리의 여자였다.

"여보세요? 누구세요?"

잠시 침묵이 흘렀다. 그 대신 바람 소리가 났다. 땅속 깊이, 축축하고 어두운 그곳에서 바람이 불어오는 장면이 현민의 머릿속에 그려졌다. 소름이 돋았다. 침묵도 기분이 나빴지만 그 희미한 바람 소리가 더 거슬렸다.

"잘못 거신 것 같으니 전화 끊겠습니다."

현민이 그렇게 말한 순간 핸드폰 너머의 여자가 미친 듯이 웃기 시작했다.

"깔깔깔!"

날카롭고 높은 그 웃음에 놀란 현민이 핸드폰을 떨어뜨릴 뻔했다. 여자의 웃음은 계속됐다.

"깔깔깔!"

그때였다. 청명보살이 앞뒤로 몸을 흔들었다. 게슴츠레 뜬 눈에 흰자위만 보였다. 뺨이 아까보다 훨씬 심하게 씰룩거렸다. 촛불이 모조리 꺼졌다. 그러자 기다렸다는 듯 어둠이 찾아왔다. 청명보살이 흔들어 대는 요령 소리가 어둠 속에 울려 퍼졌다. 청명보살이 인상을 잔뜩 찌푸린 채 알아들을 수 없는 말을 중얼거렸다. 몸을 흔들며 고개를 한껏 꺾은 상태로.

"깔깔깔!"

현민이 전화를 끊었다. 더는 그 기괴하고 섬뜩한 웃음을 참을 수 없었다. 그러자마자 청명보살 뒤쪽의 병풍이 덜그럭거리며 제멋대로 움직이기 시작하더니 끝내 요란한 소리를 내며 넘어졌다.

그 소리에 최창호가 뛰어들어 왔다.

"무슨 일이야?"

현민과 청명보살을 번갈아 보던 최창호의 눈이 순식간에 커졌다.

"보, 보살님!"

최창호가 몸을 흔들고 있는 청명보살에게 다가가려다가 우뚝 멈춰 섰다. 현민도 마찬가지였다. 가슴을 서늘하게 만드는 장면에 두 사람이 그대로 얼어붙었다.

청명보살은 더는 몸을 흔들지 않았다. 그 대신 눈과 코, 그리고 입에서 피를 쏟아 냈다.

"컥! 컥!"

답답한 듯 자기 가슴을 두드리던 청명보살이 현민 쪽으로 고개를 홱 돌려 미소를 지은 것은 최창호가 마침 119에 전화를 하던 순간이었다.

청명보살이 현민을 향해 똑똑히 물었다. 온통 피범벅이 된 얼굴에 환한 미소를 띠고서.

"아이들은 어디 있나?"

"헉!"

놀란 현민이 후다닥 뒤로 물러났을 때였다. 청명보살이 다시 요령을 흔들면서 중얼거리다가 갑자기 책상에 머리를 찧기 시작했다.

쾅!

쾅!

말릴 새도 없이 두 번이나 머리를 찧은 청명보살은 그제야 본래 표정을 찾았다. 물론 그 표정도 오래가지는 못했다. 곧 울음을 터트렸기 때문이다.

"제발…… 제발 그냥 가 주세요. 제가 상대할 수 있는 존재가 아닙니다."

청명보살이 현민 뒤쪽의 어딘가를 바라보며 애원했다.

"현민아. 넌 일단 이곳을 떠나. 수습은 내가 할게."

최창호가 말했다.

"알았어."

현민은 정신이 없었다. 그저 이 자리를 빨리 피하고만 싶었다.

"나중에 연락할게!"

그렇게 말하는 최창호에게 손을 들어 보인 후 현민은 서둘러 밖으로 나갔다. 밝고 뜨거운 태양 아래 서 있자 몸속 냉기가 조금씩 사라지는 듯했다. 그렇지만 현민은 알고 있었다.

마음속 가장 깊은 곳에 삐죽 솟아 있는 얼음덩어리는 전혀 녹지 않았다는 것을. 게다가 그 얼음덩어리는 빙산의 일각이라는 것도 현민은, 알고 있었다.

현민은 반쯤 얼이 빠진 상태로 시청역에 도착했다. 제발 그냥 가 달라고 애원하던 무당의 표정이 눈앞에 계속 어른거렸다. 태어나서 처음이었다. 그토록 겁에 질린 표정을 본 것은. 청명보살의 뺨을 타고 흘러내리던 눈물과 하얗게 질린 얼굴을 떠올리자 새삼 소름이 돋았다. 현민은 자기도 모르게 눈을 질끈 감았다.

그때였다.

"저기요? 뭐 하세요?"

갑자기 들린 목소리에 현민이 깜짝 놀라 뒤를 돌아봤다. 20대쯤으로 보이는 남자가 서 있었다.

"네, 네?"

현민은 무슨 상황인지 감을 잡을 수가 없었다.

"안 들어가실 거예요?"

"아!"

남자의 말을 듣고 주위를 둘러보고서야 자신이 지하철 개찰구 앞에 멍하니 서 있다는 걸 알았다.

"죄송합니다."

현민은 주머니에서 서둘러 지갑을 꺼내려 했지만 손이 떨려 마음대로 되지 않았다. 남자 뒤로도 다른 사람이 줄을 서서 기다리고 있었다. 결국 지갑을 꺼내는 데는 성공했지만 바로 떨어뜨리고 말았다. 지갑 속에 든 카드며 영수증, 명함 같은 것들이 바닥에 쏟아졌다.

"하아."

뒷사람들이 한숨을 쉬었다.

"죄송합니다. 머, 먼저 들어가세요."

현민은 지갑과 그 안의 내용물을 대충 챙겨 들며 옆으로 비켜섰다. 정신이 하나도 없었다. 뇌가 헬륨 풍선처럼 허공에 붕 떠 있는 느낌이었다. 머릿속과 이어져 있는 가느다란 줄을 놓치기라도 한다면 뇌가 하늘로 높이 떠올라 사라져 버릴 것만 같았다.

"후우."

숨을 한 번 가다듬은 현민은 일단 벤치에 앉았다. 손은 물론이고 다리도 떨렸다. 기운이 하나도 없었다. 이대로 지하철을 탄다면 지독한 공황이 찾아올 게 뻔했다. 현민은 벤치 뒤쪽 기둥에 머리를 댄 채 한동안 눈을 감고 있었다. 시간이 흐르면서 차츰 떨림이 멈췄다. 둥둥 떠 있던 뇌도 제자리를 찾아가는 느낌이었다.

다시 눈을 뜬 현민은 지갑 속에서 빠져나온 것들을 주섬주섬 챙겨 넣었다. 해묵은 영수증, 하나도 맞지 않았던 로또, 언제 받았는지 기억도 나지 않는 명함. 버려야 할 것들이 대부분이었지만 우선은 다 넣었다. 버릴지 말지 판단할 최소한의 여유조차 없었다. 그저 빨리 집으로 돌아가 쉬고 싶었다.

"어?"

마지막으로 남은 명함 한 장을 지갑에 넣으려던 현민이 순간 멈칫했다. 명함 속 이름 석 자가 유독 눈에 들어왔다.

"김구주."

그렇게 중얼거리는 것과 동시에 2년 전 기억이 떠올랐다. 장대비가 쏟아지던 그날, 홀연히 나타나 자신들을 구해 주고 사라진 특이한 행색의 남자. 그 일 이후 두어 번 쯤 명혜와 이야기를 나누기도 했다. 자신을 법사라 칭했던 그 남자에 대해. 사고를 막아 준 건 고맙지만 귀신이니 하는 말들은 못 믿겠다고 명혜는 말했다. 현민도 같은 생각이었다. 그러고는 잊었다. 그랬는데…….

현민은 김구주 법사의 명함을 한참 들여다봤다. 명함 뒷면에는 촌스러운 서체로 '전문 분야'라는 제목 아래 여러 항목이 적혀 있었다.

퇴마, 액막이, 풍수, 살풀이, 기 치료, 부적, 사주, 신점……

김밥천국 메뉴처럼 나열된 각종 항목 가운데 단연 시선을 끄는 것은 퇴마였다. 단어만 보면 흔해 빠진 공포 영화 속 몇 장면이 떠올랐지만 설령 그렇다 한들 현민으로서는 지푸라기라도 잡고 싶은 심정이었다. 이제는 인정할 수밖에 없었다. 청명보살을 만나기 전까지는 긴가민가했지만 지금은 아니었다. 지금껏 일어난 모든 일은 한 방향을 가리키고 있었다. 그 끝에 바로 초자연적 존재가 도사리고 있었다. 그 존재를 부르는 명칭은 하나였다.

귀신.

현민은 명함에 적힌 핸드폰 번호로 전화를 걸었다. 통화 연결음 대신 구성진 트로트가 흘러나왔다. 노래가 막 절정을 향해 달려가는데도 김구주 법사는 전화를 받지 않았다. 현민이 포기하고 끊으려 할 때였다.

"여보세요?"

지금 막 깬 듯한 잠긴 목소리가 전화를 받았다. 사투리 억양이 강한 것으로 봐서 김구주 법사인 듯했다.

"저…… 혹시 김구주 법사님 맞습니까?"

현민이 물었다.

"어어. 맞는데 누구십니까? 처음 보는 번혼데."

김구주 법사는 그렇게 말하고는 늘어져라 하품을 했다.

"혹시 기억하실지 모르겠는데 2년 전에 우연한 기회로 법사님 명함을 받은 사람입니다. 국도에서 사고 날 뻔했던 걸 법사님이 막아 주셨죠."

"아……."

김 법사는 기억을 더듬는 듯했다.

"그때 저희는 장례식에 다녀오던 길이었는데……."

"아! 그랜드카니발 맞지요?"

김 법사의 목소리가 조금 높아졌다.

"네. 맞습니다. 기억하고 계셨군요."

"당연히 기억하지요. 내는 사람은 까묵어도 한 번 본 귀신은 절대 안 까묵습니더."

김 법사의 입에서 귀신이라는 단어가 나온 순간 현민의 등을 타고 냉기가 쭉 올라왔다. 청명보살이 말했던 그 원귀가 차디찬 입김을 불기라도 한 것처럼.

"혹시 도움을 받을 수 있을까 해서 연락드렸습니다."

현민이 조심스레 입을 열었다. 솔직히 말하자면 아직도 마음 한구석에는 회의적인 자아가 꿈틀대고 있었다. 귀신이 실재한다는 사실을 받아들이기 힘들었던 것처럼 그걸 퇴치하는 이의 도움을 받는 것 역시 거부감이 들었다.

"목소리가 영 안 좋네요. 뭔 일입니까?"

김 법사가 물었다. 이제는 완전히 잠에서 깬 듯했다.

"그게…… 혹시 오귀택이라고 아십니까?"

현민은 청명보살에게 처음 들었던 그 단어를 입 밖으로 꺼냈다. 김 법사는 대답이 없었다. 깊은 침묵이 한동안 이어졌다.

"여보세요?"

현민이 묻자 그제야 김 법사가 말했다.

"혹시 전화 주신 분이 오귀택에 살고 있습니꺼?"

"몰랐는데 오늘에야 알게 됐습니다. 실은 최근에 이사를 했는데 이상한 일이 연달아 일어나서……."

현민은 그렇게 말하며 그간의 일을 털어놓았다. 명혜의 변화, 실종된 여자아이와 희우가 그린 그림, 그리고 이장의 사고까지. 마지막으로 자신이 본 소녀 이야기를 꺼내려 할 때 김 법사가 끼어들었다.

"가족들 데리고 당장 집에서 나오이소! 거기 계속 있으면 위험합니데이."

"집이 어떻게 지어졌는가에 따라 진짜 귀신이 나오고 그러나요?"

현민은 귀신이라는 단어를 간신히 발음했다.

"문이고 안방이고 화장실이고 부엌이고 그 위치가 다 뒤틀려 있다 카면 뭐가 생기겠습니까?"

김 법사가 물었다.

"전 전혀 모르겠습니다."

현민이 솔직하게 대답했다.

"틈. 틈이 생긴다 이 말입니더."

"틈……."

현민이 김 법사의 말을 되뇌었다.

"그 틈으로 나쁜 기운이 흘러나와 귀신을 불러 모으고 산 사람을 미치게 만드는 게 바로 오귀택입니더! 그러니까 하루라도 빨리 거길 떠나야 합니더."

"현실적으로 그건 불가능합니다. 지금 와서 새집을 구할 수도 없고."

현민은 난감했다. 여윳돈이 없는 상황에서 다른 집을 구한다는 건 가능한 일이 아니었다.

"그라믄 가족들 다 데리고 여관이나 모텔 같은 곳에라도 피해 있으이소. 내가 바쁜 일 정리하고 늦어도 토요일까지는 그쪽으로 가겠심더. 문자로 주소나 좀 넣어 주이소."

"알겠습니다."

자신감 넘치는 김 법사의 목소리를 듣자 조금 안심이 되는 것도 사실이었다. 현민이 전화를 끊으려던 순간, 핸드폰 너머로 다급한 목소리가 들렸다.

"참! 어떤 말에도 귀를 기울이면 안 됩니더. 알겠습니꺼?"

"네. 명심하겠습니다."

김 법사는 그 대답을 듣고서야 전화를 끊었다. 현민은 핸드폰에 김구주 법사의 전화번호를 저장했다.

집으로 향하는 지하철 안에서 현민은 고민에 빠졌다. 모텔이건 호텔이건 피해 있을 장소를 찾는 것도 문제였지만 명혜를 설득할 말이 딱히 떠오르지 않았다. 게다가 아직 풀리지 않은 의문도 많았다.

청명보살이 말한 원귀가 실종된 오하영이라면 그 소녀는 왜 자신들을 해코지하려는 걸까? 혹시 시체라도 찾아 원한을 풀어 주면 모든 게 정상으로 돌아오지 않을까?

아니, 그 전에 오하영은 왜 원귀가 되었을까?

꼬리에 꼬리를 무는 질문에 현민은 무엇 하나 제대로 된 대답을 찾지 못했다. 확실한 건 하나였다. 이대로 두면 가족들이 위험하다는 사실.

현민은 다짐했다.

무슨 일이 있어도 가족을 지키겠다고.

5월 14일 목요일

현민은 눈을 떴다. 다락방이었다. 달빛이 창문으로 비쳐 들었다. 몇 시인지 확인한 현민은 깜짝 놀랐다. 이미 자정을 넘겨 목요일이 되었다. 우여곡절 가득한 사건을 겪은 탓인지 현민은 몸과 마음이 모두 지친 상태였고 가족들에게 이야기할 기운도 없어 곧장 다락방으로 올라와 누웠다. 그때가 오후였다. 한두 시간쯤 자고 일어나리라 생각했는데 하루가 다 지났을 줄은 몰랐다. 시간이 뭉텅 잘려 나간 느낌이었다.

현민은 간신히 일어나 앉았다. 어제보다는 나았지만 여전히 기운을 차리기 힘들었다. 손으로 몇 번 마른세수를 한 현민은 바닥에 뒹구는 핸드폰을 들어 확인했다. 부재중 전화가 몇 통이나 와 있었다. 모두 최창호였다. 최창호가 보낸 메시지도 있었다.

—뭐야? 걱정되게 왜 전화를 안 받아? 일단 청명보살 건은 잘 넘겼어. 너 의성리라고 했지? 내가 그쪽 지역 사건 사고를 좀 조사해 보고 연락 줄게. 네 말대로라면 실종된 여자아이가 관련이 있는 것 같으니까.

현민은 답장을 보낼까 하다가 그만뒀다. 그럴 힘도, 의지도 없었다. 자고 일어난 덕분인지 그나마 머리가 맑아져서 다행이었다. 현민은 생각에 잠겼다. 김구주 법사의 조언대로 이 집을 떠나는 게 제일 좋은 방법 같았다. 그런 뒤 김 법사가 도착하기를 기다려 확실한 이야기를 듣고 어떻게 하면 좋을지 의견을 나누는 게 지금으로서는 최선이었다. 다만 명혜가 동의할는지 알 수가 없어 불안했다.

"하아."

현민이 작게 한숨을 쉬었다. 관자놀이가 쿡쿡 쑤셨다. 양손 엄지로 쑤시는 부위를 문지르며 일어났다. 아무래도 두통약을 먹어야 할 것 같았다. 다락방에서 내려온 현민은 희우와 지우의 방을 차례로 들여다봤다. 두 딸은 곤히 자고 있었다.

안도의 한숨을 내쉬며 현민이 1층에 내려섰다. 현관 앞에 자리를 잡고 엎드려 있던 호떡이가 벌떡 일어나 꼬리를 흔들었다.

"고맙다. 반겨 줘서."

현민이 쓴웃음을 지었다. 그나마 호떡이가 있어 다행이었다. 적어도 아이들은 호떡이를 보며 즐거워하니까. 게다가 처음 만났을 때 그랬듯이 호떡이는 다부지고 영리했다. 그래서 아직 강아지인데도 듬직해 보였다.

싱크대 서랍장을 연 현민이 두통약을 찾기 시작했다. 분명 맨 위쪽 서랍에 넣어 두었는데 보이지 않았다. 두통이 점점 심해졌다.

"어디 있는 거야?"

현민이 짜증 섞인 목소리로 그렇게 중얼거렸을 때 호떡이가 으르렁거리는 소리가 뒤에서 들렸다.

"너한테 한 말 아니니까 조용히 해."

호떡이를 향해 무심히 말한 그 순간, 현민은 바로 등 뒤에서 인기척을 느꼈다. 놀란 현민이 튕기듯 돌아섰다.

"엇!"

어둠 속에 명혜가 서 있었다.

"깜짝이야. 언제 나왔어?"

아내라는 사실을 알고서도 두근거림이 가라앉지 않았다. 아니, 심장이 오히려 더 빨리 뛰었다.

명혜는 아무 말도 없이 현민을 바라보기만 했다. 어두워서 표정도 잘 보이지 않았다.

"두통약 어디 있는지 알아? 분명 여기 둔 것 같은데 찾아도 없네."

현민은 명혜의 눈치를 살피며 서랍을 닫았다. 두통약을 못 찾더라도 빨리 이 자리를 벗어나고 싶었다. 정체 모를 불안감과 섬뜩함이 심장 뛰는 속도에 맞춰 온몸을 휘돌았다.

"그, 그럼 난 다시 올라가 볼게. 이왕 깬 거 작업이라도 하려고."

현민은 대충 둘러대며 명혜 옆을 지나쳐 갔다. 그때 명혜가 현민을 향해 천천히 고개를 돌렸다. 악취가 훅 날아들었다. 현민은 자기도 모르게 얼굴을 찡그리며 명혜 곁에서 떨어지려 했다.

그때였다.

끄으으.

명혜가 이상한 소리를 내기 시작했다. 그 소리는 몸속 깊은 곳에서 올라오는 듯했다.

끄으으.

"괜찮아? 어디 안 좋아?"

현민이 묻자 명혜가 크게 입을 벌렸다. 그러고는 아주 느리게 한마디를 했다.

"아이들은 어디 있니?"

순간 소름이 돋은 현민이 뒤로 물러섰다. 방금 말한 이는 명혜가 아니었다. 목소리도 달랐다. 명혜는 입만 벙긋거릴 뿐 진짜 말하는 이는 따로 있는 것 같았다. 명혜 안에 다른 존재가 들어 있을지도 모른다고, 현민은 처음으로 생각했다.

"아이들은 어디 있나?"

그렇게 물으며 명혜가 현민을 향해 한 발을 옮겼다. 둘 사이의 거리는 채 1미터도 되지 않았다. 명혜는 온몸에서 악취를 풍기고 있었다. 카디건도 마찬가지였다. 이사 올 때 입었던 걸 지금까지 한 번도 갈아입지 않았다는 사실을 현민은 믿을 수가 없었다. 현민이 아는 명혜는 지나칠 정도로 깔끔한 사람이었다.

"무슨 소릴 하는 거야? 애들은 자기 방에서 다 자고 있지."

"나쁜 아이는 벌을 받아야 해."

명혜가 그 말을 하며 미소 지었다. 양쪽 입꼬리가 기이할 정도로 높이 올라갔다.

"나쁜 아이 없으니까 당신도 어서 자."

현민은 1초라도 빨리 이 자리를 떠나 다락방으로 올라가고 싶었다. 그래야 좀 살 것 같았다. 여전히 피곤했고 두통이 점점 더 심해졌다.

"난 올라갈게."

현민이 그 말을 하고 등을 돌렸을 때 명혜의 목소리, 아니 낯선 여자의 목소리가 날아들었다.

"희우가 거짓말을 했어."

뭐라고 대꾸하려다가 말았다. 현민은 터덜터덜 걸어서 계단을 올라갔다. 3층으로 올라간 현민은 잠깐 아래를 내려다봤다. 명혜가 그 자리에 그대로 서 있었다. 순간 명혜가 고개를 홱 들었다. 반사적으로 뒤로 물러난 현민은 다락방 문을 열고 재빨리 들어갔다. 심장이 세차게 뛰었다. 고개를 들어 자신을 노려보던 명혜의 눈빛이 머릿속에 콕 박혀 사라지지 않았다.

"내가 왜 명혜를 무서워하지?"

다락방으로 들어간 현민이 자신에게 물었다. 마땅한 이유가 떠오르지 않았다. 현민은 김구주 법사가 했던 말을 떠올렸다.

뒤틀린 집에는 틈이 생기고 그 틈으로 나쁜 것이 나와 사람을 미치게 만든다던 말.

설마 명혜는 이미 미친 걸까?

그 생각을 하자 소름이 돋았다. 현민은 잠시 망설이다가 다락방 문을 안쪽에서 잠갔다. 그래도 섬뜩한 기운이 느껴졌다. 마치 명혜가 문밖에 서서 다락방 안을 꿰뚫어 보는 것 같았다.

"휴."

현민은 작게 한숨을 쉰 후 바로 누웠다. 작업할 마음은 이미 사라졌다. 피곤하고 기운이 없었다. 현민은 아픈 머리를 꾹꾹 누르다가 이내 잠이 들었다.

현민이 다시 깼을 때는 아침이었다. 창문으로 빛이 들어와 현민의 얼굴을 간질였다. 일어나지 않고는 배길 수가 없었다. 피곤이 완전히 가시지는 않았지만 그래도 처음 깼을 때보다는 나았다. 오랜만에 푹 자고 일어났더니 머리가 맑아졌다. 두통도 사라졌다.

현민은 일어나 앉아서 기지개를 켰다. 오늘은 아무런 약속도 없으니 종일 작업만 할 생각이었다.

화장실에도 가고 아이들 얼굴도 볼 겸 해서 막 다락방을 나가려는데 핸드폰이 울렸다. 현민은 책상 위에 놓아둔 핸드폰을 집어 들었다. 모르는 번호였다. 왠지 찜찜해서 무시하려다가 결국 전화를 받았다. 언제 누가 일거리를 줄지 알 수가 없으니 낯선 번호라도 받아야 했다. 프리랜서의 비애였다.

"여보세요?"

상대방은 대답이 없었다.

"여보세요? 누구십니까?"

현민이 기다리다 못해 전화를 끊으려는 찰나 낮으면서도 굵은 목소리가 들렸다.

"파란 지붕 집에 사십니까?"

그 남자였다. 집을 감시하던 덩치 큰 남자. 목소리를 듣는 순간 직감했다.

"맞습니다. 그런데 누구시죠?"

현민은 엉거주춤 서 있다가 곧 바닥에 앉았다. 중요한 통화가 될 것 같았다.

"저는 그냥 평범한 트럭 운전사입니다."

"그런 분이 도대체 왜 우리 집에 관심을 가지고 기웃거리는 겁니까?"

"경고를 하고 싶어서 그랬습니다."

"경고?"

"하루라도 빨리 그 집에서 나오세요."

"네? 다짜고짜 그게 무슨 말입니까?"

남자 역시 김구주 법사와 같은 말을 한다는 사실이 영 꺼림칙했다.

"이 집에 관해서 뭔가 알고 계십니까?"

한참 대답이 없던 남자가 망설이듯 천천히 말을 했다.

"자세한 이야기는 만나서 하면 어떨까요? 드릴 것도 있으니. 오늘 당장 만납시다."

"오늘 당장? 지금 어디 계십니까?"

현민이 황당하다는 기색을 숨기지 않은 채 물었다. 처음에는 전화나 문자에도 반응이 없더니 이제 와서 만나자고? 그것도 오늘?

"전 읍에 이미 와 있습니다. 여기 버스 정류장 근처에 다방이 하나 있는데 거기서 뵙죠."

다짜고짜 약속을 잡는 남자에게 한마디를 하려다가 참았다. 현민도 빨리 만나 궁금증을 해소하고 싶었다. 게다가 뭐라고 트집을 잡기에는 남자의 목소리며 태도가 너무나 진지했다.

"알겠습니다. 지금 당장 갈 테니 거기서 봅시다."

"네."

현민은 전화를 끊었다. 트럭을 몬다는 남자가 이 집과 어떤 식으로 연결되어 있는지 짐작조차 할 수 없었다.

궁금증을 뒤로한 채 현민은 다락방에서 내려왔다. 집 안이 썰렁했다. 동우는 학교에 갔고 두 딸은 마당에서 호떡이와 놀고 있었다.

명혜는 뭘 하고 있을까?

현민은 굳게 닫힌 안방 문을 바라봤다. 들어가서 명혜의 얼굴을 볼까 하다가 멈칫했다. 마주치기가 싫었다. 명혜에게서 풍기는 악취만 떠올려도 머리가 지끈거릴 정도였다.

대충 세수를 하고 옷을 갈아입은 현민은 마당으로 나갔다. 현민을 발견한 두 딸이 아빠를 반겼다. 지우가 쪼르르 달려와 현민의 품에 안겼다. 희우는 멀찌감치 서서 현민을 바라봤다.

"아빠. 어디 가?"

지우가 물었다.

"응. 약속 있어서 나가는데 금방 돌아올 거야. 괜찮지?"

마지막 질문은 희우를 위한 것이었다. 희우가 입술을 살짝 깨물며 고개를 끄덕였다. 그 모습이 괜스레 맘에 걸렸지만 현민은 어쩔 수 없이 차를 향해 걸어갔다. 그때 호떡이가 현관문을 바라보며 짖기 시작했다. 현관문 밖에는 집배원이 서 있었다.

차에 타려던 현민은 곧장 현관으로 다가가 문을 반쯤 열고 고개를 내밀었다.

"우편물 왔어요."

집배원이 그렇게 말하며 제법 두툼한 종이봉투를 내밀었다. 받는 이는 명혜였다.

"이게 뭡니까?"

현민이 묻자 집배원이 턱짓으로 봉투를 가리키며 말했다.

"보험증권이라고 적혀 있네요."

"아! 죄송합니다. 미처 보질 못했습니다."

현민은 선명하게 찍힌 K 보험사의 로고를 비로소 발견했다. 지금 상황에서 보험에 가입했다는 게 믿기지 않았다.

"사인 좀 해 주세요."

대리 수령인 항목에 사인하자 집배원은 오토바이를 타고 바람처럼 사라졌다.

현민은 그 자리에서 봉투를 열고 내용물을 확인했다. 꼼꼼하게 읽을 새는 없었지만 '안심 자녀 보험'이라는 상품명은 똑똑히 확인할 수 있었다. 현민은 보험증권을 내려다보며 고개를 갸우뚱했다. 이미 아이들 앞으로 들고 있는 자녀 보험이 몇 개나 된다. 그런데 형편도 안 좋은 지금 같은 상황에서 또 다른 상품을 계약했다?

이쯤에서 현민은 이은영이라는 그 빨간 지붕 집 여자를 떠올릴 수밖에 없었다. 그 여자와 어울리면서부터 명혜가 점점 더 이상해졌다는 생각이 들었다.

현민은 일단 차로 가서 시동을 켰다. 두 딸이 손을 흔들어 줬다. 현민 역시 손을 흔들며 무심코 사이드미러를 봤다.

명혜가 우뚝 서 있었다. 거실에서 통유리창으로 바깥을 살피며 감시라도 하듯 모든 걸 노려보는 모습이었다.

현민은 자기도 모르게 소름이 돋은 걸 나중에야 확인했다. 에어컨을 켜지도 않았는데 차 안에 서늘한 기운이 맴돌았다.

분명, 이상한 일이 벌어지고 있었다.

말로는 설명할 수 없는 일. 게다가 더 끔찍한 일이 아직 남았을 것만 같아 현민은 마른침을 삼켰다. 조수석에 던져 놓은 보험증권이 계속 신경 쓰였다.

그러는 사이 읍내에 도착했다. 읍이라고는 하지만 오일장이 열리지 않는 날은 썰렁하기 그지없었다.

남자가 설명한 다방은 어렵지 않게 찾았다. '장미다방'이라는 붉은색 간판이 멀리서도 눈에 들어왔다.

현민은 근처 공용주차장에 차를 세우고 다방으로 들어갔다.

"어서 오세요!"

비교적 젊은 축에 속하는 종업원이 생글생글 웃으며 현민을 맞이했다.

"혼자 오셨어요?"

"아뇨. 일행이 있는데…….."

다방 안을 둘러보던 현민의 눈에 맨 구석에 앉아 있는 덩치 큰 남자가 들어왔다. 집 앞에서 마주쳤던 바로 그 남자였다.

현민은 망설이지 않고 그에게 다가갔다. 그제야 남자도 현민을 보고 엉거주춤 일어났다.

"파란 지붕 집, 맞죠? 저는 고만우라고 합니다."

가까이서 보니 우락부락한 첫인상과 달리 웃는 모습은 부드러웠다. 현민은 그가 내민 손을 가볍게 잡았다.

"뭘 드시겠습니까?"

고만우가 물었다.

"아닙니다. 빨리 이야기를 끝내고 한시라도 빨리 집으로 돌아가고 싶습니다."

고만우는 현민의 가시 돋친 반응에도 허허 웃었다. 그러고는 현민을 향해 상체를 쓱 내밀었다.

"그럼 본론부터 이야기하겠습니다. 전화로도 말했지만 당장 그 집에서 나오세요."

현민은 그렇게 말하는 고만우를 뚫어져라 바라봤다. 적어도 거짓말을 하는 것 같지는 않았다. 무당에 이어 김구주 법사, 그리고 처음 마주한 이 남자까지 같은 말을 하다니 진짜로 집에 문제가 있거나 아니면 셋 다 사기꾼일 확률이 높았다.

175

제2장　현민

"이유는요?"

고만우는 현민의 질문에 대답하는 대신 핸드폰을 꺼냈다. 구형이기는 하지만 그래도 스마트폰이었다.

"이게 뭡니까?"

현민이 재차 물었다.

"거기 동영상이 많이 들어 있습니다. 그걸 보시면 이해가 될 겁니다."

그렇게 말하는 고만우의 표정이 급격하게 어두워졌다. 게다가 그는 꺼림칙한 물건이라도 되는 듯 핸드폰을 손가락 끝으로 밀어 현민에게 주었다.

"알겠습니다. 이건 집에 가서 꼭 확인해 보겠습니다. 그 전에, 고만우 씨께서 해명해야 할 일이 몇 가지 있다는 사실 기억하시죠? 왜 우리 집에 집착하는지, 파란 지붕 집과는 어떻게 연결되어 있는지, 그리고 집에 대해 뭘 얼마나 알고 있는지 그게 궁금합니다. 설명해 주시죠."

고만우는 이제 막 벗어지기 시작한 머리카락을 쓸어 넘기며 잠시 머뭇거렸다. 침묵이 흘렀다. 손님이라고는 둘밖에 없는 다방에 제목을 알 수 없는 클래식 음악이 잔잔하게 울려 퍼지고 있었다.

"그것이……."

제법 오랜 침묵 끝에 고만우가 입을 열었다.

"사건이 시작된 건 2년 전이었습니다. 2년 전, 5월 15일 새벽. 날짜도 똑똑히 기억합니다. 밤새 트럭을 몰고 국도를 달리고 있었는데 그날은 미친 듯이 폭우가 쏟아졌죠. 와이퍼를 3단으로 했는데도 소용이 없었습니다. 그때 국도 변을 걷고 있는 두 아이를 발견했습니다. 우산도 안 쓰고 있더군요."

현민은 이야기의 맥락을 파악하기 위해 온 신경을 집중했다. 폭우가 쏟아지는 밤에 국도 변을 걷는 아이들이라니, 그것만으로도 섬뜩한 이미지가 그려졌다.

"귀신이라도 본 게 아닐까 무서웠지만 일단 그 두 아이를 태웠습니다. 한 명은 여자애고 한 명은 남자애였습니다. 둘은 어디든 좋으니 이 마을을 벗어나게만 해 달라고 부탁했습니다."

"이 마을이라면 혹시 의성리인가요?"

고만우는 고개를 끄덕인 후 아이스아메리카노를 벌컥벌컥 마셨다. 얼음을 으깨 먹는 소리가 경쾌하게 들렸다.

"그렇게 서울까지 가게 됐는데 두 아이를 보아하니 잘 곳도 없어 보여 우리 집에서 재웠습니다. 그런데…… 아이들 상태가 심상치 않았습니다."

"어땠습니까?"

"비를 맞았으니 씻으라고 했는데 아이들이 머뭇거리기만 하더군요. 처음엔 부끄러워서 그런가 보다 했는데 그게 아니었습니다. 남자애가 먼저 옷을 벗었는데 온몸에 상처며 멍이 가득했습니다. 여자애도 마찬가지였죠."

상처와 멍.

현민은 두 단어 사이에서 불길한 느낌을 받았다. 고만우가 계속 말을 이었다.

"게다가 두 아이는 또래에 비해 발육 상태가 아주 안 좋았습니다. 저도 가정이 있고 딸을 키워 봐서 압니다. 각각 초등학교 6학년과 5학년이라는 애들이 3학년인 저희 애보다도 마르고 왜소했습니다. 무슨 일이 있었냐고 계속 물었지만 아이들은 절대 입을 열지 않았습니다. 그것만 꼭 쥐고 있었습니다."

고만우는 그렇게 말하며 핸드폰을 가리켰다.

"지금 말씀하신 걸로 봐선 가정폭력을 의심할 만한데요."

"제 생각도 그랬습니다. 하지만 아무리 설득해도 아이들의 다문 입을 열 수 없었습니다. 그렇게 하루가 지나고 일주일이 지나고 한 달이 지났습니다. 그제야 아이들은 표정이 조금 밝아졌고 지난 이야기를 하나씩 터놓기 시작했습니다. 그런데 그 이야기들이 너무 충격적이었습니다."

"어떤……."

"두 아이는 친남매가 아니었습니다. 각기 다른 보육원에서 지내다가 입양되었다고 했어요. 그리고 둘 밑으로 막내가 있었습니다. 여자아이였는데, 막내 역시 입양아였습니다."

"아이 셋 모두 입양을 했다는 건가요?"

"맞습니다."

한 명은 그렇다 쳐도 셋이나 입양을 했다니……. 존경스럽다는 생각보다 뭔가 꿍꿍이가 있는 게 아닐까 하는 의심이 먼저 고개를 들었다. 그러고 보니 부동산 사장이 했던 말이 떠올랐다. 애들 셋이 번갈아 가며 병원 신세를 졌다던 말. 현민의 생각을 읽은 듯 고만우가 다시 입을 열었다.

"애들 말을 듣는 순간 불길한 예감이 들었습니다. 아니나 다를까 막내가 죽었다는 이야기를 하더군요."

"그 막내 이름이 오하영, 맞죠?"

고만우가 현민을 찬찬히 바라보며 슬쩍 고개를 끄덕였다.

역시 오하영은 실종된 게 아니었다. 그렇다면 지금까지 벌어진 섬뜩한 일들도 모두 설명이 가능하다. 명혜가 미친 사람처럼 행동하는 것도, 희우가 이상한 말을 하는 것도, 이장이 그렇게 된 것도 전부 원귀가 된 오하영 때문이리라. 김구주 법사 말대로 파란 지붕 집이 오귀택이라서 원귀의 힘이 더 강해졌는지도 모른다.

그런 생각들을 하며 현민이 고만우에게 다시 물었다.

"그 아이는 어떻게 죽은 겁니까?"

"두 아이 말에 따르면 계단에서 떨어져 죽은 막내를 그네 밑에 묻었다고 하더군요."

"오두신과 이은영. 그 양부모란 인간들이 그랬다는 거죠?"

"네. 맞습니다. 그 부부 이름을 알고 계시네요."

고만우는 그렇게 대답한 후 남은 아이스아메리카노를 단

숨에 들이켰다. 그는 어딘지 초조해 보였다. 얼음을 씹어 먹던 고만우는 귓속말이라도 하듯 속삭였다.

"더 섬뜩한 건 막내가 계단에서 떨어진 이유가……."

그때였다.

말을 이어 가던 고만우의 눈동자가 커졌다. 그는 현민의 어깨 너머 어딘가를 바라보고 있었다.

"무슨 일이라도?"

현민이 고만우를 따라 자연스레 고개를 돌렸다. 시야에 들어온 것은 TV였다. 유물처럼 보이는 브라운관 TV가 금붕어 어항 옆에 자리하고 있었다. 먼지가 소복이 쌓여 있었지만 꺼진 브라운관 화면에 비친 모습은 충분히 분간할 수 있었다.

화면 속에 현민과 고만우의 모습이 그대로 비쳐 보였다. 그리고 고만우의 뒤에 서 있는 시커먼 그림자도…….

"엇?"

놀란 현민이 다시 고개를 돌렸을 때 고만우의 목이 이상한 각도로 꺾이기 시작했다. 순식간에 벌어진 일이었다.

"으으으!"

고만우가 신음인지 비명인지 모를 소리를 내질렀다. 공포와 고통이 뒤섞여 얼굴이 완전히 일그러졌다.

"119 좀 불러요!"

현민은 그렇게 외치며 벌떡 일어나 고만우에게 달려갔다. 옆으로 꺾이던 목에서 끔찍한 소리가 들렸다.

뿌직.

완전히 부러진 고만우의 목이 현민을 거꾸로 바라보며 덜렁거렸다. 현민은 꼼짝도 못 한 채 그 끔찍한 광경을 보고만 있었다. 다방 종업원이 연신 비명을 질렀다.

간신히 정신을 차린 현민은 일단 고만우가 건넨 핸드폰부터 챙겼다. 그러는 와중에도 죽은 고만우에게서 눈을 떼지 못했다. 현민이 한 발 뒤로 물러나려던 순간. 고만우가 벌떡 일어났다. 덜렁거리는 목은 그대로였다. 순식간에 다가온 고만우가 현민을 와락 끌어안았다. 그러고는 서늘한 입김을 내뿜으며 현민의 귀에 속삭였다.

"절대 벗어날 수 없어. 그러니 받아들여."

그 말을 마친 후 고만우는 풀썩 쓰러졌다. 현민은 물론이고 다방 종업원도 멍하니 서 있기만 했다.

멀리서 사이렌 소리가 들렸다.

현민이 비틀거리며 다른 테이블 의자에 주저앉았다. 온몸이 덜덜 떨렸다. 현민은 목덜미에 맺힌 땀을 닦으며 눈을 감았다. 모든 게 꿈이었으면 좋겠다는 생각과 함께.

읍내 파출소에서 조사를 받은 현민은 저녁이 다 되어서야 빠져나올 수 있었다. 현민은 용의자가 아니라 중요 참고인이었다. 다방 종업원의 증언 덕분이었다. 게다가 성인 남성의 목을 꺾어 버릴 정도의 완력은 영화 속 액션 스타가 아니고서야 발휘할 수 없다는 사실을 경찰들도 인정했다.

문제는 고만우와의 관계였다. 접점이라고는 하나도 없는 고만우와 현민이 왜 읍내 다방에서 만났는지 경찰은 집요하게 물었다.

"우리 집 주위를 맴돌며 엿보는 것 같아서 만나자고 했습니다. 저도 정식으로 이야기 나눈 건 오늘이 처음이었어요."

현민은 거짓과 진실을 섞어 적당히 둘러댔다. 지금까지의 일을 털어놔 봐야 안 믿을 게 뻔했고 경찰들이 해 줄 일도 없을 것 같았다. 더군다나 고만우의 목이 부러지던 충격적인 모습이 머릿속을 떠나지 않아 금방이라도 토할 것 같았다. 현민은 허옇게 질린 얼굴로 식은땀을 흘렸다. 상태가 안 좋기는 종업원도 마찬가지였다.

"그럼 일단 집으로 가셨다가 혹시 도움 필요하면 연락드릴 테니 그때 와 주세요."

안 되겠다 싶었는지 파출소 소장이 그렇게 말했고 현민은 바로 일어났다.

현민은 파출소를 나오자마자 차를 찾기 위해 다방 앞 공용주차장으로 향했다.

다방에 가까워질수록 다시 식은땀이 흘렀다. 온몸이 얼음장처럼 차가운데도 땀이 흥건하게 배어 나왔다. 안 좋은 징조였다. 현민은 숨을 몰아쉬며 겨우 주차장에 도착했다. 하지만 차를 찾을 수가 없었다. 좁은 공용주차장인데도 그랜드카니발이 눈에 들어오지 않았다. 그만큼 시야가 좁아졌다. 이러다 공황발작을 일으키며 쓰러지겠다 싶은 순간 차를 발견했다.

"헉헉."

현민은 만취한 사람처럼 비틀거리며 간신히 그랜드카니발에 올라탔다.

"후우."

차에 타자마자 눈을 감고 숨부터 깊게 쉬었다. 손가락 하나 움직일 힘도 없었다. 머릿속에서 고만우가 죽던 순간이 끊임없이 재생됐다. 경찰은 물론이고 출동한 119 대원들까지 당황하고 두려워하던 표정도, 다방 안에 떠돌던 서늘한 기운과 근원을 알 수 없던 비릿한 냄새 역시 생생하게 떠올랐다.

"욱!"

현민은 차 문을 열고 결국 토하고 말았다. 나쁜 기억을 털어 내듯 한참 토하고 나자 정신이 조금씩 돌아왔다.

다시 문을 닫은 현민은 고만우에게 받은 핸드폰을 바지 주머니에서 꺼내 조수석에 내려놓고 자신의 핸드폰을 들었다. 고만우의 죽음으로 분명해졌다. 귀신이건 유령이건 아무튼 알 수 없는 그 존재의 힘이 점점 강해지고 있었다. 그래서 더욱 도움이 필요했다. 그것도 가능한 한 빨리.

현민은 김구주 법사에게 전화를 걸었다. 당장 와 달라고 부탁하기 위해. 토요일까지 기다릴 여유가 없었다. 그때면 이미 돌이킬 수 없는 일이 벌어질 것 같았다.

김 법사는 전화를 받지 않았다. 현민은 할 수 없이 문자메시지를 보냈다.

—법사님. 지금 당장 도움이 필요합니다. 제발 연락 부탁드립니다!

메시지를 보낸 후 현민은 시동을 걸었다. 서둘러 확인할 게 있었다. 고만우의 말이 전부 사실이라면 의외로 쉽게 해결할 수도 있을 것 같았다. 그네 밑에 묻힌 오하영을 찾아내 명복을 빌어 준다면 원귀는 사라지지 않을까? 현민은 자신이 봤던 수많은 공포 영화를 떠올리며 그런 생각을 했다. 게다가 핸드폰 속 영상도 빨리 확인하고 싶었다. 정신없던 그 상황에서도 고만우가 건넨 핸드폰만은 바지 주머니 속에 잘 챙겨 넣었다.

고만우에게서 미처 듣지 못한 모든 일의 진상이 그 핸드폰에 들어 있다면…….

현민이 거기까지 생각하고 있을 때 예고도 없이 비가 쏟아졌다. 폭우였다. 굵은 빗방울이 부술 듯한 기세로 앞쪽 유리를 두드려 댔다. 현민은 와이퍼를 제일 빠르게 돌린 후 주차장을 벗어났다.

그때였다.

조수석에 아무렇게나 던져 놓은 자신의 핸드폰이 진동했

다. 현민은 김구주 법사일지도 모른다는 생각에 아슬아슬하
게 손을 뻗어 핸드폰을 들었다. 순간 차가 기우뚱했다.

빵!

뒤에서 울린 경적에 현민은 퍼뜩 정신을 차려 두 손으로
핸들을 잡았다. 그러고는 발신자를 확인했다. 김 법사가 아니
라 최창호에게서 걸려 온 전화였다.

현민은 잠시 망설이다가 전화를 받았다.

"야! 너 괜찮아? 살아 있어?"

최창호는 대답할 틈도 주지 않고 마구 물었다.

"창호야. 나 지금 바빠. 급한 거 아니면……."

"급한 거야. 너희 집이랑 관계있는 이야기야. 그리 긴 내용
아니니까 입 다물고 들어 봐."

현민은 할 수 없이 갓길에 차를 세우고 최창호의 말에 귀
를 기울였다.

"의성리라는 키워드로 조사를 시작했는데 처음엔 그 작은
시골 마을에 뭐가 있을까 싶었거든. 근데 꽤 화제가 된 사건
이 하나 있더라고. 주간지 인터넷판에 기사가 실리면서 일반
인들까지 접하게 됐는데, 제목이 이거야. '마음으로 낳은 세
자녀'. 내용을 보면 이래. 의성리에 사는 오두신, 이은영 부부
가 각기 다른 연령대의 아이 셋을 입양해서 키우고 있다는 거
야. 무슨 말인지 알겠지? 한 명 입양하기도 힘든데 셋을, 그것
도 제법 큰 아이까지 입양한다는 건 일반적인 경우는 아니거

든. 너도 희우 입양해 봐서 잘 알 거 아냐. 그러다 보니 이 가족이 우수 입양가족으로 뽑혔나 봐. 아무튼 기사 내용이 정확하다면 남편인 오두신은 전기 기사고 이은영은 보험 설계사였어. 어디 보자……. 그리고 두 사람 사이에 딸이 하나 있었는데 날 때부터 몸이 약했는지 잔병치레를 하다가 일찍 죽었나 봐. 그 후로 입양에 관심이 생겼다고 나와 있거든. 현민아. 듣고 있어?"

"어, 어. 듣고 있어."

듣고는 있었지만 마음과 달리 집중하기가 어려웠다. 쏟아붓는 비 때문도, 다시 심해지기 시작하는 두통 때문도 아니었다. 아주 가늘고 심지어 금세 끊어질 것 같기도 하지만, 창호가 방금 한 이야기와 죽은 고만우가 한 이야기 사이에 틀림없이 연결고리가 생겼다.

평범한 두 부부와 나이 다른 세 입양아. 분명 대단한 행동이지만 현민은 왠지 모르게 께름칙했다. 고만우의 말대로라면 그 아이들 몸은 상처투성이였다. 아이들이 자주 병원에 드나들었다던 부동산 사장의 말도 떠올랐다. 결국, 또다시 그 섬뜩한 단어를 꺼낼 수밖에 없었다.

학대.

그리고 가정폭력.

현민이 잠깐 딴생각을 하는 사이에도 창호는 계속 이야기를 이어 나갔다.

"이 기사 내용은 여기까진데 이게 끝이 아니야. 이 가족과 관련된 기사가 또 있거든. 2년 전에 일어난 막내딸 실종 사건. 이건 너도 말했던 거잖아. 실종 사건 관련해서는 지방신문에서 짧게 다룬 내용이 전부야. 그런데 기사에 흥미로운 대목이 있어. 경찰과 주민들이 수색대를 꾸려 의성리 일대를 다 뒤졌다고 하면서 뜬금없이 보험 조사원 이야기를 해. 기사 맨 마지막 문장인데, 이날 수색에는 경찰과 소방관, 보험 조사원은 물론 의성리 주민들도 함께했다고 적혀 있는 거야. 이상하지 않나? 애가 실종됐는데 보험 조사원이 왜 나왔을까? 보험 조사원은 보험금 지급으로 시시비비를 가릴 때 아니면 거의 모습을 드러내지 않거든. 그러니까 내 생각은 말이야, 이 두 부부 오두신과 이은영은 보험사의 블랙리스트에 올라가 있었던 게 아닐까 싶어. 그랬으니……."

"잠깐. 창호야. 네가 알아봐 준 거 큰 도움이 됐어. 생각난 김에 거기 가 봐야겠어."

"어딜?"

"읍내 병원. 아이들이 아프거나 다치거나 했다면 우선 그 병원부터 갔을 거야. 의사가 떼 주는 진단서가 보험금 신청할 때 근거가 되는 거 맞지?"

"아마도. 그럼 난 보험회사 쪽에 줄을 대서 조금 더 알아볼게."

"창호야. 조심해."

현민이 진심을 담아 말했다.

"뭘?"

"오늘 나한테 정보를 주려던 사람이…… 끔찍한 꼴로 죽었어. 여전히 믿을 순 없지만 적어도 상식으로 설명할 수 없는 무서운 일이 벌어지고 있다는 것만큼은 잘 알겠어. 그러니 너무 깊이 들어가진 마. 원귀가…… 너도 해코지할지 몰라서 그래."

핸드폰 너머로 마른침을 삼키는 소리가 들렸다. 이윽고 최창호 특유의 경쾌한 목소리가 날아들었다.

"야! 사회부 기자가 보통 담력으로 되는 줄 알아? 내 걱정은 하지 말고 가족들 잘 챙겨! 그리고 이건 비밀인데…… 나 청명보살한테 부적 한 장 받았어. 이것만 있으면 원귀고 뭐고 다 막아 준대! 흐흐."

"좋겠네."

현민은 창호의 너스레에 모처럼 웃었다.

"오케이. 오늘은 일단 끊을게. 너도 도움 필요한 거 있으면 바로 연락해."

"고마워."

"고맙긴. 그럼 끊는다."

현민은 다시 검은색으로 돌아간 핸드폰 액정을 한참 바라보다가 시동을 걸었다. 도로에 차가 없다는 걸 확인한 현민은 크게 돌아 유턴을 한 후 읍내에서 가장 큰 병원으로 향했다.

희우가 입원했던 병원이기도 했다.

    병원 주차장에 차를 세운 현민은 잠시 고민했다. 어느 과에 가서 어떻게 물어야 할지 막막했을 뿐만 아니라 의사가 개인정보나 다름없는 내용을 순순히 말해 줄 것 같지도 않았다. 고민하던 현민은 과감히 차에서 내렸다. 우선은 소아청소년과에 가 보자 싶었다. 담당 의사와는 희우 때문에 안면을 텄으니 도움을 구하기도 쉽지 않을까 생각했다.

    평일인 데다가 진료 시간이 거의 끝나 가는 시각이라 그런지 병원에는 사람이 별로 없었다. 소아청소년과 앞 대기실도 빈 의자만 가득했다. 현민은 다행이라 생각하며 주위를 잠시 살핀 뒤 진료실 문을 열고 들어갔다.

    "누구……."

    간호사가 어리둥절한 표정으로 현민을 봤다. 의사도 마찬가지였다.

    "선생님께 잠시 여쭤볼 게 있어서요."

    현민의 말에 간호사와 의사가 서로를 바라봤다. 골치 아파하는 기색이 역력했다.

    "나가서 접수하고 차례 기다리시면……."

    현민은 간호사의 말을 잘랐다.

    "죄송한데 그럴 시간이 없어서요. 진짜 몇 마디만 여쭙겠습니다. 괜찮을까요?"

질문은 의사를 바라보면서 했다. 떨떠름한 표정을 짓긴 했지만 의사가 슬며시 고개를 끄덕였다. 현민은 냉큼 의자에 앉았다.

"뵌 적이 있는 것 같은데……."

의사가 입을 열었다.

"희우라고, 발작을 일으켜 하루 입원했던 애 아빱니다."

"아!"

의사가 희우를 기억하는 모양이었다.

"혹시 희우가 또 발작을 일으켰습니까?"

현민은 고개를 저었다.

"그러면 무슨 일로……."

"저는 최근에 의성리로 이사를 왔습니다. 파란 지붕 집에 살고 있죠."

현민은 의사의 표정이 변하는 걸 놓치지 않았다. 웃음기가 사라진 건 물론이고 슬그머니 눈을 내리깔고는 작게 한숨을 쉬었다.

"파란 지붕 집을 잘 아시는 것 같으니 곧바로 본론부터 이야기하겠습니다."

"저…… 여기서 말고 밖으로 나가시죠. 저도 이제 막 퇴근하려던 참이었거든요."

"아뇨. 여기서 간단하게 몇 가지만 여쭙고 저는 일어나겠습니다."

현민은 고만우를 떠올리며 그렇게 말했다.

잠시 난처한 표정을 짓던 의사가 간호사를 향해 고갯짓을 했다. 눈치 빠른 간호사가 조용히 진료실을 나갔다.

문 닫히는 소리를 듣자마자 현민은 의사 쪽으로 상체를 기울인 채 조용히 물었다.

"2년 전에 파란 지붕 집에서 살았던 가족, 잘 아시죠?"

"잘 안다기보다…… 거기 아이들이 자주 병원에 오고 해서 자연스레 알게 된 거죠."

의사가 신중하게 대답했다.

"아이가 세 명이었죠? 그리고 다 입양아였고."

현민이 물었다.

"그런 건 제게 중요하지 않았습니다. 전 아이들 낫게 하는 데만 신경 쓰면 되니까요."

"아이 셋 모두 잔병치레가 많았다고 들었는데 선생님께 왔을 땐 주로 어떤 병이었습니까?"

"아시겠지만, 그런 정보는 말씀드릴 수가 없습니다."

"네. 잘 알고 있습니다. 하지만 선생님. 저는 가족의 목숨이 걱정돼서 질문하는 겁니다. 순진한 저희만 몰랐지 다들 파란 지붕 집에 대해서 잘 알더군요. 귀신 나오는 집이라고. 우리 집에서 어떤 일이 있었는지 꼭 알아야겠습니다. 그러니 대답 좀 해 주세요!"

의사의 눈빛이 흔들렸다. 곤란하다는 표정을 지으며 입술을 지그시 깨물기도 했다. 현민은 재촉하지 않고 기다렸다.

"그게……."

얼마나 시간이 지났을까, 의사가 결심한 듯 입을 열었다.

"처음에는 장염이었습니다. 배 아프고 설사하고 구토하고 전형적인 장염 증상이었고, 한 아이가 그러니 나머지 둘도 줄줄이 병원을 찾더군요. 워낙 증세가 심해 셋 다 돌아가며 입원을 했습니다. 물론 그것 말고도 여러 번 우리 병원을 찾았습니다. 제가 진료한 건 아니었지만 장난치다가 손가락이 부러졌다고 해서 치료를 받고, 계단에서 넘어져 팔이 부러졌다며 2주 이상 입원하기도 했습니다. 저를 포함해서 의사들은 애가 셋이나 되니 온갖 사고가 생긴다며 대수롭지 않게 넘겼습니다. 그런데……."

"그런데?"

"그 집 막내, 그러니까 실종된 그 아이가 열이 펄펄 끓는 채로 저한테 왔습니다. 엄마는 독감 아니냐며 걱정했지만 다행히 독감은 아니었습니다. 저는 혹시나 해서 아이를 침대에 눕혀 배도 눌러 보고 했죠. 그사이 그 엄마는 누군가와 통화하며 복도로 나갔고. 그러자 아이가 말하더군요. 나쁜 아이라서 벌을 받은 거라고. 무슨 말이냐고 물으니 나쁜 아이는 옷을 다 벗고 밤새 밖에 서 있어야 한다고 그러더군요. 그제야 뭔가 이상하다는 걸 깨닫고 아이 온몸을 살펴봤습니다. 등에는 멍이 가득했고 허벅지 안쪽에도 뭔가로 찌른 듯한 상처가 여러 개 있더군요."

의사가 말을 하며 얼굴을 찡그렸다.

"명백한 학대군요."

현민의 말에 고개를 끄덕이며 의사는 말을 이어 갔다.

"그걸 본 이상 그냥 넘길 순 없었습니다. 전 아이 엄마에게 어떻게 된 일이냐고 물었습니다. 경찰에 신고하겠다는 말도 했죠. 그게 의사의 의무니까요. 엄마, 그러니까 그 여자는 병원이 떠나가라 소리를 지르며 항의를 하더니 경찰에 신고하면 무서운 일을 당할 거라고 제게 협박까지 했습니다. 그러고는 아이를 데리고 가 버렸죠."

"그래서 신고는 하셨습니까?"

"네. 그래서 경찰 조사를 받은 것으로 알고 있습니다. 그랬으니 그런 일을 저질렀겠죠."

"그런 일이라면……."

의사가 잠시 허공을 바라봤고 그 순간 표정이 묘하게 일그러졌다. 떠올리기 싫은 기억을 애써 짜내는 중인 것 같았다. 현민은 의사가 다시 입을 열기를 기다렸다.

"신고 후 정확히 이틀이 지났을 때일 겁니다. 출근하려고 현관문을 열었는데 자그마한 상자 하나가 복도에 놓여 있더군요. 테이프를 꼼꼼하게 발라 놓아서 택배인가 싶었는데 송장 같은 건 어디에도 붙어 있지 않았습니다. 꺼림칙하더군요. 아내도 똑같은 느낌을 받았는지 그냥 버리라고 했지만 그럴

수록 더 확인해 보고 싶었습니다. 사람 마음이라는 게 참 이상하죠?"

의사가 잠시 말을 멈추고 쓴웃음을 지었다.

"그…… 상자 안에 뭐가 있었습니까?"

현민이 물었다.

"머리카락."

"네?"

"길고 시커먼 머리카락이 잔뜩 들어 있었습니다. 그런데 그것만이 아니었습니다. 도무지 믿을 수가 없어 상자 안에 손을 넣고 머리카락 뭉치를 들어 올리려는데 뾰족한 무언가가 손가락을 찌르더군요. 따끔한 감각에 손을 빼 보니 오른손 검지에 피가 맺혀 있었습니다. 결국 상자를 뒤집어 머리카락을 다 빼고 살펴봤죠. 그러자 바늘이 나오더군요. 기다란 바늘 아홉 개가 머리카락 속에 숨겨져 있었습니다."

"그 아이, 그러니까 오하영의 엄마가 앙심을 품고 보낸 거다, 그렇게 생각하셨나요?"

"물론 확신할 순 없었죠. 게다가 바늘에 손가락 찔린 것 말고는 딱히 피해를 입지도 않았으니."

"그런데 그게 전부가 아니었군요?"

현민의 물음에 의사가 잠시 멈칫하며 한숨을 쉬더니 오른손에 끼고 있던 장갑을 벗어 현민 앞으로 내밀었다.

검지 한 마디가 깨끗하게 잘려 있었다. 그 매끈한 단면을 보자 구역질이 올라올 것만 같아 현민은 얼른 고개를 돌렸다.

"바늘에 찔린 후 곪기 시작하더니 아무리 약을 발라도 소용이 없더군요. 결국 외과 진료를 받아 봤는데, 오른손 한 마디만 그렇게 된 게 천만다행이라며 잘라 내는 수술을 하자고 하더군요. 안 그러면 손 전체가 괴사할 거라고 하면서."

진료실에 잠시 정적이 맴돌았다. 의사는 안경을 벗고 마른세수를 했다. 현민은 무슨 말을 해야 할지 몰라 가만히 앉아 있었다. 한 가지 확실한 것은 지금 여기 이 공간에 서늘한 기운이 떠돌고 있다는 사실이었다.

"저는 독실한 크리스천입니다. 그래서 인정할 수 없었어요. 주위 사람들이 그랬거든요. 머리카락과 바늘을 담아 보내는 건 주술적 행위고 그 목적은 저주에 있다고. 손가락 마디를 자를 때만 해도 저는 믿지 않았습니다. 아니, 믿지 않으려 했죠. 하지만 그 후 1년 내내 전 악몽에 시달렸습니다. 그 가족이 전부 사라지고 난 다음에야 더는 악몽을 꾸지 않게 되었죠."

현민은 의사의 표정을 살피며 조심스레 물었다.

"입양한 아이들을 학대한 게 사실이라면, 그 부부가 보험금을 타려고 아이들을 이용했을 수도 있을까요? 아프게 한다거나 다치게 한다거나……."

한참 현민을 바라보던 의사가 무표정한 얼굴로 말했다.

"충분히 가능하죠."

"혹시 그런 의견을 경찰이나 아니면 의사 동료들에게 말한 적 있습니까?"

의사는 고개를 저었다. 그러고는 덧붙였다.

"아니요. 검지 한 마디 자른 것으로 충분하거든요."

현민은 집으로 달렸다. 쏟아지는 폭우에도 아랑곳하지 않고 가속페달을 밟았다. 정체 모를 불안감이 마음속에 스멀스멀 퍼지기 시작했다. 불안감은 퍼즐이 하나둘 맞춰지면서 더 선명하게 피어올랐다.

오두신과 이은영은 아이 셋을 입양했다. 친자식을 잃은 슬픔을 달래려고 입양을 선택했을 수도 있지만 현민은 그게 아니라는 데 목숨을 걸 수도 있었다. 두 부부는 아이들이 아프거나 다쳤을 때 보험으로 제법 큰 금액을 받을 수 있다는 사실을 알고 있었다. 둘은 그걸 적극적으로 이용했으리라. 그러다가 막내인 오하영이 죽었다. 고만우의 말대로라면 계단에서 떨어졌다고 하는데 그 역시 오두신과 이은영이 꾸민 짓이라면…….

순간, 두 부부가 죽은 오하영을 그네 밑에 아무렇게나 묻는 장면이 생생하게 떠올랐다. 그러고는 실종 신고를 했을 것이다. 제대로 된 무덤 하나 없이 버려지듯 묻힌 오하영이라면 분명 원귀가 되고도 남았으리라. 거기까지 생각이 미치자 아까 떠올린 생각에 더욱 확신이 생겼다.

오하영을 찾아서 명복을 빌어 주는 것.

　그렇게만 한다면 명혜는 물론이고 집도 정상으로 돌아올 것 같았다. 빨리, 1초라도 빨리 집으로 향하고픈 마음에 현민은 마구 경적을 울렸다.

　빵! 빵!

　아예 반대 차선으로 들어가 앞서 달리는 차 몇 대를 추월했다. 폭우는 여전했다. 바람까지 세게 불어 거의 앞이 보이지 않을 정도였다. 와이퍼가 비 내리는 속도를 따라가지 못했다.

　쿠쿵!

　한순간 주위가 확 밝아지더니 금세 하늘이 울어 댔다. 찢어진 하늘 사이로 물이 쏟아져 내리는 게 아닐까 하는 생각을 하며 현민은 읍내를 벗어났다.

　비는 현민이 집에 도착할 때까지도 그치지 않았다. 마당에 대충 주차한 다음 현민은 차에서 내렸다. 집은 어둠에 싸여 있었다. 불빛 한 점 보이지 않았다. 기분 탓인지 비 내리는 어둠 속에 우뚝 서 있는 파란 지붕 집은 더욱 기괴하고 섬뜩해 보였다.

　"여보!"

　흠뻑 젖은 채 집으로 들어서며 현민은 명혜를 찾았다. 아무런 대답도 돌아오지 않았다.

　"얘들아!"

　이번에도 대답이 없었다.

"불도 안 켜고 다들 뭐 하고 있어?"

초조한 마음을 애써 누르며 거실 벽에 달린 스위치를 눌렀다. 반응이 없었다. 서둘러 자신의 핸드폰 조명을 켰다. 그 순간 현민은 입을 쩍 벌린 채 얼어붙고 말았다.

"이, 이게 다 뭐야?"

노란 부적이 거실 전체에 셀 수도 없을 만큼 붙어 있었다. 심지어 높다란 천장에도 부적이 빼곡했다.

"여보!"

현민이 목소리를 쥐어 짜내서 다시 아내를 불렀다. 그러고는 거실을 가로질러 안방으로 다가가 문을 열었다.

명혜는 안방에 없었다. 그 대신 산산이 깨진 전신 거울과 화장대 거울이 현민을 맞이했다.

"설마……."

현민은 화장실로 달려갔다. 마찬가지였다. 세면대 거울 역시 깨진 상태였다. 바닥에 칫솔들이 나뒹굴고 있었다.

거실로 나온 현민은 2층으로 향했다. 지우도, 희우도 없었다. 방문을 열 때마다 서늘하고 끈적끈적한 공기가 확 덮쳐왔다. 그 공기 끝에 이제는 익숙해진 악취가 실려 있었다. 명혜의 몸에서 풍기는 그 악취.

다시 1층으로 내려온 현민은 혹시나 하는 마음에 명혜에게 전화를 걸었다. 신호음만 계속 이어졌다. 현민이 전화를 끊으려는 찰나 통화가 연결됐다.

"여보?"

다급한 마음에 목소리가 저절로 커졌다.

"응. 무슨 일이야?"

현민의 걱정과는 전혀 어울리지 않는 밝은 목소리로 명혜가 물었다.

"아, 아니. 지금 집에 왔는데 당신도 그렇고 애들도 전부 다 없어서……."

"지금 집이라고? 아! 난 빨간 지붕 집이야. 알지? 이은영 씨. 저녁 초대를 받아서 애들이랑 왔는데 비가 좀 그치면 가려고."

명혜의 목소리와 말투는 지극히 정상이었다. 현민은 가슴을 쓸어내리는 한편 일말의 불안감도 느꼈다. 밝다 못해 날아갈 듯 통통 튀는 명혜의 목소리에서 이질감이 묻어 나왔다.

"내가 데리러 갈게. 잠시만 기다려."

현민이 말했다.

"아니야. 여기 은영 씨가 태워 준다고 했으니까 당신은 쉬고 있어. 조금 있다가 갈게."

그렇게 말한 후 명혜는 일방적으로 전화를 끊었다. 다시 걸어 확인해 볼까 싶었지만 현민의 마음은 이미 딴 데로 가 있었다.

현민은 소파에 앉아 바지 주머니에서 핸드폰을 꺼냈다. 고만우가 준 바로 그 구형 스마트폰이었다. 전원도 켜져 있고 배

터리도 충분했다. 암호도 걸려 있지 않아 쉽게 열 수 있었다. 현민은 곧장 사진첩으로 들어가 동영상이 몇 개나 있는지 확인했다. 제법 많았다. 동영상 하나의 시간은 그리 길지 않았지만 그래도 다 보려면 시간이 꽤 걸릴 것 같았다.

그렇다면…….

현민은 핸드폰을 내려놓고 소파에서 일어났다. 시간이 오래 걸리는 일보다 더 빨리 처리해야 할 일이 생각났다. 오하영의 시신을 찾는 것, 그것부터 먼저 해야 할 것 같았다. 마침 비가 내려 땅을 파기도 쉬울 것이다.

이왕 젖었으니 옷을 갈아입을 생각도 하지 않고 손전등만 들고 밖으로 나갔다. 장비를 따로 챙길 필요는 없었다. 마당에 잔디 정리를 한답시고 삽이며 낫 같은 공구들을 이미 가져다 놓았다. 물론, 나중에 하겠다는 핑계로 아직 손도 대지 않은 공구들이었다.

거센 비와 짙은 밤하늘이 어둠을 덕지덕지 발라 놓고 있었지만 손전등이 강렬한 빛을 던지며 제 몫을 다했다.

마치 버린 것처럼 마당 한구석에 널브러져 있는 삽이 똑똑히 보였다. 현민은 삽을 주워 그네로 다가갔다.

끼익. 끼익.

비바람에 맞춰 그네가 저절로 움직였다. 현민은 조심스레 땅을 파기 시작했다. 원체 공구와는 친하지 않아서 삽질이 영 어설펐지만 진흙으로 변해 버린 땅을 파는 데 어려움을 겪을 정도는 아니었다.

얼마나 파 내려갔을까. 슬슬 허리가 아프고 기운이 다 빠져나갈 무렵, 축축한 흙 사이로 반들반들한 무언가가 보였다. 얼른 손전등을 들어 확인했다. 비닐이었다. 비닐 안에 뭐가 들었을지는 안 봐도 뻔했다.

오하영.

어린 나이에 비참하고 억울하게 죽어 간 그 소녀의 시신이 그 비닐 안에 있었다.

이런 끔찍한 범죄를 저질러 놓고 오두신과 이은영은 도망갔다. 나머지 두 아이가 어떻게 그들 손에서 벗어날 수 있었는지는 모르겠지만 만약 재판이 벌어진다면 증언을 해 줄 것이다. 그러자면 이 사악한 부부를 잡아야 한다. 증거는 오하영의 시체로 충분할 것이다.

거기까지 생각이 미친 현민은 경찰에 신고하려고 핸드폰을 들었다. 이 소녀의 시신을 정식으로 매장하고 오두신과 이은영을 잡기만 한다면 파란 지붕 집에 드리운 저주는 풀릴 것이다.

그 순간 비가 더 세차게 쏟아졌다. 옷을 입었는데도 빗줄기가 따갑게 느껴질 정도였다. 빗소리 때문에라도 통화가 어려울 것 같았다. 주위를 둘러보던 현민의 시선이 창고에 머물렀다. 그러고 보니 창고 문이 활짝 열려 있었다. 이제야 발견했다는 게 신기할 정도였다. 잠시 비도 피하고 문도 닫을 겸 현민은 창고로 달려갔다.

창고 앞에 선 현민은 핸드폰 액정에 묻은 빗물을 닦아 내고 112를 입력했다. 그러고는 망설이지 않고 통화를 눌렀다. 전화는 곧 연결됐다.

"네. 112 상황실입니다. 무엇을 도와드릴까요?"

부드러운 남자 목소리에 현민은 가슴을 쓸어내렸다. 비로소 안심이 되었다. 경찰에서 와 주기만 한다면 골치 아픈 일이 모두 해결될 것 같았다.

"변사체를 발견했습니다. 여기가 어디인가 하면……."

"전화하신 분 성함을 알 수 있을까요?"

"네?"

"성함이요."

남자가 다시 말했다. 잠시 망설이던 현민은 입을 열었다.

"유현민입니다."

"아! 유현민 씨. 그런데……."

"네. 빨리 좀 와 주세요. 다시 주소 불러 드리겠습니다."

현민이 급한 마음에 남자의 말을 끊었다. 그 순간, 집 뒤편 어둠 속에서 무언가가 움직였다. 놀란 현민이 미간을 찌푸린 채 어둠을 응시했다. 잠시 후 모습을 드러낸 것은 호떡이였다.

"호떡아!"

호떡이 역시 비에 흠뻑 젖어 있었다.

"너 혼자 밖에서 뭐 하고 있어?"

호떡이는 폭우에도 아랑곳하지 않고 늠름하게 서서 집 안을 가리키듯 계속 고갯짓을 했다. 마치 따라오라고 신호를 보내는 것 같았다.

"잠깐만 호떡아. 지금 급해. 신고부터 하고⋯⋯."

그 순간이었다.

컹! 컹! 컹!

호떡이가 이빨까지 드러내며 현민을 향해 맹렬히 짖어 댔다. 당황한 현민은 멍하니 호떡이를 바라봤다. 동시에 핸드폰을 타고 남자의 목소리가 들렸다.

"아이들은 어디 있습니까?"

"네?"

그때였다. 놀랄 새도 없이 불쑥 악취가 날아들었다. 다음 순간 창고 안 어둠 속에서 손 두 개가 튀어나와 현민의 얼굴을 감싸 쥐었다.

"윽!"

현민은 미처 반응도 하지 못하고 창고 안으로 끌려들어갔다. 순식간에 벌어진 일이었다.

컹! 컹! 컹!

호떡이가 어둠을 향해 마구 짖었다.

쾅!

창고 문이 저절로 닫혔다. 잠시 후 현민의 메마른 비명이 들려왔다.

"으악!"

그것으로 끝이었다.

제3장 동우

5월 8일 금요일

동우는 자기 방에 놓인 벙커 침대가 보면 볼수록 마음에 들었다. 드디어 나만의 아지트가 생긴 기분이었다. 벙커 침대 안으로는 아무도 못 들어오게 해야지. 동우는 그렇게 마음먹으며 책장에 책을 꽂아 넣었다.

동생들과 달리 동우는 이사가 마음에 들지 않았다. 새로운 학교에 적응해야 한다는 점도 마음에 걸렸지만 무엇보다 이사는 곧 집안 사정이 더 안 좋아졌다는 사실을 의미하기에 가슴이 답답했다. 초등학교 5학년쯤 되면 집이 어떻게 돌아가는지 정도는 어렴풋이 안다. 눈치 빠르고 예민한 동우는 더욱 그랬다. 더군다나 수많은 사람의 공분을 샀던 사건이 있지 않았는가. 아빠와 관련된 기사가 쏟아져 나왔고 그 밑에는 어김없이 입에 담기도 힘든 악성댓글이 달렸다. 평소 컴퓨터를 끼고 사는 동우였기에 모른 척하고 싶어도 그럴 수가 없었다. 지난 1년 동안 아빠는 물론이고 가족 모두의 삶이 무너져 내리는 과정을 동우는 똑똑히 목격했다. 그랬기에 동우는 내색할 수 없었다. 자신 역시 친구들에게 손가락질 받았다는 사실을, 애써 씩씩한 척 연기할 때마다 울고 싶었다는 사실을 그 누구에게도 이야기할 수 없었다.

"동우야."

잠시 딴생각에 빠져 있던 동우는 엄마가 부르는 소리에 거실로 나갔다. 짐만 쌓여 있을 뿐 엄마는 없었다.

분명 엄마 목소리였는데…….

고개를 갸우뚱하며 방으로 들어가려는 찰나 덩치 큰 이삿짐센터 직원이 상자를 들고 거실로 들어왔다. 책이 가득 든 상자라 무거울 텐데도 직원은 아무렇지 않다는 듯 가뿐하게 내려놓았다. 구릿빛 피부에 우람한 팔뚝, 그리고 부리부리한 눈까지 직원은 어디로 보나 우리나라 사람이 아니었다. 엄마는 그것부터 마음에 안 들어 했다.

"한국 직원들만 온다고 하더니 다 몽골 사람이잖아."

엄마가 아빠에게 짜증 내며 하는 이야기를 동우는 슬쩍 들었다.

"뭐 어때? 힘 좋고 성실하면 다 그만이지. 허허."

아빠는 특유의 미꾸라지 작전으로 빠져나갔고 결국 엄마만 깊은 한숨을 쉬었다.

몽골 아저씨는 상자를 내려놓은 후 거실 전체를 찬찬히 둘러봤다. 그 행동과 눈빛이 하도 진지해 동우는 숨 죽인 채 바라봤다. 잠시 후 몽골 아저씨가 알아들을 수 없는 말을 중얼거리더니 불안한 표정으로 연신 고개를 끄덕였다. 눈까지 감고서. 동우는 그 모습을 보며 아저씨가 기도하고 있다는 인상을 받았다. 눈을 뜬 몽골 아저씨가 동우를 향해 고개를 돌렸다.

"여기 안 좋아. 이 집 위험해."

대뜸 그렇게 말하는 몽골 아저씨를 보며 동우는 무슨 대답을 해야 할지 몰랐다.

"여기, 숙(cyr) 많다. 숙은…… 사람 아프게 해."

"숙이 뭐예요?"

아저씨는 동우의 질문에 대답하는 대신 주머니에서 뭔가를 꺼냈다. 그러고는 동우를 향해 내밀었다.

"이거."

동우는 조심스레 다가가 아저씨가 내민 물건을 확인했다. 거울이었다. 둥글고 작은 손거울. 알록달록한 거울 뒷면이 무척 예뻤다. 동우가 어쩔 줄 몰라 머뭇거리자 아저씨가 입을 열었다.

"너 줄게. 가져라. 숙은 거울을 무서워하니까."

동우는 엉겁결에 손거울을 받아 들었다. 몽골 아저씨는 다시 거실을 둘러본 후 도망치듯 마당으로 나갔다.

"숙이 뭐야?"

동우는 찜찜한 마음을 애써 누르며 거울을 들여다봤다. 안경을 쓰고 평범하게 생긴 자기 얼굴을 보면서 동우는 검색해 봐야겠다고 마음먹었다. 궁금한 게 생기면 당장 알아봐야 속이 시원했다. 몽골 아저씨의 말투나 행동으로 봤을 때 숙이 나쁜 것을 뜻한다는 사실만은 분명했다. 동우는 평소에도 미스터리니 오컬트니 하는 것들에 관심이 많았다. 유튜브에서도 그런 영상만 골라서 봤다. 하지만 숙은 처음 듣는 단어였고 그래서 더 호기심이 생겼다.

동우가 거울에서 눈을 떼려 할 때 무언가가 비쳐 보였다. 2층 난간에 파란색 치마를 입은 여자아이가 서 있었다. 희우도 아니고 지우도 아니었다. 그 사실을 깨닫는 순간 온몸에 소름이 돋았다. 동우는 재빨리 2층을 향해 고개를 돌렸다. 여자아이는 사라지고 없었다. 다시 거울을 봤지만 마찬가지였다.

홀린 듯 2층으로 올라갔다. 방들을 차례차례 살펴봐도 그 여자아이는 없었다. 희우와 지우는 밖에서 놀고 있으니 애초에 다른 여자아이가 있다는 게 말이 안 되는 거였다.

잘못 본 거야.

동우는 그렇게 생각하며 돌아섰다. 그러다가 다시 고개를 돌렸다. 다락방이 보였다. 사실 동우는 내심 다락방을 탐냈지만 아빠가 일찌감치 선언을 해 버렸다. 다락방은 작업실로 쓸

거라고.

다락방이 어떻게 생겼는지 궁금했던 동우는 계단을 올라갔다. 문을 열자 환하게 햇살이 비쳐 드는 깨끗하고 넓은 방이 모습을 드러냈다. 아빠 말처럼 작업실로 사용하기 안성맞춤일 것 같았다. 방 안에는 책장 말고는 다른 가구가 없었다. 부러운 마음을 삼키며 구석구석 둘러보던 동우는 무심코 천장을 향해 고개를 들었다. 그때 동우의 눈에 이상한 게 들어왔다. 나무로 된 천장 한구석에 네모 형태로 홈이 파여 있었다. 나뭇결과 분간하기 어려워 동우처럼 눈썰미 좋은 사람이 아니라면 발견하기 힘들 것 같았다.

동우는 고개를 갸우뚱하며 홈이 팬 천장 바로 밑에 섰다.

혹시 문인가?

천장은 낮았다. 동우가 폴짝 뛰어 문처럼 보이는 부분을 눌렀다. 그 순간 기다렸다는 듯 아래쪽으로 문이 열리며 계단이 모습을 드러냈다.

"우와!"

동우는 감탄했다. 이거야말로 비밀 아지트였다. 사다리처럼 생긴 계단을 올라서 안을 살펴보았다. 그 공간은 어둡기는 했지만 제법 넓었다. 다락방 안의 또 다른 다락인 셈이었다.

숨바꼭질할 때 여기 숨으면 절대 안 들키겠는걸.

동우는 그런 생각을 하며 문을 닫았다. 일단은 자기만 아는 비밀 공간으로 해 두고 싶었다.

5월 10일 일요일

드디어 인터넷이 연결됐다는 사실에 기뻐하며 동우는 아침부터 컴퓨터를 켰다. 벙커에 들어앉아 컴퓨터를 하고 있자니 정말로 아지트가 생긴 것만 같아 기분이 좋았다. 커튼까지 있어 더 완벽했다. 습관처럼 유튜브에 접속해 동영상을 보던 동우는 문득 '숙'이라는 단어를 떠올렸다. 이사 오던 날 몽골 아저씨가 했던 말.

동우는 유튜브 창을 닫고 포털사이트에 '숙'이라고 쳐서 검색을 시작했다. 유의미한 결과 몇 개가 떴다. 동우는 그중에서 한 블로거가 정리한 내용을 찾아 읽어 내려갔다. 블로거는 숙에 대해 이렇게 정의하고 있었다.

> 몽골에서의 '숙(cyr)'은 동양권의 '원혼'과 비슷하다. 악의를 품고 죽은 사람이 원혼 형태로 산 사람을 괴롭히는 것이 바로 숙이다.

동우는 찜찜했다. 블로거의 설명이 사실이라면 몽골 아저씨는 이 집에 원혼이 많다고 말했다. 원혼이 무엇인지는 동우 역시 잘 알고 있었다. 괜스레 목덜미가 서늘했다. 이번에는 'cyr'을 검색했다. 바로 몽골어 사전 검색 결과가 떴다.

유령, 혼령, 망령(亡靈), 사령(死靈), 원령(怨靈), 요괴, 귀신,

허깨비…….

역시 원혼과 비슷한 단어들이 쭉 나열돼 있었다. 이 집에 정말로 귀신이 있는 걸까? 그것도 원한에 사무친 귀신이.

설마…….

동우가 고개를 저었다. 원혼이 깃든 집에 이사 온 가족이라니, 너무 영화 같았다. 그 몽골 아저씨가 장난친 것일지도 모른다. 아니면 머리가 좀 이상한 사람이었거나.

"그래도 숙이 뭔지 알았으니 속은 시원하네."

동우는 웃으며 혼잣말을 했다.

그때였다.

방문이 열리며 누군가가 들어왔다.

"노크해!"

문에 분명 '노크 먼저'라고 쓴 팻말을 붙여 놓았는데…….

들어온 사람은 아무런 반응이 없었다. 발소리도 들리지 않았다. 아빠는 외출했으니 엄마 아니면 희우나 지우 중 한 명일 텐데 아무 말이 없는 것으로 봐서 엄마는 아닌 듯했다.

"오빠 지금 장난칠 기분 아니야. 빨리 나가."

대답이 없었다. 아무런 소리도 들리지 않았다. 오히려 너무 조용해서 이상할 정도였다. 분명 조금 전까지 새소리며 매미 우는 소리도 들렸는데 지금은 아니었다. 누군가가 텔레비전 리모컨의 '조용히'를 누른 것 같았다.

"왜 대답이 없어?"

그렇게 말해 놓고 동우가 고개를 갸우뚱했다. 자기 목소리마저 잘 들리지 않았다. 물이라도 들어간 것처럼 귀가 먹먹했다.

동우는 누구인지 확인하려고 커튼에 손을 댔다. 그 순간 말로 설명하기 힘든 이상한 감각이 손을 타고 스멀스멀 올라왔다. 숨 쉬기가 힘들었다. 무엇보다 갑자기 배가 아프고 토할 것만 같았다. 커튼을 꽉 움켜쥐었다. 바로 그때 밖에서 안으로 커튼이 부풀어 올랐다. 커튼이 저절로 펄럭거렸다. 동우는 놓치지 않았다. 커튼 틈 사이로 언뜻언뜻 보이는 파란색 치마를.

눈을 질끈 감고 커튼을 확 젖혔다.

그 순간 벙커를 향해 달려오는 발소리가 들렸다.

"으악!"

동우는 비명을 지르며 눈을 떴다. 아무것도 없었다. 창문으로 비쳐 드는 햇빛에 깨알 같은 먼지가 날리고 있을 뿐이었다. 천천히 벙커 밖으로 나와 2층 침대 위까지 살폈지만 희우도, 지우도 보이지 않았다.

"분명히 누가 들어왔는데……."

동우가 굳게 닫힌 방문을 보며 중얼거렸다. 그러고는 침대로 올라갔다. 너무 긴장했던 탓인지 기운이 하나도 없었다. 다행히 배는 더 이상 아프지 않았다. 침대에 누운 동우는 눈을 꼭 감았다. 몸이 축 늘어지는 걸 느끼며 동우는 잠에 빠져들었다.

"아이들은 어디 있니?"

그 소리를 듣자마자 심장이 뛰기 시작했다. 잡히면 큰일 난다는 생각뿐이었다. 잡히면, 절대 안 된다. 그러니 잘 숨어야 했다. 술래가 짐작도 하지 못하는 곳에.

2층으로 올라가 침대 밑에 들어갔다.

"아이들은 어디 있니?"

다시 그 소리가 들렸다.

눈을 꼭 감았다. 한 번도 교회에 가 본 적이 없는데 기도라도 하고 싶었다.

끼익. 끼익.

계단을 올라오는 발소리가 들렸다. 온몸이 덜덜 떨렸다. 숨소리가 새어 나갈까 봐 입을 틀어막았다.

집 안에 음악이 울려 퍼졌다. 클래식이었다. 끔찍한 숨바꼭질이 벌어질 때마다 그들은 이 장엄하고 웅장한 곡을 틀어 놓았다. 일종의 배경 음악이었다.

"아이들은 어디 있니?"

그 소리가 점점 가까워졌다. 잠시 후 방 안으로 누군가가 들어왔다. 진하디진한 향수 냄새가 훅 풍겨 왔다. 방 안을 가로지르는 발이 보였다. 침대 위 이불을 걷어 보는 듯했다. 발이 다시 밖으로 향했다. 속으로 안도의 한숨을 쉬었다.

그때였다.

다다닷!

그 소리와 함께 발이 빠르게 다가왔다. 다음 순간 얼굴이 획 내려왔다. 유독 큰 눈이 매섭게 노려봤다.

"찾았다."

그와 동시에 동우도 비명을 질렀다. 도저히 참을 수가 없었다.

"으악!"

동우는 침대에서 벌떡 일어났다. 심장이 미친 듯이 뛰고 몸은 땀으로 흠뻑 젖었다. 너무도 생생한 꿈이었다. 꿈속에서 내지른 비명이 여전히 귓가에 울리고 있었다.

"꺄악!"

다시 들려온 비명에 동우가 고개를 갸우뚱했다. 분명 꿈에서 깼는데 이 비명은…….

"언니!"

자지러질 듯한 지우의 목소리를 듣자마자 동우는 상황을 파악했다. 거실에서 희우가 비명을 지르고 있었다.

동우는 침대에서 뛰어내린 후 곧장 거실로 향했다.

희우가 소파에 누워 부들부들 떨고 있었다. 희뜩 뒤집힌 눈으로 입에는 거품을 물었다. 지우가 놀란 표정으로 울기 시작했다. 동우가 달려가려는 순간 현관문을 열고 엄마가 뛰어들어왔다.

"희우야!"

놀라기는 엄마도 마찬가지였다.

희우는 대답도 없이 온몸을 꺾어 댈 뿐이었다. 엄마는 119를 부르는 대신 희우를 업고 밖으로 달려 나갔다. 동우도 따라 나가서 희우를 차에 태우는 엄마를 도왔다. 동우 눈에도 엄마가 당황스러워한다는 게 똑똑히 보였다. 혼잣말을 중얼거리며 침착함을 찾으려 애쓰는 듯했지만 부들부들 떨리는 엄마의 손을 동우는 놓치지 않았다.

"혼자 괜찮겠어?"

엄마는 동우의 물음에 괜찮다는 말을 남기고는 차를 몰고 사라졌다. 불과 몇 분 사이에 폭풍이 휘몰아친 기분이었다.

동우는 저 멀리 내리막길의 흙먼지가 사라지는 걸 보고 나서야 집 쪽으로 몸을 돌렸다. 지우가 현관 앞에 서 있었다. 눈물은 그쳤지만 여전히 코를 훌쩍이고 있었다.

"언니 괜찮을까?"

지우가 물었다.

"괜찮을 거야."

동우는 막내의 머리를 가만히 쓰다듬으며 집으로 들어갔다.

텅 빈 거실에는 서늘한 기운만 맴돌았다. 엄마가 자꾸 춥다고 하는 이유를 조금은 알 것 같았다.

"이제 우린 어떻게 해?"

지우가 걱정스러운 표정으로 소파에 앉았다.

"엄마 연락을 기다려야지."

동우는 그렇게 말하며 집 전화로 아빠에게 전화를 걸었

다. 받지 않았다. 세 번이나 다시 걸었지만 지금은 전화를 받을 수가 없다는 뻔한 멘트만 흘러나왔다.

이럴 때 아빠는 어딜 간 거야?

아빠는 도망치는 데 선수였다. 동우가 보기에는 그랬다. 그 사건이 터졌을 때도 동우는 아빠가 조금 더 당당했으면 좋겠다고 생각했다. 하지만 아빠는 숨기 바빴다. 제대로 인터뷰 한 번 안 하고 죄송하다는 말만 되풀이했다. 그 탓에 동우 역시 친구들에게 따돌림 당했다는 걸 아마 아빠와 엄마는 모를 것이다. 동우는 결국 통화를 포기하고 음성사서함에 메시지를 남겼다.

—희우가 갑자기 발작을 일으켜서 병원에 갔어. 엄마한테 전화하면 자세히 설명해 주실 거야.

메시지를 남긴 뒤 동우도 지우 옆에 앉았다. 막내가 동우의 품으로 파고들며 말했다.

"무서워."

"걱정하지 마. 다 괜찮아질 거야."

동우 자신에게 하는 것이나 다름없는 말이었다.

"오빠. 근데…… 그거 알아?"

한참 후 지우가 다시 입을 열었다.

"그거 뭐?"

"희우 언니 비밀 친구 있는 거."

"비밀 친구? 그게 누군데?"

이사 온 지 이제 사흘밖에 안 됐는데 벌써 친구를 사귀다니 어딘가 이상했다. 게다가 희우는 마당을 넘어 밖으로 나간 적도 없었다. 희우는 엄마 아빠에게 이야기하지 않고 혼자 돌아다닐 아이가 아니었다.

"몰라. 나한테도 안 가르쳐 줘."

지우가 입술을 삐죽 내밀었다.

"확실한 거야?"

"응. 희우 언니 방 안에서 웃는 소리도 들리고 말하는 소리도 들려. 엄청 친한 것 같았어!"

"누구냐고 물어봤어?"

"비밀이래. 비밀 잘 지키면 나한테도 소개해 준다고 했어."

그렇게 말하는 지우의 표정이 조금 밝아졌다.

"비밀 친구……."

"오빠. 내가 말했다는 거 비밀이야! 알았지?"

손가락으로 입술을 가리며 쳐다보는 지우가 귀여워 동우는 피식 웃었다.

동우는 동생들이 좋았다. 특히 희우에게 마음이 많이 쓰였다. 어릴 때지만 희우가 처음 집에 왔을 때를 똑똑히 기억했다. 희우는 동우를 보고 인사조차 못 할 정도로 긴장했다. 졸지에 오빠가 된 동우는 그런 희우를 보며 친절하게 대하겠노라 다짐했다. 동우는 희우에게 자꾸 말을 걸었고 같이 인형 놀이도 했다. 그러자 희우 역시 차츰 마음을 열었다. 희우가 편하게 '오빠'라고 부르게 되었을 때쯤에는 더없이 자연스러운 사이가 됐다.

"오빠. 우리 집에 무서운 게 살아?"

동우의 어깨에 기댄 채 졸린 듯 연신 하품을 하던 지우가 갑자기 그렇게 물었다.

"응? 그런 이야긴 누구한테 들었어?"

"희우 언니. 그 비밀 친구가 말해 줬대. 무서운 게 사니까 빨리 도망쳐야 한다고. 난 이 집이 좋은데⋯⋯."

"아니야. 무서운 게 어디 있다고 그래? 그냥 희우가 장난친 걸 거야."

"치이. 희우 언니 너무했어."

지우의 목소리가 점점 잦아들었다. 잠시 후 지우는 동우의 다리를 베고 고른 숨을 토해 내며 잠에 빠져들었다.

동우는 잠든 지우를 보며 희우가 했다던 말을 떠올렸다.

무서운 게 산다.

무서운 거⋯⋯ 혹시 그게 원혼은 아닐까?

동우는 지우의 손을 가만히 쥐었다. 부드럽고 따뜻했다. 꺼림칙했던 마음이 조금 가라앉았다.

아무 일 없을 거야.

동우는 마음속으로 그렇게 되뇌며 지우의 머리카락을 쓰

다듬고 또 쓰다듬었다.

5월 12일 화요일

의성초등학교에는 학년별로 반이 하나밖에 없었다. 학생 수도 적었다. 그나마 5학년은 한 반에 열다섯 명이 있어 제법 복닥거렸다.

전학 첫날이었던 어제, 아이들은 쉬는 시간이 되자마자 도시에서 전학 온 동우 주위로 몰려들었다. 그러고는 어디에 살았는지, 어디로 이사를 왔는지 등을 물었다. 하지만 딱 거기까지였다. 동우가 파란 지붕 집에 산다는 이야기를 꺼내자 아이들은 약속이라도 한 듯 입을 다물고 자기 자리로 돌아갔다.

왕따와 괴롭힘에는 익숙한 동우였지만 전학 첫날부터 무시를 당하니 섭섭함을 감출 수가 없었다. 속상한 마음을 털어놓고 싶어도 누구에게 하소연해야 할지 알 수 없었다. 희우가 발작을 일으킨 이후로 엄마는 안방에만 틀어박혀 있었다. 아빠 역시 다락방에서 내려올 생각을 하지 않았다. 그나마 새 식구가 된 호떡이 덕분에 조금은 마음이 풀렸다. 그렇지만 마음속 걱정과 응어리가 해소된 건 아니었다. 앞으로의 학교생활을 생각하는 것만으로 머리가 지끈거렸다.

그래서 전학 둘째 날 아침은 여러모로 기분이 최악이었다.

마을버스에서 내려 학교로 향하는 길을 걷는 내내 발이 돌덩이처럼 무거웠다. 동우는 어깨를 잔뜩 움츠린 채 터덜터덜 걸었다. 그때였다.

"야! 유동우."

뒤쪽에서 누군가가 불렀다. 동우가 흠칫 놀라 뒤를 돌아봤다. 단발머리를 나풀거리며 여자아이가 걸어오고 있었다. 낯이 익었다. 분명 5학년이었다.

"나 반장 이수지야. 그냥 반장이라고 불러."

"아!"

그제야 기억이 났다. 교탁 앞에 서서 선생님 대신 숙제며 준비물이 뭔지 알려 주던 아이.

"너 되게 일찍 간다?"

"어. 지각할까 봐……."

수지의 말에 동우가 대충 얼버무렸다. 교실에 들어설 때 아이들 시선을 끄는 게 싫어 일찍 나섰다는 말은 할 수 없었다.

"난 반장이라서 할 일이 많거든. 그래서 맨날 일등으로 등교해."

"그렇구나."

맞장구를 치긴 했지만 어떻게 대화를 이어 나가야 할지 막막했다. 반면 수지는 뭐가 문제냐는 듯 동우 옆으로 다가와 함께 걸었다.

"어제는 미안했어. 친구들을 대신해 내가 사과할게."

수지가 대뜸 그렇게 말하는 바람에 동우는 더 당황했다.

"아, 아니. 난 괜찮아. 정말이야."

"네가 파란 지붕 집으로 이사 왔다고 해서 다들 겁먹었던 거야. 다른 뜻은 없었어."

다른 뜻은 없었다고 하지만 단지 파란 지붕 집이라는 이유만으로 그런 반응을 보였다는 게 더 신경 쓰였다.

"우리 집이 왜? 뭐 문제라도 있어?"

동우가 조심스레 물었다.

"귀신 나오는 집이잖아."

수지는 그런 것도 모르냐는 듯 동우를 빤히 바라봤다. 그 순간 머릿속으로 원혼이라는 단어가 스치고 지나갔지만 동우는 애써 모른 척했다.

"나는 처음 듣는 이야기야. 근데 확실해?"

"그 집에서 귀신 본 애들이 한둘이 아니야. 처음에는 호기심에 가 보기도 했는데 이젠 아무도 안 가. 어른 중에도 본 사람 있을걸."

"너도…… 봤어?"

수지가 우뚝 멈춰 섰다. 말간 얼굴에 살짝 그늘이 드리웠다. 동우는 가만히 서서 수지의 대답을 기다렸다.

"응. 봤어."

수지가 어두운 표정으로 대답했다.

"언제?"

"작년 여름에. 밤이었는데 친구들이랑 파란 지붕, 그러니까 너희 집에 갔어. 그땐 나도 안 믿었거든. 귀신 같은 게 어디 있냐고, 겁먹은 친구들을 놀리기도 했어. 그래서 갔는데……."

수지가 말끝을 흐렸다.

"진짜로 본 거야? 귀신을?"

수지는 고개를 끄덕인 후 다시 입을 열었다.

"다른 친구들은 못 봤는데 나는 분명히 봤어. 다락방 창문가에 파란 치마를 입은 여자애가 서 있었어."

파란 치마.

동우가 마른침을 삼켰다. 반소매를 입어야 할 정도로 더운 날씨인데도 등허리에 소름이 돋았다.

"그건 분명 오하영이었어."

"뭐?"

동우는 모르는 이름이었다.

"오하영. 그 집에 살았던 애야. 2년 전에 초등학교 1학년이었어. 자주 아프고 다치고 해서 학교엔 거의 못 나왔지만 걔가 파란 지붕 집 막내라는 건 누구나 알고 있었어."

"그런데?"

"어느 날 오하영이 실종됐어."

"실종?"

동우의 목소리가 높아졌다.

"그때는 마을 전체가 난리였어. 오하영 찾는다고. 며칠 동안 계속 찾았는데 결국 실패했어. 그래서 소문이 돈 거야. 오하영이 죽었을 거라는 소문. 거기다가 하영이네 가족들까지 모두 사라지는 바람에 이상한 소문이 진짜 많이 돌았어. 생각해 봐. 이상하잖아. 가구들도 다 그대론데 사람만 사라졌다니까.”

동우는 이사 올 때부터 있었던 소파며 책장 같은 것들을 떠올렸다. 그러자 벌레가 팔뚝을 타고 기어오르는 듯한 이상한 느낌이 들었다. 동우는 재빨리 팔뚝을 쓸어내렸다.

“그 후로 파란 지붕 집이 귀신 나오는 곳이 된 거네?”

“거기서 무슨 일이 벌어졌는지 아무도 모르니까. 그리고 나처럼 실제로 뭔가를 본 사람이 있으니까. 넌 뭐 이상한 거 본 적 없어?”

동우가 잠시 뜸을 들이다가 대답했다.

“나는 뭐…… 귀신 같은 건 못 봤어.”

수지가 동우를 빤히 바라봤다. 동우는 얼굴이 붉어졌다.

“그럼 다행이고. 아무튼, 5학년 애들 전부 다 착하니까 좀만 있으면 친하게 대해 줄 거야. 너무 걱정하지 마.”

“고, 고마워. 반장.”

“힘든 일 있으면 나한테 다 이야기해!”

수지는 씩씩하게 말한 뒤 걸음을 서둘렀다. 동우는 수지 옆에 딱 붙어 걸으면서 생각에 잠겼다.

오늘 들은 걸 엄마 아빠에게 이야기해야 할까?

동우는 학교가 끝나자마자 버스 정류장을 향해 달렸다. 아침에 들은 얘기 때문인지 수업 내내 집중하기가 어려웠다. 1분이라도 빨리 집으로 가서 엄마나 아빠에게 이야기하든지, 아니면 인터넷으로 직접 조사를 하든지 하고 싶었다.

버스 정류장에는 아무도 없었다. 동우는 의자에 앉아 마을버스를 기다렸다. 5월 중순의 눈부신 햇살이 정류장 안으로 넘어 들어왔다. 동우는 굼실굼실 비쳐 드는 햇살 안으로 발을 집어넣었다. 따뜻했다. 그러고 보니 이사 온 이후로 덥다는 느낌을 받지 못했다. 엄마처럼 춥다는 말을 달고 살 정도는 아니지만 집이 시원한 건 사실이었다. 아니, 시원하다기보다는 서늘하다는 표현이 맞을 것이다.

동우가 그런 생각을 하고 있을 때 뒤쪽에서 그림자 하나가 뻗어 나와 정류장 바닥에 맺힌 햇살을 가려 버렸다. 동우는 무심코 고개를 돌렸다가 깜짝 놀랐다. 정류장의 유리벽 너머에 몰골이 기괴한 남자가 서 있었다. 환자복을 입고 슬리퍼를 신은 노인이었다. 양 뺨에 붙은 큼지막한 거즈가 동우의 눈에 들어왔다. 노인의 시커멓고 마른 얼굴은 불에 타다 만 장작처럼 보였다. 고개를 반쯤 숙이고 있던 노인이 정면을 바라봤다. 동우는 그제야 노인이 누구인지 알아챘다. 이장이었다. 불과 며칠 전에 인사를 했는데 너무나 달라진 모습에 알아보지 못했다. 그러고 보니 어제 이장이 다쳤다는 이야기를 아빠에게 얼핏 들은 것도 같았다.

설마 그것 때문에…….

심하게 다쳐 못 알아볼 정도로 변했다는 건 이해한다 쳐도 환자복을 입은 채 돌아다니는 이유는 짐작하기 어려웠다.

동우가 엉거주춤 의자에서 일어났다. 어쨌든 인사는 해야 할 것 같았다.

"안녕하세요?"

꾸벅 고개를 숙였다.

그때였다.

찌이익.

거슬리는 소리가 났다. 이장이 갈고리처럼 손가락을 말고는 유리를 긁어 내려갔다. 한 번 더, 그리고 또 한 번 더.

찌이익.

찌이익.

이장이 점점 더 격렬하고 빠르게 유리를 긁었다.

"어어!"

동우는 자기도 모르게 소리쳤다. 이장의 손가락 끝에 피가 맺히며 붉은 줄이 죽죽 그어졌다.

"그, 그만하세요!"

이장은 멈추지 않았다. 동우는 도움을 구하려고 주위를 둘러봤다. 하필이면 지나다니는 사람도 없었다.

찌이익.

찌이익.

찌이익.

동우는 귀를 막고 눈을 감았다. 도저히 견딜 수가 없었다. 어딘가로 도망치고 싶어도 다리가 굳어 꼼짝도 하지 못했다. 얼마나 시간이 지났을까, 슬그머니 귀에서 손을 뗐다. 더 이상 소리가 들리지 않았다. 동우가 조심스레 눈을 떴다. 유리에 핏자국만 가득할 뿐 이장은 보이지 않았다.

"휴."

안도의 한숨을 내쉰 바로 그 순간, 옆에서 인기척이 들렸다. 고개를 돌렸다. 이장이 시뻘건 눈을 부릅뜬 채 자신을 내려다보고 있었다.

"으악!"

동우가 주춤주춤 물러났다. 이장이 그런 동우를 노려보면서 천천히 다가왔다. 이장의 입에서는 무슨 말인지 알아들을 수 없는 소리가 계속 흘러나왔다.

동우는 결국 옆쪽 벽에 가로막혀 멈추고 말았다. 이장이 성큼 다가왔다. 고약한 냄새가 훅 풍겨 왔고 다음 순간 전혀 어울리지 않는 밝은 목소리가 들렸다.

"아이들은 어디 있니?"

그때였다.

마을버스가 큰 한숨을 내쉬며 멈춰 섰다. 동우는 이장을 밀치고 냅다 마을버스를 향해 뛰었다. 버스에 오르고 문이 닫히고 나서야 동우는 참았던 숨을 토해 냈다.

"헉헉."

쓰러지듯 자리에 앉은 동우가 창문으로 뒤를 돌아봤을 때 이장은 우두커니 서서 웃고 있었다. 동우는 그 모습에서 눈을 뗄 수가 없었다. 이장이 미친 듯이 달려와 버스를 세울 지도 모른다는 생각에…….

아빠는 집에 없었고 엄마는 안방에서 나오지 않았다. 동우를 맞아 준 것은 지우와 호떡이뿐이었다. 둘은 거실에서 놀고 있었다.

"희우는?"

지우에게 묻자 입술을 쑥 내밀었다.

"몰라. 나한테 말도 안 해."

"방에 있어?"

지우가 고개를 끄덕였다.

동우는 소파에 가방을 내려놓고 2층으로 올라갔다. 지우와 호떡이가 쫄래쫄래 따라왔다.

"너흰 왜 따라와?"

"희우 언니한테 가는 거지?"

"응."

"나도 가서 이야기를 들어야겠어."

지우가 야무지게 말했다.

"무슨 이야기?"

"희우 언니 친구 이야기."

동우는 멈춰 서서 막내를 내려다봤다. 지우는 고집이 세고 가끔 어리광도 피우지만 한편으로는 똑 부러지는 구석도 있었다. 막내의 머리가 좋다는 건 동우도 쉽게 알아차릴 수 있었다. 말싸움을 해서는 이길 수가 없었으니까.

"그 비밀 친구? 근데 갑자기 왜?"

지우가 동우 옆까지 올라와 발을 한껏 들고 귓속말을 했다.

"엄마가 희우 언니가 스케치북에 그린 그림을 모두 태웠어. 거기에 귀신을 그려 놓았다고 하면서."

"뭐?"

동우가 놀라서 지우와 호떡이를 번갈아 바라봤다. 지우의 말대로라는 듯 호떡이가 천천히 고개를 끄덕였다.

"오빠. 진짜 귀신이 있는 거야? 그것도 우리 집에?"

"모르겠어. 모르니까 한번 알아보려고 하는 거야. 지우야, 너 이제부터 혼자 돌아다니면 절대 안 돼. 오빠 없을 땐 희우 언니랑 꼭 붙어 있어. 알았지?"

"어, 엄마는?"

"엄마는……."

동우는 집으로 돌아온 후 제일 먼저 안방 문부터 열어 엄마를 찾았다. 문을 열자마자 지독한 냄새가 덮쳐들었다. 엄마는 침대에 서류를 잔뜩 펴 놓고 자꾸만 혼잣말을 했다. 동우가 다녀왔다고 말해도 대꾸조차 없었다. 이것으로 확실해진 것 같았다. 이 집에 와서 제일 먼저 이상하게 변한 사람은 엄마였다.

"엄마. 뭐 해?"

안방에서 나가기 전 동우는 마지막으로 그렇게 물었다. 돌아온 대답은 도무지 이해할 수 없는 것이었다.

"온 가족이 조금씩만 희생하면 우린 금세 부자가 될 거야."

그 순간 엄마의 미소가 이장의 그것과 너무 닮아 보였다. 동우는 소름이 돋는 걸 느끼며 안방 문을 닫았다.

"엄마도 몸이 좀 안 좋은 것 같으니 일단 우리끼리라도 서로 도와야 해. 알았지?"

지우가 똘망똘망한 눈으로 동우를 바라봤다.

잠시 후 두 명의 사람과 한 마리의 강아지는 희우의 방에 들어갔다. 희우는 방에 없었다.

"어? 언니 없다!"

"희우야."

동우가 좁은 방 안을 두리번거리며 희우를 불렀다. 그제야 침대 밑에서 소리가 들렸다.

"나. 여기 있어."

희우가 침대 밑에서 얼굴을 쏙 내밀었다. 울었는지 코가 빨갰다.

"거기서 뭐 해?"

동우가 묻자 희우는 어두운 표정으로 대답했다.

"무서워서 숨어 있었어."

"귀신 무서우면 나랑 호떡이랑 같이 있어야지!"

지우가 허리에 손을 얹고 잔소리를 했다.

컹!

호떡이도 거들었다.

동우가 손을 뻗어 희우를 빼냈다. 희우는 스프링과 겉표
지만 남은 스케치북을 꼭 쥐고 있었다. 지우와 호떡이가 희우
옆에 앉았다. 호떡이는 귀를 쫑긋 세운 채 2층 복도를 지켜보
고 있었다. 자신의 역할이 무엇인지 확실히 아는 듯했다.

"희우야. 지우한테 대충 들었는데, 오늘 무슨 일이 있었던
거야?"

동우가 조용히 물었다. 사실, 동생들과 모여 앉아 이렇게
진지한 분위기 속에서 이야기하는 것은 이번이 처음이었다.
한참 어린 두 여동생이 동우는 귀엽고 예뻤지만 한편으로는
거추장스럽기도 했다. 특히 혼자서 자기 나름대로 힘든 시기
를 보냈던 지난 1년 동안에는 동생들에게 신경 쓸 여유가 없
었다. 희우도, 지우도 상처를 입었으리라 짐작만 했지 먼저 다
가가 따뜻하게 말을 걸어 볼 생각은 하지 못했다.

"어. 그게……."

희우가 대답을 망설였다.

입양 온 지 제법 시간이 지났지만 희우는 여전히 조심스러
워했다. 적어도 동우가 보기에는 그랬다. 엄마와 아빠에게 존

댓말을 하는 것도, 좀처럼 부탁을 하지 않는 것도, 떼쓰거나 울지 않는 것도 희우뿐이었다. 동우는 희우의 외로움을 짐작도 할 수 없었다. 그래서 그냥 한마디를 더했다.

"괜찮아. 말해 봐. 우리, 가족이잖아."

희우는 동우의 그 말에 용기를 얻은 듯 오전에 있었던 일을 모두 이야기했다. 동우는 한 번도 말을 끊지 않고 이야기를 들어 주었다. 사실, 중간에 오하영이라는 이름이 튀어나왔을 땐 입이 근질근질했지만 겨우 참았다.

"이제 하영이는 완전히 사라진 것 같아. 아무 데서도 보이지 않아."

희우가 그 말을 끝으로 다시 입을 닫았다.

"오하영이라는 그 친구가 언제부터 보였어?"

동우가 물었다.

"이사 온 그날 있잖아, 난 뒷마당 토끼장 근처에 있었어. 그때 처음 만났어."

"그때 하영이가 인사를 했어?"

"아니. 하영이는 말을 못 해. 스케치북에 글만 쓸 수 있어."

"왜 말을 못 하는 걸까?"

동우가 묻자 희우는 갑자기 긴장한 표정을 짓더니 목소리를 낮췄다.

"자기가 목소리를 내면 무서운 것들이 듣고 몰려올 거래. 그래서……"

동우가 말없이 고개를 끄덕였다. 어쨌든 수지의 말이 맞았다. 파란 지붕 집에는 귀신이 산다. 귀신의 이름은 오하영, 2년 전 실종된 아이고 원혼이 된 것으로 봐서는 끔찍한 사고로 죽은 게 틀림없는 듯했다. 그게 아니라면…….

혹시…… 누군가가 하영이를 죽인 걸까?

그래서 원혼이 되었다면, 과연 범인은 누구일까?

방금 떠오른 생각은 동생들에게 말하지 않았다. 그 대신 동우는 희우에게 물었다.

"오하영이라는 그 애가 귀신이라는 건 알고 있었어?"

"응."

희우가 당연하다는 듯 고개를 끄덕였다.

"어떻게?"

"하영이, 발이 없었거든."

희우가 대답했다.

그날 밤, 동우는 늦게까지 잠을 이루지 못했다. 수지가 들려준 이야기, 버스 정류장에서 마주쳤던 이장, 그리고 희우가 했던 말까지 모든 게 뒤죽박죽이 되어 동우의 머릿속을 어지럽혔다.

엄마가 이상하게 변한 것도 하영이 때문일까?

현재로는 그렇게 생각하는 것이 정답에 가까워 보였다. 그래도 풀리지 않는 의문은 남아 있었다.

희우의 말대로라면 오하영은 더 무서운 게 올 테니 빨리 집을 떠나라고 했다. 그 무서운 건 바로 창고에 있다고, 그러니 절대 문을 열면 안 된다고 말한 이도 하영이었다. 동우는 헷갈렸다. 원혼인 오하영이 동우네 가족을 쫓아내고 싶어 거짓말을 한 건지 아니면 진실을 말한 건지 알 수가 없었다.

"답답해. 엄마한테도 말 못 하고, 아빠한테도 말 못 하고."

동우가 침대에 누워 중얼거렸다.

그나마 아빠가 돌아오길 기다렸다. 외출하고 돌아온 아빠는 동우의 기대와는 달리 대화를 나눌 상태가 아니었다. 인상을 잔뜩 쓴 채 다락방으로 올라가는 아빠의 뒷모습을 보며 동우는 가슴이 답답해졌다.

"휴."

동우가 한숨을 토해 냈을 때였다.

똑똑.

누군가가 창문을 두드렸다.

"뭐지?"

동우가 침대에서 일어났다. 무섭다는 생각이 들었지만 한편으로는 호기심도 일었다. 바닥으로 내려선 동우는 창문 쪽으로 다가갔다. 심호흡을 한 다음 커튼을 열었다. 그 순간 자그마한 여자아이가 마당을 가로지르는 모습이 보였다.

희우?

언뜻 희우처럼 보였다.

희우가 이 밤에 왜?

동우는 서둘러 거실로 나가 곧장 현관으로 향했다. 소파
위에 누워 있던 호떡이가 벌떡 일어나 꼬리를 흔들었다. 신발
장 위에 놓인 손전등을 챙겨 들고 집을 나선 동우는 목소리
를 죽여 희우를 불렀다.

"희우야. 희우야."

대답이 돌아오지 않았다. 그 대신에 쇠와 쇠가 부딪치는
철컹 소리가 들렸다. 동우는 소리가 들린 쪽으로 고개를 돌렸
다. 동우의 시선 끝에 창고가 있었다.

설마…….

제발 아니기를 바라는 동우의 마음과 달리 마치 기다리
고 있었다는 듯 창고 문이 저절로 열렸다.

끼이익.

기분 나쁜 소리를 내며, 천천히.

동우는 창고로 다가갔다. 희우, 아니 오하영이 했던 말
이 머릿속을 떠나지 않았다. 무서운 게 온다, 그리고 창고 문
을 열면 안 된다. 두 문장을 연결해 보면 그 무서운 것이 창고
에 있다는 뜻이 된다. 손전등을 쥔 손에 힘이 들어갔다.

마른침을 삼킨 동우가 창고 앞에 서서 한 번 더 희우를
불렀다.

"희우야!"

어둠에 가로막히기라도 한 듯 대답은커녕 아무 소리도 들

리지 않았다.

　잠시 망설이던 동우는 숨을 크게 쉰 뒤 창고 안으로 한 발을 들여놓았다. 창고 안에는 찐득한 어둠이 가득 들어차 있었다. 그것만이 아니었다. 공생관계의 두 동물처럼 역한 냄새도 착 달라붙어 있었다. 손전등을 비췄지만 동그란 불빛은 동우의 발아래 정도만 겨우 밝혀 주었다.

　"유희우! 여기 있어? 빨리 나와."

　동우는 이제 거의 속삭이듯 말했다. 몸은 물론이고 심장마저 조여 오는 어둠 탓에 제대로 목소리를 내기도 힘들었다. 어딘가에 부딪힐까 봐 허공을 더듬던 동우의 손에 무언가가 툭, 하고 닿았다.

　화들짝 놀란 동우가 반사적으로 손전등을 비췄다. 순간 불빛 안으로 허옇고 길쭉한 무언가가 들어왔다.

　"윽!"

　동우는 간신히 비명을 삼키며 그것을 바라봤다.

　그때였다.

　쾅!

　갑자기 문이 닫혔다.

　"으악!"

　이번에야말로 참지 못하고 비명을 질렀다. 안 그래도 어두운 곳이 완벽한 암흑으로 바뀌었다. 겁에 질린 동우가 몸을 돌려 문으로 달려갔다. 그러고는 힘껏 밀었다. 아까는 저 혼자 열렸던 문이 꼼짝도 하지 않았다.

그 순간, 인기척이 들렸다.

동우는 천천히 고개를 돌렸다. 창고 안 저 깊숙한 어둠의 틈에서 무언가가 천천히 다가오고 있었다. 가슴이 답답해졌다. 목덜미의 잔털이 모조리 일어났다. 숨 쉬기가 힘들고 눈앞이 빙글빙글 돌아 그대로 쓰러질 것만 같았다. 귀도 먹먹했다.

스으윽.

스으윽.

어둠 속의 그것이 바닥을 쓰는 소리가 들렸다. 동우는 벌벌 떨면서도 아래쪽으로 손전등을 비췄다. 번들거리는 무언가가 보였다. 빛의 고리 안으로 스으윽, 소리를 내며 들어온 것은 검은 장화였다.

"으아아!"

동우는 마구 비명을 지르며 문을 두드렸다.

쾅! 쾅! 쾅!

그사이에도 창고를 떠도는 악취는 점점 짙어졌다. 문이 절대 열리지 않으리라는 사실을 깨달은 순간, 동우는 어둠을 향해 홱 돌아섰다. 그러고는 문에 등을 기대고 큰소리로 외쳤다.

"와 봐! 와 보라고!"

동우가 선반 위 물건들을 손에 잡히는 대로 집어서 마구 던지기 시작했다. 어둠을 향해, 검은 장화를 향해.

"나, 나는 하나도……."

동우가 다시 한번 외치려 할 때 문이 바깥쪽으로 벌컥 열렸다. 마치 누군가가 열어 주기라도 한 것처럼.

"어, 어?"

문에 기대고 있던 동우는 그대로 엉덩방아를 찧었다. 순간, 시원한 바깥공기가 동우를 감쌌다. 답답했던 가슴이 뻥 뚫리며 머리도 맑아졌다.

쾅!

동우는 벌떡 일어나자마자 발로 문을 세게 걷어찼다. 창고 문이 요란한 소리를 내며 다시 닫혔다. 동우는 문을 노려보며 슬금슬금 뒷걸음질 치다가 토끼장에 살짝 부딪혔다. 그 순간 푸드덕 소리가 들리며 토끼장 안에서 시커먼 무언가가 움직였다.

"으악!"

토끼장이 비어 있는 줄 알았던 동우가 깜짝 놀라 물러섰다. 창고와 토끼장 사이에서 간신히 숨을 고른 동우는 곧장 집으로 달려 들어갔다. 동우는 현관을 지나 곧장 2층 희우의 방으로 향했다.

"휴."

다행히 희우는 침대에 누워 자고 있었다. 동우는 거친 숨을 토해 내며 이마에 흐른 땀을 닦으려 했다. 순간 자신이 양손에 무언가를 들고 있다는 사실을 알아챘다. 손전등은 오른손에 쥐고 있었다. 왼손에 든 것은…….

공책이었다. 귀엽고 아기자기한 캐릭터가 그려진 공책을 말아 쥐고 있었다. 선반 위 물건을 집어 던질 때 그대로 들고 나온 게 아닐까 생각하며 동우는 공책을 획 넘겼다. 자세히 보니 그림일기 공책이었다. 공책을 뒤집었다. 맨 뒤에 공책 주인의 이름이 또박또박 적혀 있었다.

'의성초등학교 1학년 오하영.'

5월 14일 목요일

오늘도 동우는 일등으로 학교에 도착했다. 어제는 그러지 못하고 지각을 했다. 창고에서 그 사건을 겪은 후 동우는 밤새 뒤척이다가 새벽에야 잠이 들었고 결국 늦잠을 잤다. 그것만이 아니었다. 어제는 온종일 정신을 차릴 수 없었다. 몸이 아프고 머리가 멍했다. 지난밤 일이 떠오를 때마다 심장이 빠르게 뛰었다. 오하영의 그림일기는 읽을 엄두도 내지 못했다.

"너 괜찮아? 좀 이상해 보이는데."

점심시간에 수지가 그렇게 물어 왔고 동우는 망설이다가 입을 열었다. 누구에게라도 털어놓지 않으면 가슴이 답답해 견딜 수 없을 것 같았다. 집에서 일어나는 이상한 일과 오하영의 그림일기를 찾았다는 이야기까지 들은 수지가 눈을 반짝이며 말했다.

"그 일기 내일 가지고 와. 아침에 같이 읽자."

동우는 고개를 끄덕였다. 같이 읽자고 말해 주는 수지가 정말 고마웠다.

어제 일을 생각하며 가방 속에서 그림일기를 꺼내려는데 마침 수지가 교실로 들어왔다. 동우의 얼굴이 밝아졌다.

"반장."

"가지고 왔어?"

"응."

동우와 수지는 나란히 앉아 오하영의 그림일기를 펼쳤다.

일기의 처음 몇 장은 온갖 화사한 색깔로 예쁘게 칠한 그림들이 가득했다. 내용도 모두 밝았다.

　* 원장 선생님이 나를 추천해 주셨다. 정말 다행이다. 원장 선생님께 고맙다고 인사를 드렸다.

　* 내 부모님은 어떤 분들일까? 나보다 나이가 많은 언니와 오빠도 입양했다던데 참 좋은 분들 같다.

　* 드디어 보육원을 떠나 그분들 집으로 간다. 두근두근 떨린다.

동우는 일기를 읽으면서 묘한 기분에 빠졌다. 자연스레 희우가 떠올랐기 때문이다.

희우 역시 우리 집에 올 때 이런 기분이었을까?

일기는 계속 이어졌다.

* 두 분은 정말 친절하다. 언니와 오빠도 그렇다. 오빠 이름은 오준영, 언니는 오수영이다. 나는 오하영이 되었다.
* 더 예쁘고 멋진 집으로 이사를 한다. 오늘 처음으로 야단을 맞았다. 착한 아이가 되어야지.

이사 이야기를 한 후 며칠을 건너뛴 다음 오하영의 일기가 계속됐다. 제목은 '계단 조심'이었다.

* 계단에서 넘어졌다. 내가 조심성이 없는 아이이기 때문이다. 그래서 다리가 부러졌다.

오하영은 그런 내용 위에 깁스한 여자아이가 우는 그림을 그려 놓았다. 그림까지 다 본 동우가 공책을 넘기려고 할 때 수지가 동우의 손을 잡았다.

"잠깐. 이 그림 좀 이상해."

수지의 말에 동우는 다시 그림을 들여다봤다.

"오하영은 울고 있잖아. 그런데 이거 봐 봐. 이 사람들은 웃고 있어."

수지는 그렇게 말하며 오하영 옆에 서 있는 남자와 여자를 가리켰다. 그림으로 봐서는 오하영의 새아빠와 새엄마가 분명했다. 두 사람의 밋밋한 얼굴에 웃는 것처럼 보이는 눈이 그려져 있었다.

"진짜 그러네."

동우는 천천히 다음 장으로 넘겼다. 그때부터였다. 그림일기가 어두운 내용으로만 가득 차기 시작한 것은. 일기에는 다치거나 입원한 이야기가 계속해서 나왔다. 그림도 모두 자기가 울고 있는 것들이었다.

* 나쁜 음식을 먹어서 식중독에 걸렸다. 내가 조심성이 없는 아이이기 때문이다. 그래서 병원에 갔다.
* 밥솥에 손을 데었다. 내가 조심성이 없는 아이이기 때문이다. 그래서 화상을 입었다.
* 사탕이 기도로 넘어갔다. 내가 조심성이 없는 아이이기 때문이다. 그래서 입원을 했다.

"이게 뭐야?"

동우가 일기장을 휙휙 넘기며 자기도 모르게 중얼거렸다.

"말도 안 돼."

수지도 한마디를 보탰다.

동우와 수지가 보기에도 오하영의 그림일기는 이상했다. 아니, 무섭고 끔찍했다. 오하영은 며칠에 한 번씩 다치거나 병을 앓았고 그때마다 울고 있었다. 그리고…….

"봤지? 어른들은 계속 웃고 있어."

수지의 말처럼 그림 속 남자와 여자는 어김없이 웃는 표정이었다.

"오하영은 왜 이런 그림을 그렸을까?"

동우는 거의 끝에 다다른 그림일기 공책의 맨 뒷장을 펼쳤다. 거기에는 새까만 크레파스가 한 장 가득 마구 칠해져 있었다. 그걸 보고 있자니 오싹 소름이 돋았다. 오하영이 어떻게 됐는지 알기에 더 섬뜩했다.

"분명해. 오하영은 그냥 죽은 게 아니야."

수지가 조용히 말했다.

동우 역시 같은 생각이었다. 만약 오하영이 이렇게 끔찍한 일을 당하다가 죽은 거라면 원혼이 된 것도 충분히 이해할 수 있었다. 다만 여전히 찜찜함은 남았다. 희우가 말한 오하영은 그리 무서운 존재가 아니었다. 게다가 창고에서 본 검은 장화와 섬뜩했던 기운 등 여전히 설명하기 힘든 것들이 많이 남아 있었다.

"반장. 일찍 왔네."

동우가 그런 생각을 하는 사이 다른 친구가 교실로 들어왔다.

"나야 늘 일등이지!"

수지가 능청스럽게 농담을 하며 자기 자리로 향했다. 동우는 오하영의 그림일기를 얼른 가방에 넣었다. 그때 책상 위로 뭔가가 날아왔다. 꾸깃꾸깃 뭉친 종이였다. 고개를 들어 보니 수지가 눈짓을 보냈다. 종이를 펼치자 전화번호와 간단한 메모가 적혀 있었다.

　─혹시라도 무슨 일 있으면 나한테 전화해. 우리 아빠 경찰이야.

　동우는 그 쪽지를 다시 뭉쳐서 바지 주머니에 넣었다.

　학교가 끝나고 집으로 돌아온 동우는 마당에 들어서자마자 놀라서 멈춰 섰다. 엄마가 지우의 그네를 밀어 주고 있었다. 희우는 조용히 다음 차례를 기다리고 있었고, 호떡이는 뭐가 그리 못마땅한지 그네 옆에 누워 턱을 괸 채 으르렁거리고 있었다.
　"엄마. 희우야. 지우야."
　동우가 반가운 마음에 가족들에게 다가갔다.
　"으아!"
　지우가 탄 그네가 슈웅 올라갔다가 다시 휙 제자리로 돌아왔다. 엄마는 더 세게 밀었다. 환하게 웃는 모습이 이사 오기 전 평소 엄마 같았다. 일주일 내내 입고 있는 그 카디건과 잔뜩 헝클어진 머리카락이 좀 신경 쓰였지만…….
　"엄마. 무서워!"

까르르 웃던 지우가 어느 순간 그렇게 말했다.

엄마는 대답 대신 더 세게 그네를 밀었다. 그네가 거의 유원지 놀이 기구처럼 하늘을 향해 출렁거리며 솟구쳤다. 그 순간 불길한 예감이 동우의 머릿속을 스치고 지나갔다. 아니나 다를까, 지우가 소리쳤다.

"나 내릴래. 그만 탈 거야."

엄마는 대꾸도 없이 방금보다 훨씬 세게 그네를 밀었다.

"으악!"

지우는 이제 비명을 질렀고, 그네는 거의 위쪽 봉과 같은 높이까지 올라갔다. 한 번 더 세게 민다면 지우가 그네를 놓치고 날아갈 것 같았다. 그 사실을 깨달은 동우가 가방과 실내화 주머니를 팽개친 채 그네로 달려갔다.

"엄마! 그만!"

지우의 째지는 듯한 비명이 울려 퍼진 다음 순간, 동우는 날아오는 그네를 온몸으로 받아 냈다.

"욱!"

지우의 발이 명치를 때리는 바람에 숨도 못 쉬고 주저앉았지만 어쨌든 그네는 멈췄다. 지우가 재빨리 내려와 동우 옆에 섰다. 어느새 희우와 호떡이도 동우 주위로 몰려들었다.

"오빠 괜찮아?"

"괘, 괜찮아."

마른기침이 나왔지만 견딜 만했다. 문제는 엄마였다. 끼이익. 끼이익. 그런 소리를 내며 조금씩 움직이는 그네 옆에서 엄마는 동우는 물론이고 지우와 희우까지 노려보고 있었다.

"엄마. 도대체 왜 그랬어? 지우 다칠 뻔했잖아."

힘겹게 일어난 후 동우가 작심하고 물었다.

"아이들은 다치면서 크는 거야."

엄마가 무표정한 얼굴로 말했다. 방금까지 걸려 있던 미소는 어느새 사라지고 없었다. 그 대신 좀처럼 적응이 안 되는 악취가 자기 차례를 기다렸다는 듯 날아들었다. 동우는 엉겁결에 코를 막을 뻔하다가 간신히 참았다.

"엄마. 할 이야기가 있어. 내가 뭘 좀 알아냈거든……."

동우는 결심했다. 자신이 아는 선에서 모든 것을 말하기로. 원혼이 된 오하영, 하지만 어른들에게 학대를 받았을지도 모른다는 추측부터 가족들끼리 머리를 맞대면 오하영 원혼에게서 벗어날 수 있을 거라는 자기 생각까지, 찬찬히 말하다 보면 엄마도 이해하고 받아들일 것 같았다.

엄마는 별다른 대답 없이 마당을 가로질러 집으로 향했다. 동우는 그 뒤를 따르며 계속 말을 이었다.

"엄마 말이 맞았어. 이 집에는 귀신이 있어! 오하영이라고, 아마 여기서 죽은 것 같아."

우뚝 멈춰 선 엄마가 고개를 돌려 동우를 노려봤다.

"하나만 알고 둘은 모르는구나."

"뭐, 뭐를?"

"뒤틀린 집에는 온갖 귀신이 산다는 거."

그렇게 말한 후 다시 돌아서 휘적휘적 걸어가던 엄마가 조용히 한마디를 덧붙였다.

"진짜 무서운, 아니 재미있는 일은 오늘 밤부터 벌어질 거야. 내일이 바로 그날이니까."

내일이 그날이라고?

동우는 엄마 말을 알아들을 수 없었다. 다만 한 가지만은 분명했다. 엄마는, 엄마가 아니었다. 이제 희망을 걸 사람은 아빠뿐이었지만 그마저도 쉽지 않으리라는 게 동우의 생각이었다. 일단 아빠는 마주치기도 힘들었다. 그렇다면 이제 자신이 해야 할 일은 분명해졌다고 동우는 마음을 먹었다.

동생들을 지키는 것.

그게 오빠인 동우가 할 일이었다.

초저녁이 되었다. 아빠는 여전히 오지 않았다. 동우는 희우와 지우에게 라면을 끓여 먹였다. 그게 동우가 할 수 있는 유일한 요리였다. 엄마는 여전히 안방에 틀어박혀 나오지 않았다.

동우는 자기 몫의 라면을 먹으며 주방과 거실 전체를 훑어봤다. 눈길이 닿는 곳마다 부적이 붙어 있었다. 어제는 거실 벽 일부에만 붙어 있었는데 오늘 학교에 다녀오니 천장에도 가득 붙어서 으스스한 분위기를 연출하고 있었다.

"엄마 혼자서 다 붙인 거야?"

동우의 물음에 두 동생 모두 고개를 저었다.

"몰라. 어제도 그렇고 오늘도 그렇고 엄마가 붙이는 건 못 봤어."

희우가 말했다.

"호떡이는 다 보고 있었을 텐데."

지우의 말에 호떡이가 컹! 하고 짖었다.

그 귀여운 모습에 셋은 잠시 미소를 지었다.

해가 일찍 떨어져 어느덧 주위가 어두워지기 시작했다. 하늘에는 먹구름이 가득했다. 금세 비가 쏟아질 것 같았다.

동우의 예상은 지우가 양치질을 할 때쯤 딱 맞아떨어졌다.

후두둑 소리와 함께 거센 빗줄기가 거실 유리창을 때렸다. 지붕을 두드리는 소리도 들렸다. 무서울 정도로 많은 비가 갑작스레 쏟아졌다.

"자, 비도 오고 밤도 되고 했으니까 모두 일찍 자는 거야. 알았지? 혹시 무슨 일 있으면 오빠 부르고."

동우는 그렇게 말하며 자신이 제일 아끼는 물건인 무전기를 꺼냈다. 먼 거리에서는 소용이 없지만 집 안이라면 바로 연락할 수 있다. 무전기는 빨강, 노랑, 파랑이 한 세트였다. 희우는 빨강을, 지우는 노랑을 선택했다.

"여길 누르면 말을 할 수 있고, 누르던 걸 떼면 다른 사람 이야기를 들을 수 있어. 쉽지?"

지우는 무전기를 받았다는 사실만으로도 좋은지 계속 누르고 떼기를 반복하며 장난을 쳤다.

"이걸로 장난치면 오빠가 다시 뺏을 거야."

동우는 엄포를 놓은 후 동생들이 2층으로 올라가는 것까지 확인했다. 그러고는 자기도 방으로 들어갔다.

평소보다 이른 시간이었기에 잠이 안 올 줄 알았는데 침대에 눕자마자 졸음이 쏟아졌다. 그만큼 피곤했다. 동우는 어느새 잠에 빠져들었다. 번쩍이는 번개도, 하늘을 두드리는 천둥도 동우를 깨우지는 못했다.

거의 한 시간이 흐를 때까지 동우는 꿈도 꾸지 않고 잠들어 있었다. 그때 약간의 잠음과 함께 동우의 파란색 무전기로 지우의 목소리가 날아들었다.

"오빠. 큰일 났어!"

동우는 벌떡 일어나 무전기를 들고 안경을 챙겨 썼다.

"무슨 일이야?"

동우가 물었지만 지우는 계속 버튼을 누르고 자기 말만 하는 모양이었다.

"……엄마가…… 언니…… 끌고…….."

그것만으로도 충분했다.

동우는 침대에서 뛰어 내려와 거실로 달렸다.

컹! 컹!

밖에서는 이미 호떡이가 짖어 대고 있었다.

마침 지우도 잠옷 바람으로 계단을 내려왔다. 동우는 활짝 열린 현관문을 보며 잠시 멈칫했다. 폭우가 쏟아지고 있었다. 동우가 지우를 돌아보며 말했다.

"넌 방에…… 아니다. 비옷 입고 오빠 따라와!"

동우는 지우보다 먼저 밖으로 달려 나갔다. 저만치 엄마와 희우가 보였다. 두 사람 역시 우산조차 쓰지 않고 마당을 가로지르고 있었다. 척 보기에도 엄마가 희우 손을 붙잡고 끌고 가는 상황이었다.

"엄마가…… 엄마가 나쁜 아이는 벌을 받아야 한다고……."

지우가 동우를 따라오며 말했다.

"엄마!"

동우는 엄마를 힘껏 불렀다.

마침 엄마가 창고 문을 여는 중이었다. 저 끔찍한 곳으로 희우를 데려가게 그냥 둘 수는 없었다.

"안 돼요!"

동우는 죽을힘을 다해 달렸다. 안경에 빗물이 맺혀 앞이 잘 보이지 않았지만 닦고 있을 여유가 없었다.

"오빠!"

희우가 뒤를 돌아보며 외쳤다. 엄마는 창고 문을 열고 희우를 밀어 넣으려 했다. 동우는 거의 몸을 날리다시피 해 희우를 붙잡았다.

"엄마. 뭐 하는 거야? 희우한테 왜 이래?"

비에 젖은 엄마의 얼굴은 더 마르고 날카롭게 보였다. 엄마가 동우를 노려봤다. 입가에는 미소가 걸려 있었다.

"나쁜 아이는 벌을 받아야지. 나쁜 아이가 벌을 받으면 가족이 모두 행복해지잖아. 안 그러니?"

"그게 무슨 소리야? 정신 좀 차려. 엄마!"

엄마가 동우의 말은 듣지도 않고 계속 희우를 잡아당겼다. 미끄러워서 동우가 희우의 손을 놓친 순간, 엄마가 열었던 문을 힘껏 닫았다. 문틈을 잡고 버티는 희우의 손가락을 향해서.

"안 돼!"

동우는 망설이지 않고 온몸으로 엄마를 들이받았다. 예상치 못한 공격에 엄마가 주춤 물러섰다. 그 틈을 놓치지 않고 지우가 얼른 언니 손을 잡고 자기 쪽으로 당겼다. 졸지에 엄마와 세 아이가 대치하게 되었다.

동우, 희우, 지우는 서로 손을 꼭 잡고 있었다.

"너희들이 그렇게 나온다면, 조금 이르긴 하지만 숨바꼭질을 시작해 볼까?"

엄마가 그렇게 말하며 품속에 숨기고 있던 무언가를 꺼냈다. 스타킹 안에 둥글고 묵직해 보이는 것이 들어 있었다. 엄마는 그걸 천천히 앞뒤로 흔들었다. 시계추처럼 축 늘어진 그것은 꽤 위협적으로 보였다.

"미리 말하는데, 여기에 맞으면 엄청나게 아플 거야."

엄마가 속삭였다.

"도망쳐!"

동우는 동생들의 손을 잡고 달리기 시작했다.

쿠쿵!

때마침 번개와 천둥이 잇따라 쳤다.

"아이들은 어디 있니?"

엄마는 노래를 부르듯 한껏 목소리를 높인 후 천천히 쫓아왔다.

동생들과 함께 집 안으로 뛰어든 동우가 숨을 곳을 찾아서 두리번거렸다.

어디가 좋을까? 벽장? 벙커? 아니면 침대 밑? 어디에 숨어도 엄마를 따돌릴 수는 없을 것 같았다.

"오빠. 무서워."

지우가 울먹였다.

"괜찮아. 괜찮을 거야."

그렇게 말한 후 동우는 동생들을 끌고 자신만이 아는 장소로 향했다.

시간이 얼마나 흘렀는지 알 수 없었다. 몇 분? 아니면 몇 시간? 빛이라고는 하나도 없는 어둠 속에 엎드려 있자니 모든 감각이 사라진 것만 같았다. 긴장이 풀려서 그런지 희우와 지우는 잠들었다.

동우가 동생들을 데리고 숨은 곳은 다락방 천장의 비밀 공간이었다. 이곳이라면 엄마가 모를 것이다. 그 대신에 도움을 구하기는 힘들었다. 지금이라도 아빠가 와 준다면…….

"오빠."

어느새 깬 희우가 작은 소리로 동우를 불렀다.

"넌 괜찮아?"

동우가 물었다.

"응. 난 괜찮은데 엄마가 걱정이야. 엄마는 괜찮을까?"

동우는 말을 하지 못했다. 변해 버린 엄마를 생각하면 눈물이 나올 것 같았다. 야단을 칠 때도 많지만 언제나 따뜻한 엄마였는데…….

같은 마음이었는지 희우도 훌쩍거렸다.

"내가 하영이와 친구가 돼서 엄마가 변한 걸까?"

"아니야. 엄마는……."

그때였다.

다락방 문을 열고 누군가 들어오는 소리가 들렸다.

동우가 희우의 입을 막았다. 누군가가 다락방을 돌아다녔다. 엄마일까 아니면 아빠일까? 동우의 궁금증은 곧 풀렸다.

"아이들은 어디 있니?"

섬뜩한 소리가 날아든 순간 놀란 희우가 움찔하며 다리를 움직이고 말았다. 그 바람에 통, 하는 작은 소리가 났다. 동우와 희우는 완전히 얼어붙었다. 오직 심장만 눈치 없이 뛰고 있었다. 다락방에 선 엄마가 매서운 눈빛으로 살피고 있는 모습이 눈앞에 훤히 그려졌다.

들킨 걸까?

동우는 눈을 감고 입술을 꽉 깨물었다. 제발 누군가가 도와주기를 바라면서.

엄마의 발소리가 점점 다가왔다. 금방이라도 문이 열릴 것 같았다. 동우는 희우의 손을 꼭 잡았다.

지이잉.

갑자기 들린 또 다른 소리에 동우는 눈을 번쩍 떴다.

지이잉.

분명 핸드폰 진동 소리였다.

발소리가 멈추는가 싶더니 엄마가 곧 전화를 받았다. 동우는 바닥에 귀를 바싹 붙인 채 온 신경을 집중했다.

"응. 무슨 일이야?"

엄마의 말투와 목소리로 짐작하건대 전화를 건 사람은 아빠가 틀림없었다.

"지금 집이라고? 아! 난 빨간 지붕 집이야. 알지? 이은영 씨. 저녁 초대를 받아서 애들이랑 왔는데 비가 좀 그치면 가려고."

엄마의 거짓말에도 동우는 한 줄기 희망을 품었다. 아빠가 돌아왔다. 여기서 빠져나가 아빠에게 도움을 구할 수만 있다면……

"아니야. 여기 은영 씨가 태워 준다고 했으니까 당신은 쉬고 있어. 조금 있다가 갈게."

그 말을 끝으로 엄마의 목소리는 사라졌다. 잠시 후 엄마가 다락방에서 나가는 소리가 들렸다.

"됐어."

동우가 조용히 속삭였다.

"아직 더 숨어야 해?"

마침 지우가 일어나 졸린 목소리로 물었다.

"응. 지우야. 언니랑 여기 좀 더 있어. 내가 나가서 상황을 살펴볼게."

동우의 말에 희우가 걱정스러운 목소리로 물었다.

"지금 바로?"

"아니. 엄마를 피하려면 조금 있다가 내려가야지."

"그다음엔?"

"아빠한테 말하는 거야. 모든 걸 다."

동우는 1부터 100까지 세 번을 센 후 그래도 마음이 놓이지 않아 다시 100에서 1까지 거꾸로 두 번 더 세고는 비밀 공간에서 나왔다. 문을 닫기 직전 동우는 고개를 빼꼼히 내민 희우와 지우를 향해 말했다.

"절대 나오면 안 돼! 내가 올 때까지 기다려. 알았지?"

둘은 고개를 끄덕였다.

"오빠. 꼭꼭 조심해."

지우가 말했다.

"이게 다 하영이 짓이라면 내가 말해 볼 수도 있는데⋯⋯."

희우는 무섭기도 하지만 한편으로는 초조하고 미안한 듯 보였다.

"일단은 아빠한테 이야기하고 나중 일은 그때 생각하자."

동우는 그 말을 남기고 다락방에서 나갔다.

집은 여전히 어두웠고, 또 조용했다. 나무로 된 복도와 계단을 밟을 때마다 소리가 울렸다. 긴장한 탓에 심장이 터질 것 같았다.

엄마는 어디에 있을까?

어둠 속에서 갑자기 튀어나올지도 모른다는 생각에 계속 주위를 두리번거렸다. 조심스레 거실로 내려섰다. 동우는 거실을 꼼꼼히 살폈다. 그러다가 소파에 놓인 핸드폰을 발견했다. 처음 보는 핸드폰이었다.

아빠가 가져온 걸까?

동우는 아빠를 불러 볼까 하다가 입을 닫았다. 괜히 소리를 내고 싶지 않았다. 엄마가 어디서 도사리고 있을지 몰랐다.

그때 바깥에서 호떡이 소리가 들렸다. 불안한 듯 낑낑거리고 있었다. 호떡이에게 무슨 일이 생긴 건지, 아니면 뭔가를 발견한 건지 알 수가 없었다. 동우는 밖에 나가 보기로 했다. 어쩌면 아빠도 밖에 있을지 모른다. 일단 집 안에는 없으니까.

동우는 천천히 현관으로 향했다. 두꺼운 어둠이 달려들었다. 정말이지 바로 앞도 보이지 않았다. 아까보다 훨씬 어두웠다. 시간이 지날수록 더 어두워지는 것 같았다. 빗소리는 여전했다. 바람도 거세게 불었다.

침착해야 해. 주위를 잘 살피고……

그런 생각을 하며 현관으로 다가가던 동우가 우뚝 멈춰 섰다.

현관 앞에 누군가가 서 있었다.

캄캄한 어둠 속에서 그야말로 실루엣만 보였지만 엄마라는 사실은 쉽게 알 수 있었다. 엄마는 고개를 숙인 채 어깨를 들썩거렸다.

울고 있는 건가 싶었지만 아니었다.

"킥킥킥."

엄마는 웃는 중이었다. 듣는 것만으로도 피가 싸늘하게 식을 것 같은 웃음이었다.

동우는 숨죽인 채 뒤로 물러났다. 엄마가 언제 고개를 돌릴지 몰라 입술이 말랐지만 서두르다가는 소리를 낼 수도 있었다. 시선을 엄마에게 고정하고 복도를 걸었다. 동우는 엄마가 시야에서 사라진 걸 확인하고는 곧장 세탁실로 들어갔다. 그러고는 바깥으로 향하는 문을 열었다. 그토록 몰아치던 비바람이 자취를 감췄다. 그 대신 밤하늘에 두꺼운 먹구름이 몇 층씩 자리를 잡아 지독하게 어두웠다.

컹!

호떡이 소리에 고개를 들었다. 문에서 마주 보이는 창고 앞에 호떡이가 서 있었다.

"호떡아!"

동우는 반가운 마음에 호떡이에게 달려갔다. 호떡이 역시 달려와 동우의 다리를 주둥이로 툭툭 쳤다.

"여기서 뭐 하고 있었어? 혹시 아빠 못 봤어?"

동우의 말이 떨어지기 무섭게 호떡이가 다시 창고 앞으로 달려가더니 바닥에 떨어진 무언가를 앞발로 가리켰다.

"뭔데 그래?"

동우는 호떡이 옆으로 다가갔다. 창고 문 바로 앞에 까만색 핸드폰이 떨어져 있었다. 재빨리 핸드폰을 주웠다.

"아빠 거다!"

살펴볼 필요도 없었다. 집어 든 순간 아빠 핸드폰이라는 사실을 알아챘다. 순간 불길한 예감이 들었다. 창고 앞, 떨어져 있던 아빠 핸드폰, 그리고…….

"아빠! 아빠!"

동우는 아빠를 불렀다. 대답이 돌아오지 않았다.

"아빠!"

혹시나 해서 마당으로 향했다. 동우는 그네 밑의 땅이 파헤쳐진 걸 보고 걸음을 멈췄다. 이해할 수 없는 광경이었다. 자세히 보려고 서둘러 마당을 가로질렀다. 움푹 팬 땅속에 빗물이 고여 있었다. 흙에 반쯤 덮인 비닐도 보였다. 서둘러 안경을 벗어 대충 닦은 다음 비닐을 뚫어질듯 바라봤다. 비닐 속에 무언가가 들어 있었다. 새하얀 바탕에 가늘고 긴 까만색 실뭉치가…….

그것이 사람이라는 사실을 깨달은 순간, 비닐 속 얼굴이 동우를 향해 휙 고개를 돌렸다.

"으악!"

동우는 비명을 지르며 주저앉았다.

그때였다.

"찾았다. 킥킥킥."

섬뜩한 목소리와 함께 엄마의 차가운 손이 동우의 어깨를 짚었다.

동우는 주저앉은 그대로 고개만 들어 위를 올려다봤다. 엄마가 내려다보고 있었다. 귀에 걸릴 듯 환한 미소를 짓고 있었지만 눈은 웃지 않았다. 빨갛게 충혈된 두 눈이 동우를 노려봤다.

"나쁜 아이가 잡혔으니 벌을 받아야겠지?"

엄마는 한 손으로 동우의 목덜미를 잡아 무를 뽑듯 그대로 당겨 올렸다. 동우는 자신의 의지와는 상관없이 벌떡 일어나게 되었다. 엄마는 힘이 무시무시했다.

"엄마. 정신 차려! 이게 다 귀신 짓이라고. 오하영 귀신! 그러니까 제발……."

동우가 버둥거리며 외쳤다. 아무런 소용이 없었다. 엄마는 동우의 귓가에 다시 속삭였다.

"나쁜 아이는 벌을 받아야지. 그리고 나쁜 아이가 벌을 받으면 우리 집은 더 행복해진단다. 킥킥킥."

동우는 엄마가 어떻게 하려는지 눈치챘다. 구덩이 속으로 밀어 넣으려는 것이다. 동우의 예상대로 엄마는 동우의 목덜미를 잡은 채 그대로 밀어붙였다.

"싫어!"

동우는 엄마의 가느다란 팔뚝을 잡고 늘어졌다.

구덩이와 동우 사이가 점점 가까워졌다. 동우의 몸에서 기운이 쑥 빠져나갔다. 틀렸다. 엄마에게 꼼짝없이 당하고 말 것이다. 체념과 함께 분노, 슬픔, 그리고 안타까움이 마구 뒤섞여 올라왔다.

"엄마! 동생들은 제발 해치지 마!"

동우가 진심을 담아 그렇게 외친 순간, 활짝 열린 대문으로 SUV 한 대가 굉음을 내며 들어왔다. 전조등 불빛이 어둠을 밝히며 동우와 엄마를 비췄다. 그때 동우의 목덜미에서 엄마의 손이 떨어졌다. 동우는 흐느적거리며 도망가는 엄마와 여전히 시근거리며 두 눈을 부라리고 있는 SUV를 번갈아 바라봤다.

잠시 후, SUV에서 누군가가 내렸다. 동우는 손으로 이마를 가린 채 미간을 찌푸렸다. 역광 탓에 내린 사람이 누구인지 알아볼 수 없었다. 덩치로 봐서 남자는 확실했다. 남자는 차 뒷문을 열고 커다란 가방을 꺼낸 뒤 걸걸한 목소리로 한마디를 했다.

"어허! 이 집 참 흉하다 흉해."

동우는 남자의 목소리와 말투를 듣는 순간 바로 2년 전 기억을 떠올렸다.

"아저씨!"

동우가 벌떡 일어났다.

전조등이 비추지 않는 곳으로 걸어 나온 김구주 법사는 동우를 향해 고개를 까딱했다. 회색 옷에 뒤로 묶은 긴 머리카락, 거기에 운동화는 나이키. 특이한 차림새는 2년 전과 똑같았다. 게다가 지독한 사투리도.

"아따. 내가 억수로 중요한 순간에 딱 온 기네. 그자?"

동우는 말없이 고개만 끄덕였다.

5월 15일 금요일

"그러니까 엄마가 이상하게 변했고 아빠는 어데 갔는지 모른다는 기네? 그라고 이리 된 것이 그 뭐냐, 오하영이라는 아가 억울하게 죽어서 원혼이 된 거고? 내 말 맞제?"

동우가 그간의 일을 빠르게 설명하자 김 법사는 자기 나름대로 정리를 해서 다시 질문했다.

"그…… 그런데 좀 이상한 점이 있어요. 오하영 귀신은 저나 동생들한테 해코지한 적은 없거든요."

김 법사가 고개를 끄덕이며 구덩이 속 비닐을 바라봤다. 그는 큼지막한 손전등을 들고 있었다. 그 대형 손전등에서 뻗어 나오는 빛은 어둠을 물리치기에 더없이 좋았다. 그 불빛 아래 비닐 속 얼굴이 더 뚜렷하게 보였다. 하얀 피부에 단발머리. 오하영이 틀림없었다.

"어허. 한이 깊으니까 썩지도 못했네. 이걸로만 보자면 아무렇게나 묻혀 있던 야를 꺼내서 명복을 빌어 줄 생각이었던 것 같은데……."

"누가 그랬을까요?"

"너거 아빠겠지, 뭐. 이 바쁘신 몸이 부랴부랴 달려온 것도 너거 아빠가 도와 달라고 부탁해서 그렇다 아이가."

"그럼 아빠는 어디로……."

"일단 한번 보자."

김 법사는 그렇게 말하며 가방에서 뭔가를 꺼냈다. 나뭇가지처럼 보이는 작대기와 특이하게 생긴 나침반이었다. 동우는 신기한 마음에 두 물건을 자세히 들여다봤다. 특히 알록달록 여러 색깔이 들어간 나침반이 호기심을 자극했다.

"신기하제? 요놈을 패철이라 부른다. 풍수 볼 때 이게 억수로 중요하다. 그라고 이거는 복숭아 나뭇가지를 꺾어서 만든 거. 영가들은 복숭아나무를 무서워하거든."

영가니 풍수니 잘 모르는 단어가 나왔지만 동우는 그냥 고개를 끄덕였다. 어쨌든 필요한 물건이라는 뜻일 테니까.

"니가 이것 좀 들어라."

동우는 김 법사가 건네준 손전등을 받아 들었다. 불빛이 저 멀리까지 또렷하게 뻗어 나갔다. 그걸 보고 있자니 제법 안심이 됐다. 게다가 의외의 조력자가 나타나 도움을 준다니 불안하고 무서웠던 마음이 조금은 가라앉았다.

김 법사는 패철이라는 그 나침반을 보며 빗속을 걸었다. 집 주위와 마당을 둘러보고 마지막으로 창고를 향해 다가갔다. 창고 앞에 다다른 순간 김 법사가 사정없이 혀를 찼다.

"쯧쯧쯧. 이게 제일 문제네, 문제야. 집이 뒤틀려서 오귀택이 된 것도 골치 아픈데 여 봐라. 혈을 뚫어 줘야 하는 자리에 이노무 창고가 들어서 있다 아이가. 그것도 창고 문하고 저기 쪽문이 마주 보고 있제? 이라믄 안 좋은 것들이 다 집으로 들어간다 이 말이거든."

정확하게는 몰라도 김 법사의 말을 대충 알아들을 수 있었다.

"그러니까 집 자체가 문제라는 말씀이죠?"

김 법사는 동우의 물음에 고개를 한 번 끄덕이고는 창고 앞으로 다가갔다. 그러고는 문을 열며 말했다.

"아이고 마, 이것 좀 봐라. 숭한 기운이 뻗치다 못해 찌른다, 찔러."

김 법사가 문을 연 순간, 바닥을 구르며 무언가가 튀어나왔다.

"아이고. 엄마야!"

놀란 김 법사가 풀쩍 뛰며 물러섰고 동우가 손전등을 비췄다. 불빛 아래 드러난 것은 다름 아닌 아빠였다.

"아빠!"

동우가 아빠에게 달려갔다.

"응? 아빠? 맞네, 맞아. 그 양반이네!"

엉거주춤 일어나 주위를 두리번거리는 아빠를 보고 동우가 물었다.

"어떻게 된 거야? 왜 창고에서 나와?"

"모르겠어. 정신을 잃었던 것 같은데⋯⋯."

아빠가 힘없이 대답했다.

"자, 일어나 보이소. 이게 지금 장난이 아닌 상황입니다."

아빠는 김 법사의 손을 잡고 일어났다.

"집은 어떻습니까? 정말로 뒤틀려 있습니까?"

아빠가 다급하게 물었다. 김 법사는 고개를 절레절레 저으며 대답했다.

"생각했던 것보다 훨씬 심각합니데이. 뒤틀려도 아주 고약하게 뒤틀려 있다 아임니꺼. 똑바로 안 지어졌다 이 말입니다. 보통 집들 있죠, 특히 요런 단독주택 같은 것들은 우째 사정이 허락하는 한 남향으로 짓습니다. 만약에라도 그게 안 되믄 북이면 북, 동이면 동, 요래 방위와 정면으로 보게 지어야 합니다. 와 그런 줄 아십니꺼? 두 방위 사이를 걸치고 있으면 저승과 통하는 길목이 되는 기라서 그렇습니다. 이 집처럼 요래 빼딱하게 방위가 뒤틀려 있으믄 고 사이로 못된 기운이 솔솔 흘러나옵니다. 요래, 솔솔. 그라믄 살이 끼고 살이 끼면 우째 되겠습니꺼? 사람을 돌아 뿌게 만들지요."

"그러면 이제 어떻게 해야 합니까?"

"일단 기다려 보이소. 내가 구체적으로다가 함 볼게요."

비는 그쳤지만 바닥은 질척거렸다. 하필이면 흰색 운동화를 신고 온 김 법사는 물웅덩이를 피하느라 정신이 없어 보였다. 그러면서도 멈춰 서서 눈을 감거나 어딘가를 뚫어지게 바라보며 알아들을 수 없는 말을 중얼거렸다.

"저건 뭡니까?"

김 법사가 토끼장을 가리켰다.

"토끼장인데요, 전에 살던 사람이 키우던 건가 본데 2년이나 방치했으니 다 죽었을 거라고 부동산 사장이 그러더군요."

"아냐. 아빠. 안에 토끼가 있었어! 분명해!"

동우는 갑자기 토끼가 움직여서 놀랐던 기억을 떠올렸다.

"설마……"

아빠는 못 믿는 눈치였다.

그사이 김 법사가 품에서 꺼낸 노란 부적을 배배 꼬아 손에 쥐더니 토끼장으로 다가갔다. 미간을 찌푸리며 부적을 내려다보는 모습이 사뭇 진지했다. 다음 순간, 바람 한 점 불지 않는데도 부적이 격렬하게 움직였다. 김 법사가 질겁하며 외쳤다.

"시, 식자살이네, 식자살."

김 법사는 말까지 더듬었다.

"식자살이 뭡니까?"

아빠가 물었다.

"살 중에서도 억수로 고약한 살이 식자살입니다. 식자살은 부모가 자식을 죽이는 살이지요. 그 살이 온 집에 덕지덕지 끼여 있다 아임니꺼. 아이구, 마!"

"부모가 자식을 죽이는 살……."

아빠가 그렇게 중얼거리며 고개를 갸우뚱했다.

"이, 이거 한번 열어 보이소."

김 법사가 끔찍하다는 표정을 지으며 토끼장을 가리켰다. 아빠는 주저주저하면서도 토끼장 앞으로 다가가서 문을 열었다. 그 순간 비정상적으로 큰 토끼 두 마리가 발버둥을 치면서 토끼장이 뒤집혔다.

"으헉!"

아빠와 김 법사가 동시에 펄쩍 뛰었다. 놀라기는 동우도 마찬가지였다. 동우는 뒤집힌 토끼장을 향해 손전등을 들이밀었다. 토끼 뼈로 보이는 것들과 썩어 문드러진 토끼 새끼의

사체들이 바닥으로 튀어나와 널브러졌다. 토끼장 밖으로 나온 큰 토끼 두 마리는 몸이 무거워 뛰지도 못한 채 눈알만 굴리며 끊임없이 입을 오물거렸다.

"식자증이라고 압니까? 자, 보이소. 이기 바로 식자증입니다. 짐승들 중에 위험하다 싶으면 지 새끼 잡아먹는 놈들 안 있습니까? 지 새끼 물어 죽이는 짐승들 말입니더. 그기 식자증인기라요. 토끼 요 새끼들도 식자살이 단단히 끼였네요. 몇 년 동안 새끼를 놓으면 잡아먹고, 또 새끼를 놓으면 잡아먹고 하믄서 이래 살을 뿔렸다 아임니꺼! 빨리 안으로 들어가죠. 예삿일이 아임니더. 생각했던 것보다 훨씬 심각하네요."

동우는 아빠와 김 법사 뒤를 쫓아 집으로 들어가면서 생각에 잠겼다. 뭔가 찜찜했다. 옷 속으로 들어간 머리카락 한 가닥이 쿡쿡 찌르는데 어디 있는지 도무지 찾을 수 없다. 답답하고 짜증 난다. 그런 느낌이 동우의 마음 한구석을 차지하고 있었다.

"어허! 이, 이게 뭐꼬?"

집 안으로 들어서자마자 김 법사가 탄식을 뱉었다. 김 법사는 부적이 덕지덕지 붙은 거실 벽과 천장을 보며 입을 다물지 못했다.

"아내가 붙였답니다. 귀신을 쫓아내는……."

"아닙니다!"

아빠의 말이 채 끝나기도 전에 김 법사가 외쳤다. 그러고는 벽에 붙은 부적 하나를 떼서 손전등 불빛 아래 자세히 들여다봤다.

"뭐, 뭐가 아니라는 말씀인지?"

"이게 무슨 부적인지 아십니꺼?"

김 법사는 얼굴을 찡그리며 부적을 구겨 버렸다. 그것만이 아니었다. 손에 닿는 대로 부적을 다 떼어 냈다. 동우와 아빠는 그 모습을 멍하니 바라봤다. 결국 아빠가 다시 물었다.

"부적에 문제가 있습니까?"

"있다마다요. 이, 이건 무주구혼 소청귀신부임니더!"

"무주구혼 소청귀신부라니 그게 뭡니까?"

아빠가 물었다. 동우 역시 궁금했다. 물론 김 법사의 반응을 봤을 때 절대 좋은 게 아님은 알 수 있었다.

"이건 한마디로 말해 온갖 귀신을 불러들이는 부적임니더. 안 그래도 뒤틀렸는데 요런 것까지 억수로 붙여 놨으니 귀신이 쉽게 들어오는 건 물론이고 그것들 힘도 엄청 강하게 되지요. 아까도 얼핏 봤지만 아무래도 아내분이 귀신에 씐 것 같네요. 그것도 아주 지독한 원혼한테."

"여기서 오하영이라는 아이가 죽었습니다. 제가 알아본 바로는 오하영의 양부모가 죽인 것 같습니다."

아빠는 그동안 알아낸 파란 지붕 집에 얽힌 사연을 김 법사에게 들려주었다. 동우는 너무나 끔찍한 이야기에 입을 다물지 못했다. 그러면서 오하영의 그림일기를 떠올렸다.

"아빠. 이것 좀 들어 줘."

동우는 아빠에게 손전등을 맡긴 후 자기 방으로 달려가 그림일기를 챙겼다. 그 순간 설명할 수 없는 찜찜함이 또다시 동우를 찔렀다. 무언가가 마음에 걸리는데 그게 무엇인지 알 수가 없었다.

"보험금을 노리고 애 셋을 입양한 뒤 일부러 다치게 하거나 탈 나게 만들었다 이 말임니꺼? 그러다가 오하영이라는 그 막내는 실수로 죽였고?"

"실수였으리라 생각합니다. 아이들 앞으로는 사망보험금이 안 나오거든요. 아마 다치게만 하려 했는데 그게 죽음으로 이어졌을 겁니다."

동우가 그림일기를 가지고 돌아왔을 때 아빠와 김 법사는 그런 이야기를 나누고 있었다.

"이것 좀 보세요. 하영이 그림일기예요."

아빠가 그림일기 공책을 받아 들었고 김 법사는 가방을 내려놓았다.

"일단 준비부터 하입시더."

"준비라면?"

"억울하게 죽은 여자애가 원귀가 돼 가꼬 아내분한테 들러붙은 거라면 서둘러 떼 내야겠지요. 원귀라 해도 애니까 그리 어렵진 않을 겁니데이."

"보셨는지 모르겠는데 오하영의 시체는 제가 찾았습니다."

"봤습니다. 아주 잘하셨습니다. 아내분의 빙의를 푼 다음에 그 시체를 제대로 매장하고 억울함까지 풀어 준다면 해결은 될 겁니더. 그 후에 집이 뒤틀린 걸 바로잡아야 되고."

김 법사가 그렇게 말하며 가방에서 양초며 방울, 부적, 그리고 부채까지 여러 도구를 꺼냈다. 복숭아 나뭇가지로 만든 막대도 몇 개 더 있었다.

"뭘 도와드리면 될까요?"

아빠가 물었다.

"양초에 불을 붙이고…… 그 전에 집 안에 있는 거울이란 거울은 모조리 좀 가져오이소. 귀신들이 싫어하는 게 거울이거든요."

"거울은 제가 왔을 때 이미 다 깨진 상태였습니다."

"맞아요."

동우가 아빠의 말을 거들었다. 김 법사는 생각에 잠긴 듯 미간을 찌푸리다가 입을 열었다.

"귀신을 부르는 부적에다가 거울까지 미리 깼다? 얼라 귀신치고는 제법이네요. 흠."

"그런데 아내는 어디 있을까요?"

아빠가 물었다.

"저 안에 숨어 있네요."

김 법사가 막대기를 들어 정확히 안방을 가리켰다. 그러면서 덧붙였다.

"요사스러운 기운이 저 방에서 뻗어 나옵니다. 분명 저 안에서 기다리고 있을 겁니더."

"뭘 기다리나요?"

"이건 누가 먼저 지쳐서 나가떨어지느냐 하는 싸움이지요. 일종의 힘겨루기라 할 수 있는 겁니더. 그러니까 만반의 준비를 하고 싸움을 시작해 보지요."

김 법사의 표정이 진지했다. 동우는 안심이 되는 한편 걱정스럽기도 했다.

혹시 엄마가 어떻게 되는 건 아닐까?

동우의 걱정을 눈치챘는지 김 법사가 씩 웃으며 한마디를 했다.

"걱정 마라. 원귀만 떼어 내면 다 원래대로 돌아올 끼다."

동우가 고개를 끄덕였다.

"그럼 동생들 데리고 내려올게요."

그 길로 다락방에 올라간 동우는 비밀 공간의 문을 열었다. 희우와 지우는 서로 손을 꼭 잡은 채 눈을 감고 있었다.

"희우야. 지우야."

동우가 부르자 둘은 눈을 번쩍 떴다.

"오빠! 지우 무서웠잖아."

지우가 울먹였다.

"괜찮아. 아빠도 만났고 우리 도와주실 아저씨도 오셨어.

어서 내려가자."

"엄마는?"

희우가 물었다.

"아저씨 말로는 금방 괜찮아질 거래."

그제야 안심한 듯 희우의 얼굴에 생기가 돌아왔다. 동우는 희우와 지우의 손을 차례대로 잡고 내려오는 걸 도왔다. 셋은 곧장 1층으로 내려갔다.

"아빠!"

지우는 아빠를 발견하자마자 달려가 다리를 끌어안았다.

동생들을 데리고 온 사이 김 법사는 이미 준비를 마친 듯했다. 동우는 안방 앞에 가부좌를 튼 자세로 앉아 있는 김 법사를 바라봤다. 불 켜진 여러 개의 양초가 김 법사 주위에 원을 이룬 채 놓여 있었다. 도구들은 김 법사의 손이 닿는 위치에 있었다. 안방 문에는 부적을 붙여 놓았다.

"저 아저씨 뭐 하는 거야?"

지우가 겁먹은 표정으로 물었다.

"엄마를 도와주려는 거야. 혹시 모르니 우리도 여기 모여 있자. 알겠지?"

아빠의 말에 지우와 희우가 동시에 고개를 끄덕였다.

김 법사는 눈을 지그시 감더니 작은 소리로 알아들을 수 없는 말을 읊조리기 시작했다. 분명 소리가 작은데도 거실 전체에 울려 퍼졌다. 묘한 리듬감과 묵직한 울림이 뒤섞여 기괴한 분위기를 자아냈다. 촛불이 어른거리는 김 법사의 얼굴은 전혀 다른 사람처럼 보였다. 동우는 저절로 숨을 죽인 채 그 광경을 지켜봤다. 만화나 영화에서처럼 귀신아 물러가라며 마구 소리를 지르지는 않았지만 그 이상의 긴장감이 스멀스멀 피어올랐다.

동우는 탁자 위에 아무렇게나 놓인 그림일기를 발견했다. 김 법사야 그렇다 쳐도 아빠가 왜 그림일기를 읽어 보지 않는지 알 수 없었다. 아빠는 소파에 앉아 멍하니 천장을 올려다볼 뿐이었다. 표정이 없었다. 아빠 역시 오하영의 영향을 받은 것 같다고 생각하며 동우는 화장실로 향했다. 흠뻑 젖은 채로 있다 보니 한기가 들었고 오줌이 마려웠다.

화장실 역시 불이 들어오지 않았다. 동우는 조심스레 오줌을 누고는 거실 복도로 나왔다. 바지 주머니 속에서 진동이 울린 건 바로 그때였다. 동우는 화들짝 놀라 주머니에 손을 넣었다. 그제야 아빠 핸드폰을 갖고 있다는 사실을 기억해 냈다.

"휴."

핸드폰의 존재를 까맣게 잊고 있던 터라 그야말로 심장이 멎을 뻔했다. 동우는 가슴을 쓸어내리며 핸드폰을 꺼내 확인했다. 아빠는 비밀번호를 설정하지 않아 누구든 핸드폰을 열 수 있었다. 최창호에게서 한 통의 문자메시지가 와 있었다. 최창호라면 동우도 아는 사람이었다. 신문기자이고 아빠와 제일 친한 친구. 아빠에게 몇 번 들은 기억이 났다. 동우는 호기심을 이기지 못하고 문자메시지를 읽었다.

　—자고 있을 것 같아서 문자 보낸다. 나도 방금 연락받았거든. 몇 다리 건너다 보니까 보험 조사원을 소개받을 수 있었어. 그 사람 말이 오두신과 이은영 부부는 그쪽에도 보험을 들었다네. 어린이용 보험 말이지. 그리고 당연히 보험금을 엄청 타 먹었대. 처음에는 긴가민가했는데 애들이 번갈아 가면서 한 달에도 몇 번씩 병원 신세를 지니까 보험사에서 의심을 했나 봐. 그래서 본격적으로 조사를 해 보자 했는데 막내가 실종된 거야. 그 뒤로는 너도 알다시피 온 가족이 사라졌고. 그런데 더 이상한 게 뭔 줄 알아? 보험 조사원들은 물론이고 홍신소까지 동원해서 이 가족을 찾았는데 정말이지 단서 하나 발견되지 않았다는 거야. 그야말로 증발한 거지. 보험 조사원 양반이 그러더라고. 오두신과 이은영 부부는 한번 맛을 들였으니 살아 있는 한 어디선가 또 같은 짓을 할 텐데 그런 흔적이 없으니 환장하겠다고.

　문자는 더 길게 이어졌지만 동우는 핸드폰을 주머니에 집어넣었다. 심장이 쿵쾅거렸다. 아주 작고 희미한 생각이 머릿속에 싹을 틔웠고 조금씩 자라나기 시작했다.
　"모두 사라진 건 아니야."
　동우는 중얼거렸다. 아빠의 말에 의하면 고만우라는 사

람이 첫째와 둘째를 데리고 있었다. 다시 말해 진짜로 행방불
명이 된 것은 양부모, 그러니까 오두신과 이은영뿐이다. 그건
무슨 뜻일까?

설마…….

동우는 다시 거실로 향했다. 소파에는 희우와 지우만 앉
아 있었다.

"아빠는?"

"답답해서 잠깐 나갔다 오신대."

희우가 대답했다.

"어? 이건 누구 거야?"

지우가 그렇게 말하며 소파에서 핸드폰을 집어 들었다. 동
우가 발견했던 바로 그 핸드폰이었다.

"아! 그거 오빠 줘 봐."

"지우도 핸드폰 하고 싶어. 심심하단 말이야."

지우가 입술을 비죽 내밀었다.

"오빠가 먼저 한번 볼게."

"치이. 지우 화낸다."

지우가 볼을 부풀렸다.

"지우야. 그러지 말고 언니 방에 가서 인형 놀이 할까?"

눈치 빠른 희우가 그렇게 말하자 지우가 금세 웃었다.

"좋아!"

"조심해."

지우를 데리고 2층으로 올라가는 희우에게 조용히 말한 뒤 동우는 핸드폰을 열었다. 바로 사진첩 화면이 떴다. 동우는 사진첩에 가득 담긴 동영상을 보며 고개를 갸우뚱했다.

'여긴 우리 집인데?'

동영상 중 몇 개의 첫 화면에는 바로 이 집이 찍혀 있었다. 동우는 호기심을 이기지 못하고 맨 첫 동영상을 눌렀다. 김 법사를 방해할까 봐 소리는 겨우 들릴 정도로 낮췄다.

영상은 파란 지붕 집을 배경으로 나란히 선 세 아이를 보여 주는 것으로 시작됐다. 동우는 그 아이들이 바로 오준영과 오수영, 그리고 오하영이라는 것을 알아챘다. 화면 밖에서 여자 목소리가 들렸다.

"자, 새집에 이사 온 소감을 말해 봐."

셋은 어색한 미소를 지으며 차례대로 입을 열었다. 그러자 다시 여자 목소리가 날아들었다.

"앞으로 우리 가족은 특별한 일이 있을 때마다 이렇게 영상을 찍을 거야. 즐겁고 기쁜 장면일수록 두고두고 보면 좋으니까."

여자의 목소리는 상냥하고 부드러웠다. 아이들도 모두 웃고 있었다.

하지만…….

동우는 자기가 긴장하고 있다는 걸 깨달았다. 이들의 운명을 알기 때문일까, 앞으로 나올 영상이 무척 끔찍할 거라는 예감이 동우의 머리를 마구 두드려 댔다.

하나의 영상이 끝나고 다음 영상이 자동으로 재생됐다. 집 안을 둘러보는 평범한 영상이었다. 동우는 다시 사진첩으로 돌아가 나머지 동영상을 빨리 훑었다. 그때 심상치 않은 장면이 눈에 들어왔다. 바로 재생을 눌렀다.

현관문이 보였다. 세 아이가 모여 있었다. 가오리처럼 넓게 펼쳐지는 검은색 비옷을 입고 검은색 장화를 신은 남자도 서 있었다. 그 남자가 바로 오두신이었다. 그는 무표정하게 어딘가를 보고 있었다. 그 시선이 닿는 곳에 첫째인 오준영이 있었다. 오준영은 허옇게 질린 얼굴로 덜덜 떨었다.

"자, 준영이 착하지?"

다시 그 여자, 이은영의 목소리가 들렸다. 핸드폰을 들고 있는 모양이었다. 오준영은 떨면서 손가락을 현관문에 가져다 댔다.

동우는 고개를 갸우뚱했다. 뭘 하려는지 알 수가 없었다. 이를 악문 채 눈물을 뚝뚝 흘리는 오준영의 얼굴이 클로즈업 됐다. 그 옆에 선 오수영과 오하영도 덩달아 우는 중이었다.

"조금 아플 거야. 하지만 소리는 지르면 안 돼."

이은영이 다시 말했다. 그러자 오두신이 열린 현관문을 잡았다. 무표정한 그대로.

혹시?

섬뜩한 생각이 동우의 머릿속을 스치고 지나갔다. 심장이 미친 듯이 뛰었다.

"잘할 수 있을 거야! 넌 할 수 있어! 준비됐니?"

이은영이 물었고 오준영은 고개를 끄덕였다.

다음 순간, 오두신이 예고도 없이 현관문을 힘껏 닫았다. 뿌직. 기분 나쁜 소리가 생생하게 들렸다. 오준영은 입술을 깨물며 발버둥 쳤다. 현관문에 낀 손가락 두 개가 이상한 각도로 구부러졌다. 피까지 흘러내렸다.

동우는 입을 크게 벌린 채 멍하니 화면만 바라봤다. 눈을 돌리고 싶어도 그럴 수가 없었다. 온몸이 묶여 있는 듯했다. 신음조차 나오지 않았다.

"잘했어. 아주 잘했어."

이은영의 말이 마치 동우 자신에게 하는 것처럼 들렸다.

죽을힘을 다해, 간신히 마른침 한 번을 삼키는 사이 다음 영상으로 넘어갔다. 가족 모두가 식탁에 둘러앉아 있었다. 식탁 가운데 놓인 불판에서 고기가 지글지글 익어 갔다. 아이들의 표정은 어두웠다. 오준영은 다친 손가락에 붕대를 감은 채 고개를 푹 숙이고 있었다.

"오빠가 착한 일을 한 덕분에 고기를 먹게 된 거야. 그러니까 오빠에게 박수!"

이은영의 말이 떨어지자마자 가족들은 박수를 쳤다. 오수영과 오하영은 필사적으로 웃었다. 오준영은 젓가락을 들어 고기를 집은 뒤 게걸스레 먹기 시작했다.

동우는 구토가 올라오는 걸 간신히 참았다.

"으으으."

손으로 입을 막았지만 그런 소리가 동우도 모르게 새어 나왔다. 어지러웠다. 목덜미에 땀이 맺혔다. 손톱자국이 날 정도로 주먹을 꽉 쥐었다. 그렇게라도 하지 않으면 정신을 잃을 것 같았다.

다음 영상의 주인공은 오수영이었다. 식탁 앞에 앉은 오수영을 오빠와 동생이 양옆에서 붙잡고 있었다. 오두신이 둘째의 입을 강제로 벌렸다.

"천천히 다 먹어야 된다. 말 안 듣는 나쁜 아이는 어떻게 되는지 알지? 창고에 가는 거야. 창고엔 뭐가 있지? 문둥이 귀신이 나쁜 아이한테 벌을 줄 거야."

이은영의 목소리가 들리면서 화면이 식탁 위에 놓인 썩은 음식으로 넘어간 순간, 동우는 더 이상 참지 못하고 영상을 건너뛰었다.

다음 영상도, 그다음 영상도, 그리고 또 그다음 영상도 모조리 끔찍했다. 나쁜 아이를 찾는다며 숨바꼭질하는 영상도 몇 개나 있었다. 잡힌 아이는 스타킹 안에 넣은 쇠구슬로 온몸을 맞아야 했다. 동우는 오하영이 계단에서 안절부절못하며 서 있는 장면을 마지막으로 정지 버튼을 눌렀다. 손이 너무 떨려 핸드폰을 들고 있기조차 힘들었다. 말라 가던 옷이 땀으로 다시 푹 젖었다. 동우는 잠시 눈을 감았다. 그 순간 코

피가 흘러내렸다.

"아!"

동우는 탁자 위에 놓인 티슈를 손에 잡히는 대로 뽑아 코를 막았다.

그때였다.

"으아아!"

김 법사가 갑자기 소리를 질렀다.

김 법사는 숨 쉬기가 괴로운 듯 입을 한껏 벌린 채로 계속 가슴을 두드렸다. 놀란 동우가 김 법사에게 달려갔다.

"괜찮으세요?"

김 법사는 거칠게 숨을 몰아쉬며 더듬더듬 말했다.

"카…… 카…… 칼."

"칼이요?"

동우는 김 법사 앞에 놓인 도구를 눈으로 훑었다. 막대기, 방울, 부채……. 있었다. 동우는 손바닥 크기만 한 작은 칼을 발견했다. 칼자루에 형형색색의 실이 달려 있었다. 그 칼을 집은 동우는 김 법사의 손에 쥐여 주었다.

"여기요!"

칼을 받아 든 김 법사가 허공에 대고 몇 번이나 칼질을 했다. 다음 순간 팽팽하게 당겨진 무언가가 끊어지기라도 한 것처럼 핑, 하는 소리가 났다.

"헉!"

균형을 잃고 뒤로 넘어지려던 김 법사를 동우가 간신히 잡았다.

"고, 고맙다. 니 아니었으면 큰일 치를 뻔했다. 아이고 마."

김 법사는 정신을 차린 듯 보였다.

"뭐가 잘못됐어요?"

"힘겨루기에서 내가 자꾸 밀린다. 이상하다. 아무리 생각해도 이리 강할 리가 없는데……."

김 법사는 고개를 갸우뚱하더니 꼬아 놓은 부적에 불을 붙인 후 연기를 피웠다. 연기가 살아 있기라도 한 것처럼 퍼져 나가더니 안방 문틈으로 빨려 들어갔다. 그걸 보고 있던 김 법사가 벌떡 일어났다.

"안 되겠다. 이래 하면 내가 먼저 나가떨어지겠다. 안에 들어가서 결판을 내야지 안 그라믄 답도 없다. 니 아빠는 어디 갔노? 같이 들어가야 하는데."

"아빠요? 제가 데리고 올게요."

동우는 급한 마음에 현관을 향해 달렸다. 그 순간 핸드폰에서 재생 중이던 동영상 속 소리에 멈춰 섰다. 볼륨을 높이지도 않았는데 그 소리가 유독 크게 울려 퍼졌다.

"자, 막내가 없으니 오늘은 누가 착한 일을 할까?"

동우는 핸드폰을 들어 올리고 뚫어지게 바라봤다. 긴장한 표정으로 서 있는 오준영과 오수영이 보였다.

"그, 그 전에 두 분 다 이것 좀 드셔 보세요."

그렇게 말한 사람은 오준영이었다. 오준영은 투명한 비닐 봉투 속에서 작은 페트병 두 개를 꺼냈다.

"그게 뭐니?"

"약수요. 새벽에 저랑 수영이가 약수터 가서 떠온 거예요. 이게 몸에 좋다고 해서."

"어머. 둘 다 정말 착한 아이구나."

이은영의 밝은 목소리가 들린 후 화면이 살짝 아래로 내려갔다. 아마 핸드폰을 식탁에 올려놓은 모양이었다. 잠시 후 이은영과 오두신이 벌컥벌컥 물 마시는 소리가 들렸다.

"약수라서 그런가? 물이 다네."

이은영이 그렇게 말한 것과 동시에 화면 밖에서 끄윽 하는 이상한 소리가 들렸다. 그 소리는 곧 고통에 찬 비명으로 바뀌었다.

"으악!"

"뭐, 뭐야?"

이은영이 소리를 질렀다.

"수영아. 어서 찍어!"

오준영의 말이 떨어지기가 무섭게 화면이 바뀌었다. 오수영이 핸드폰을 든 것이다. 새로운 구도의 화면 속에서 이은영과 오두신이 가슴을 쥐어뜯으며 괴로워하고 있었다.

"물에 뭘 넣은 거야?"

이은영이 악을 썼다. 오두신은 무릎을 꿇고 피를 토했다.

목과 가슴 부위를 얼마나 긁었는지 새빨간 손톱자국이 가득
했다.

"이, 이것들이!"

이은영은 몇 발자국 다가오다가 결국 주저앉았다. 이은영
도 역시 피를 토했다. 시뻘건 피로 물든 이은영의 얼굴은 그야
말로 귀신처럼 보였다. 이은영이 발버둥 치는 사이 오두신은
완전히 쓰러져 움직이지 않았다.

"내, 내가 이대로 죽을 줄 알아? 귀신이 돼서 복수할 거
야! 사지가 썩어 문드러져도 나는 영원히 이 집에서…… 으아
아아악!"

끔찍한 비명을 마지막으로 이은영이 쓰러졌다. 바닥에 엎
드린 채 숨을 쉬지 않는 이은영을 핸드폰은 오래도록 찍고 있
었다.

"됐어. 계획대로 하자."

오준영의 목소리가 들렸다.

그때였다.

다다다다다다다다다!

죽은 줄로만 알았던 이은영이 무서운 속도로 바닥을 기어
서 오수영을 덮쳤다. 오수영의 비명과 함께 화면이 크게 흔들
렸다.

"으악!"

영상을 보던 동우 역시 비명을 질렀다.

"이, 이게 뭐꼬?"

어느새 다가온 김 법사가 잠긴 목소리로 중얼거렸다.

동영상이 계속 이어졌다. 화면 안으로 오준영의 팔이 쑥 들어왔다. 손에는 비닐 봉투를 들고서. 오준영이 봉투를 이은영의 얼굴에 씌웠다. 그러고는 힘껏 잡아당겼다.

커억.

커억.

커억.

이은영이 숨을 몰아쉴 때마다 그런 소리가 들리며 봉투 안에 김이 맺혔다. 시간이 한참 흘렀다. 이은영의 부릅뜬 눈에 빛이 사라졌다. 더 이상 김도 맺히지 않았다. 그 대신 오준영의 거친 숨소리만 들렸다. 이윽고 이은영의 몸이 축 늘어졌다. 눈을 뜬 채로. 화가 난 표정 그대로.

폭우가 내리는 바깥을 잠시 보여 주던 영상이 창고 장면으로 넘어갔다. 오준영이 죽은 이은영을 질질 끌고 창고 깊숙이 들어갔다. 잠시 허리를 편 오준영은 바닥에 깔린 합판을 걷어 냈다. 그러자 깊이를 알 수 없는 지하 공간이 나타났다.

"여기라면 아무도 모를 거야."

오준영이 그렇게 말하며 지하 공간 안으로 이은영을 밀어 넣었다. 오두신 역시 똑같은 방법으로 처리했다. 그러고는 합판을 덮고 그 위에 찌그러진 드럼통까지 옮겨 놓았다.

"됐어?"

"됐어!"

오수영이 물었고 오준영이 대답했다. 환하게, 너무도 환하게 웃는 오준영의 얼굴이 화면 가득 잡혔다.

영상은 거기서 끝났다.

"하아."

동우는 한숨을 크게 쉬고서야 자신이 숨을 참고 있었다는 사실을 깨달았다. 이제 모든 게 확실해졌다. 모든 의문이 풀렸다. 그리고…….

"원귀는 오하영이 아니었어요."

동우가 김 법사에게 말했다.

김 법사는 고개를 돌려 안방을 노려봤다. 그러면서 중얼거렸다.

"속았네. 악귀 중에서도 제일 고약한 악귀가 들러붙었는데 그걸 몰랐네."

"이제 어떻게 해요?"

동우가 물었다.

"정체를 제대로 알았으니 내도 씨게 나가야지!"

김 법사는 그렇게 말하며 품에서 부적을 꺼냈다. 아무것도 적혀 있지 않은 부적이었다.

"이렇게까지 하게 될 줄은 몰랐다."

김 법사는 탁자 위에 빈 부적을 올려놓은 뒤 망설임 없이 칼로 오른손 검지를 베었다.

"윽."

동우가 떨어지는 피를 보며 인상을 썼다.

김 법사는 노란색 부적 위에 피로 알아볼 수 없는 글자를 쓰기 시작했다.

"창고 지하에 죽어 있는 잡것들한테 이걸 붙이면 되는 기라. 그라믄 귀신의 맥이 끊기고 너거 엄마 빙의도 풀릴 기다."

부적 두 장을 완성한 김 법사가 자리에서 일어났을 때였다. 현관문이 열리며 아빠가 들어왔다.

"어데 갔었습니꺼? 을매나 큰일이 벌어졌는데! 내랑 창고에 같이 좀 가입시더. 아! 맞다. 야야. 그거 좀 줘 봐라."

현관으로 다가가던 김 법사가 멈춰 서서는 동우에게 말했다.

"네."

동우는 부적 두 장을 집어 들고 돌아섰다. 바로 그때 그 찜찜한 기운이 다시 느껴졌다.

뭐지?

도대체 뭐지?

동우는 무표정하게 서 있는 아빠를 위아래로 훑었다. 그 순간 낯선 무언가가 동우의 눈에 들어왔다.

검은 장화.

아빠는 창고에서부터 검은 장화를 신고 있었다.

"아!"

또 하나, 섬뜩한 깨달음이 동우의 머릿속에 떠올랐다.

그러고 보니 아빠는…… 희우와 지우를 한 번도 찾지 않았다. 단 한 번도.

"조심해요!"

동우가 그렇게 외친 순간 아빠가 뒤에 숨기고 있던 삽으로 김 법사의 머리를 때렸다. 퍽, 하는 소리가 들렸고 김 법사가 그대로 쓰러졌다. 오두신에게 빙의된 아빠가 천천히 동우를 향해 고개를 돌렸다. 그러자 기다리고 있었다는 듯 안방 문도 벌컥 열렸다. 동시에 촛불이 모두 꺼졌다. 빛 한 점 없는 완전한 어둠이 찾아왔다. 그 어둠 속에서 김 법사의 목소리가 들렸다.

"도망쳐……."

번쩍!

이미 말라 버린 하늘에 번개 한 줄기가 긋고 지나갔다. 짧은 순간, 동우는 안방에서 나온 엄마를 봤다. 엄마는 문둥탈을 쓰고 있었다.

"아이들은 어디 있니?"

엄마, 아니 이은영의 목소리가 낮게 울려 퍼졌다.

다시 찾아온 암흑 속에서 작은 손 하나가 동우를 잡아당겼다.

"오빠. 빨리!"

희우였다.

그제야 정신을 차린 동우는 어느새 내려온 두 동생과 함께 거실 복도를 가로질렀다. 부적을 꼭 쥐고서.

"오하영이 나타나서 알려 줬어. 도망쳐야 한다고."

희우가 속삭였다.

딱 붙어 앉았지만 희우와 지우의 얼굴이 보이지 않을 정도로 어두웠다. 셋은 벽장 안에 숨었다.

"아이들은 어디 있나?"

멀리서 그 소리가 들렸다. 지우가 움찔하며 몸을 떨었다.

"이제 어떡해?"

지우가 울먹이며 물었다.

"일단 조용히 해야 해. 오빠가 생각해 둔 게 있어."

동우는 주머니에서 아빠 핸드폰과 수지에게서 받은 메모를 꺼냈다. 지금은 숨소리도 내면 안 된다. 경찰에 신고 전화를 걸 수도 없다. 그렇다면…….

핸드폰에 수지의 전화번호를 입력한 뒤 문자메시지를 썼다.

―도와줘!

동우는 보내기 버튼을 눌렀다. 그러고는 핸드폰을 집어넣었다. 다시 어둠이 찾아왔다.

스윽.

스윽.

스윽.

발을 질질 끄는 소리가 점점 가까이 다가왔다. 검은 장화를 신은 아빠가 분명했다. 동우는 제발 그냥 지나치기를 기도했다. 지금 들키면 바로 끝장이었다.

스윽.

스윽.

발소리가 멈췄다. 동우는 주먹을 꽉 쥐었다. 심장이 터질 듯이 뛰었다. 금방이라도 벽장문이 열릴 것 같았다. 잠시 후, 다시 발소리가 들렸다.

스윽.

스윽.

갔다!

아빠는 벽장을 지나쳐 복도 끝으로 가고 있었다. 충분히 멀어졌다고 생각한 동우가 살며시 문을 열었다.

"나가자."

동우는 최대한 작게 속삭이며 복도로 나갔다. 희우와 지우도 뒤를 따랐다.

"잘 들어."

동생들의 손을 잡은 채로 동우가 말했다.

"우린 창고로……."

그때였다.

동우는 인기척을 느꼈다. 등 뒤였다. 악취가 풍겼다. 찌르는 듯한 시선이 동우의 등을 달궜다. 동우는 간신히 고개를 돌렸다. 아무것도 보이지 않았다.

착각인가?

그런 희망이 살며시 올라온 순간 무뚝뚝한 남자 목소리가 들렸다.

"찾았다."

"꺄악!"

희우와 지우가 동시에 비명을 질렀다. 동우는 도망치려 했으나 그럴 수 없었다. 아빠가 손을 뻗어 동우의 머리카락을 꽉 잡았다. 그때 어둠 속에서 또 다른 소리가 들린다 싶더니 환한 빛줄기가 날아들었다. 손전등 불빛이었다.

퍽!

동우는 김 법사가 손전등으로 아빠 머리를 내려치는 모습을 똑똑히 봤다. 아빠가 휘청하며 쓰러졌다.

"빨리 창고로 가라. 내 말 무슨 뜻인지 알제?"

그렇게 말하는 김 법사 역시 머리에서 피를 철철 흘리고 있었다.

"법사님은?"

"내가 막고 있을 테니까 어서 가라!"

김 법사는 흠칫 놀라며 거실 쪽으로 손전등을 비췄다. 불빛의 끝에 엄마가 서 있었다. 빛을 받은 문둥탈은 허공에 둥

둥 떠 있는 것 같았다.

"빨리!"

김 법사의 재촉에 동우가 동생들을 데리고 자기 방으로 들어갔다. 그런 뒤 창문을 열고 마당으로 뛰어내렸다. 축축하게 젖은 흙바닥이 차가웠다. 맨발을 타고 한기가 그대로 전해졌다.

"창고까지 뛰자!"

동우가 소리쳤다.

"창고 무서워."

지우는 끝내 울음을 터트렸다.

"아니야. 창고에 가야 해결할 수 있어."

창고까지는 금방이었다. 동우는 혹시나 하는 마음에 고개를 돌려 주위를 살폈다. 그때 세탁실 쪽문이 열린 것을 발견했다. 누군가가 밖으로 나왔다는 뜻이었다. 동우는 급히 멈췄다. 그러고는 희우와 지우에게 외쳤다.

"오빠 뒤에 딱 붙어!"

누구지?

어디 있는 거지?

일단 동우의 시야에는 아무것도 들어오지 않았다. 그때였다. 희우가 덜덜 떠는 목소리로 말했다.

"오, 오빠. 저기……."

희우는 토끼장을 가리켰다. 거기에 있었다. 토끼장과 바닥

사이의 좁은 공간에 문둥탈을 쓴 엄마가 납작 엎드려 있었다. 어둠 속에서도 문둥탈만은 똑똑히 보였다.

"창고 안으로……."

동우가 말을 끝내기도 전에 엄마가 기어 왔다.

다다다다다다다다다다!

마지막 영상 속에서 이은영이 그랬던 것처럼.

동우는 얼어붙었다. 피할 수가 없었다. 그 순간 그네 쪽에서 시커먼 무언가가 번개처럼 달려왔다.

컹! 컹!

호떡이였다.

호떡이는 엄마가 쓴 문둥탈을 물고 늘어졌다.

"호떡아!"

지우가 소리쳤다.

"지금이야. 빨리 창고로!"

동우는 동생들을 이끌고 창고 안으로 들어갔다. 그러고는 바로 문을 닫고 동생들에게 말했다.

"둘이서 문을 꼭 잡고 있어. 절대 열어 주면 안 돼! 오빠 돌아올 때까지 버티는 거야. 알겠지?"

지우는 겁먹은 표정으로 눈물을 뚝뚝 흘렸지만 희우는 달랐다. 힘차게 고개를 끄덕이더니 문고리를 잡았다. 그제야 지우도 언니를 따라 했다.

"빨리 끝내고 올게."

동우는 영상에서 봤던 대로 창고 안쪽으로 쭉 들어갔다.
아빠 핸드폰을 가지고 있어 천만다행이었다. 그 불빛에 의지
해 드럼통을 찾았다.

"이거야."

동우는 드럼통을 밀었다. 생각보다 훨씬 무거웠다. 온 힘
을 다해 밀자 드럼통이 조금씩 움직였다. 순조롭게 밀리던 드
럼통은 갑자기 어디에 낀 건지 전혀 움직이지 않았다. 1미터
정도만 더 밀면 합판을 들 수 있을 것 같았다. 동우는 뒤로
물러섰다가 드럼통을 향해 몸을 날렸다.

쾅!

성공이었다. 드럼통은 밀리다 못해 아예 넘어졌다. 그러자
드럼통 안에 들어 있던 시커먼 액체가 흘러나왔다. 알싸한 냄
새가 동우의 코를 찔렀다. 주유소에서나 맡을 수 있는 기름
냄새였다.

동우는 냄새를 무시하고 합판을 들어 옮겼다. 그러자 바
로 그 공간이 모습을 드러냈다. 깊이를 알 수 없는 지하실. 동
우는 잠시 망설였다. 그때였다.

"안 돼요!"

희우의 외침이 들렸다. 뒤이어 창고 문을 두드려 대는 소
리가 이어졌다. 지우의 울음도.

"엄마. 아빠. 제발 그러지 마. 지우 무섭단 말이야."

문이 금방이라도 열릴 것 같았다. 동우는 크게 숨을 쉰 뒤

핸드폰 조명을 비추며 지하실로 내려갔다. 지하실은 말로는 표현하기 힘든 악취가 가득했다. 바닥에 내려선 동우는 오두신과 이은영의 시체를 찾으려고 이리저리 살폈다. 서늘한 공기가 동우를 감쌌다.

"엄마. 아빠. 너무 무섭다니까!"

지우가 우는 소리가 더 크게 들렸다. 아무래도 문이 열린 모양이었다. 동생들을 향해 다가가는 엄마와 아빠의 모습이 눈앞에 훤히 그려졌다. 동우는 애가 탔다. 시체가 왜 보이지 않는지 알 수 없었다.

"제발, 제발 이러지 마세요. 빨리 원래 엄마 아빠로 돌아와 주세요."

이번에는 희우가 애원했다.

동우는 지하실 안으로 더 깊이 들어갔다. 핸드폰 조명에 뭔가가 보였다. 그곳으로 다가갔다. 바로 거기에 오두신과 이은영의 시체가 있었다. 전혀 썩지 않은 끔찍한 모습 그대로.

"좋아. 유동우. 넌 할 수 있어!"

각오는 했지만 막상 시체를 마주하니 저절로 다리에 힘이 풀렸다. 이은영의 부릅뜬 눈이 자신을 노려보는 것만 같아 동우는 슬쩍 고개를 돌렸다. 무서웠다. 숨도 쉬지 못할 만큼.

"살려 주세요!"

지우가 외쳤다.

"엄마!"

희우의 목소리가 뒤집어졌다.

그 소리가 동우를 움직였다. 부적을 꺼낸 동우는 먼저 오두신의 시체에 한 장을 붙였다. 그 순간 이은영이 동우의 팔을 잡았다.

"으악!"

동우는 비명을 질렀다. 착각도 아니고 환각도 아니었다. 죽었어야 할 악귀가 되살아나 동우의 팔을 잡아당겼다. 얼음장처럼 차가운 손이었다. 힘도 무시무시했다. 동우는 정신이 아득해졌다.

"오빠. 빨리 도와줘!"

희우의 외침에 동우는 간신히 정신을 차렸다.

"놔!"

동우는 소리를 질렀다. 그러고는 주머니에서 거울을 꺼냈다. 몽골 아저씨가 준 바로 그 거울이었다. 거울을 들이밀자 이은영의 손아귀에서 힘이 빠졌다. 동우는 그 틈을 타 팔을 빼냈다. 동시에 거의 몸을 날리다시피 해서 들고 있던 부적을 붙였다.

잠시 후 김 법사의 목소리가 들렸다.

"잘했다! 빨리 올라와."

막상 그 말을 들으니 힘이 쭉 빠졌다. 동우는 비틀거리며 계단으로 다가갔다. 한 계단 한 계단을 오르는 게 너무나 힘들었다. 이번에야말로 진짜 정신을 잃을 것 같았다. 눈이 슬슬 감겼다. 입구까지 두 계단을 남겨 두고 동우는 주저앉았다. 힘이 하나도 남아 있지 않았다.

그때였다.

크고 따뜻한 손이 쑥 내려와 동우의 손을 잡았다. 동우는 고개를 들어 위를 올려다봤다. 아빠였다. 아빠가, 그렁그렁 눈물이 맺힌 눈으로 동우를 보고 있었다.

"아빠?"

"그래. 아빠야. 어서 올라와."

동우는 울음이 터지려는 걸 꾹 참으며 위로 올라갔다.

"동우야!"

희우와 지우를 달래고 있던 엄마가 얼른 다가와 동우를 끌어안았다.

"고마워. 정말 고마워, 동우야."

"으앙."

동우는 끝내 울음을 터트리고 말았다. 아이처럼 마구 울었다. 밤새 울 수도 있을 것 같았다.

"이제 끝을 보입시더."

김 법사가 그렇게 말하며 창고로 다가갔다. 동우와 가족들은 마당에 주저앉아 있었다. 모두 몰골이 말이 아니었다. 제일 심한 건 김 법사였다. 머리를 다쳤을 뿐 아니라 왼팔도 부러져 덜렁거렸다. 그럼에도 김 법사는 손수 마무리를 지으려

했다.

"마침 기름도 쏟아졌겠다, 아주 잘 타겠네!"

김 법사가 라이터를 켜서 창고 안으로 던져 넣었다. 그러자 금세 연기가 피어올랐다.

"법사님. 위험하니까 빨리 이쪽으로 오세요."

아빠가 말했다.

"그라입시더."

김 법사가 동우 옆에 앉으며 앓는 소리를 냈다.

"아이고. 삭신이 쑤신다."

그 말이 신호라도 된 듯 창고에서 불길이 확 치솟았다. 시커먼 연기가 하늘 위로 끝없이 올라갔다.

"진짜 잘 타네요."

"저거라도 태워 버리면 조금은 안심할 수 있을 겁니더. 물론 집이 뒤틀린 건 차차 고쳐야겠지만."

아빠의 말에 김 법사가 대꾸했다.

"한 가지만 여쭤봐도 될까요?"

내내 입을 열지 않던 엄마가 조심스레 말했다.

"얼마든지요."

"전에 살던 사람들…… 집이 뒤틀려서 그렇게 변한 걸까요, 아니면 원래 나쁜 사람이었던 걸까요?"

김 법사는 잠시 생각한 후 대답했다.

"터가 안 좋은 집에 산다고 다 이상하게 변하는 건 아입니더. 언제나 사람이 문제지요. 사람 욕심이."

먹구름이 걷히며 달이 모습을 드러냈다.

컹!

호떡이가 달을 보며 힘차게 짖었다.

저 멀리서 사이렌 소리가 들렸다.

동우는 바닥에 벌렁 드러누워 눈을 감았다. 졸음이 쏟아졌다. 정신이 몽롱해지려는 찰나 지우 목소리가 들렸다.

"이제 우린 어디서 살아? 여긴 나쁜 집이잖아."

"좋은 집으로 만들어 가야지."

아빠의 말을 마지막으로 동우는 깊은 잠에 빠져들었다.

5월 16일 토요일

5월의 맑은 날씨 아래 방송국 로고를 단 승합차 몇 대가 나타났다가 사라졌다. 마지막으로 들어온 방송국 차량에서 카메라맨과 리포터가 내렸다. 리포터는 파란 지붕 집을 배경으로 선 후 멘트를 준비했다. 살짝 긴장한 듯 리포터가 주위를 두리번거렸다. 현장에는 마을 주민을 비롯해 구경꾼이 많이 모여 있었다.

"준비됐어?"

카메라맨이 묻자 리포터가 고개를 끄덕였다.

"좋아. 큐."

"……충격적인 사실들이 속속 밝혀지는 가운데 어제 경찰들이 불에 탄 창고 지하에서 두 구의 시체를 발견했습니다. 경찰은 앞으로……."

몇 분간의 짧은 촬영을 마치고 그날의 마지막 보도 차량이 표표히 떠났다. 그러자 구경하던 사람들도 하나둘 자리를 떴다. 마지막까지 남아서 파란 지붕 집을 지켜보던 이들은 어린 소년과 소녀였다. 검은색 양복을 입은 소년이 소녀에게 말했다.

"우리도 그만 가자. 다 끝났잖아."

단발머리에 흰색 핀을 꽂은 소녀가 고개를 끄덕였다.

"그래. 오빠. 그런데……."

둘은 마당을 빠져나가 저 멀리 서 있는 승용차를 향해 걸어갔다.

"그런데 뭐?"

소년이 물었다.

"진짜 다 끝난 걸까?"

소녀의 목소리가 떨렸다. 소년은 대답하지 않았다. 소년과 소녀가 말없이 걸어 내려갈 때쯤 한 여자가 파란 지붕 집 뒤편에서 모습을 드러냈다.

여자는 눈으로 둘의 모습을 뒤쫓았다. 여자는 마치 재미있는 일이라도 생각났다는 듯 벙긋거렸다. 바람이 불었고, 그럴 때마다 여자가 입은 치마 밑단이 펄럭거렸다. 치마 안은 텅 비어 있었다.

이은영은 잿더미가 된 창고를 바라보다가 한순간 고개를 돌려 환하게, 아주 환하게 웃었다. 충분히 만족스럽다는 듯이.

작가의 말

거짓말쟁이의 변명

내가 사랑하고 존경하는 작가 스티븐 킹은 이런 말을 했다.

"문학의 주된 임무는 이것입니다. 존재하지도 않는 사람들에 대한 있지도 않은 거짓말로 우리 자신에 대한 진실을 드러내는 것."

나는 오랜 시간 제법 그럴싸한 거짓말쟁이로 살아왔다. 꾸며 낸 이야기로 사람들을 즐겁게 만드는 일에 보람도 느꼈다. 기막힌 거짓말이 떠오를 때면 그걸 빨리 풀어놓고 싶어 몸살이 날 지경이었다. 칠흑 같은 어둠 속에서 뒤숭숭한 이야기를 나누는 모임도, 저수지에 나타나는 물귀신도, 저주받은 고시원도, 주부 탐정단도, 사이비종교와 싸우는 고등학생도 모두 거짓말 속에서 탄생했다.

이 작품《뒤틀린 집》도 하나의 거짓말에서 시작됐다.

'귀신 들린 집에 사연 많은 가족이 이사를 왔다.'

언제나 그렇듯 가상의 공간, 가상의 인물, 그리고 가상의 사건을 배경으로 했고 그런 만큼 이야기 속 세세한 설정이나 에피소드는 모두 지어낸 것이었다.

하지만 이 작품을 써 내려갔던 그 긴 시간 동안 내가 꾸며 낸 이야기보다 훨씬 더 끔찍한 사건이 버젓이 일어났다. 그것도 연달아서 몇 건이나. 나는 일찍이 소설은 절대 현실을 이길 수 없다고 주장해 왔지만 실제로 그런 경우와 마주하니 좌절감에 빠질 수밖에 없었다. 내 빈약한 상상력에 대한 좌절감도, 식상한 소재가 되고 말았다는 식의 좌절감도 아니었다.

그것은 거짓말이라고도 해도 믿기 힘든 끔찍한 사건 앞에서 아무것도 할 수 없다는 사실을 깨달은 자의 좌절감이었다. 사건 기사들을 계속 읽어 가면서 긴 우울의 늪에 빠져 자주 눈물을 흘렸던 건 그런 이유 때문이었다.

그럼에도 이 이야기를 완성할 수 있었던 것은 스티븐 킹의 저 말 덕분이었다. "거짓말로 우리 자신에 대한 진실을 드러내는 것"이야말로 내가 할 수 있는 유일한 발버둥이자 몸부림이라는 생각을 했다.

길고 긴 시간을 기다려 준 안전가옥의 모든 분에게 감사를 전한다. 인내심 많은 스토리 PD 덕분에 충분한 시간을 두고 많은 고민을 할 수 있었다. 나는 이것이 내가 쓰는 마지막 장편소설일지도 모른다는 생각을 하며 《뒤틀린 집》 후반부를 작업했다. 여전히 장담할 수는 없지만, 작가의 말을 쓰는 지금은 그 생각이 조금은 변했다.

언제나 그렇듯 마지막 인사는 독자 여러분께 전하고 싶다. 나는 내 책의 판매량이나 서평 수에는 관심이 없다. 내가 거짓말을 늘어놓으며 고민하는 것은 단 하나, 내 이야기를 사랑해 주는 독자 여러분에게 얼마나 큰 즐거움을 선사할 수 있을까뿐이다. 당신들이 있기에 내가 있다. 당신들이 있기에 떠버리 거짓말쟁이는 오늘도 새로운 거짓말을 궁리할 힘을 얻는다. 고맙다.

내 다음번 거짓말에도 무사히 당신들을 초대할 수 있길 바라며…….

2021년 여름 어느 날

병상에서

《뒤틀린 집》은 2019년에 진행했던 안전가옥 원천 스토리 '하우스 호러' 공모전 수상을 통해 만나게 된 작품입니다. 하우스 호러는 호러 장르 중에서도 특히 공간에 집중하는 장르로, 가장 안전해야 할 공간인 집(House)에서, 가장 위험한 사건(Horror)이 벌어진다'는 규칙을 가지고 있습니다.

　　가장 편안해야 할 곳, 집이 그 어디보다 두려운 곳이라면. 언제든 돌아가야 할 집이 피할 수 없는 공포로 가득 찬 곳이라면 과연 얼마나 무서울까라는 질문에서 출발하는 이 장르는 얼핏 쉬워 보일 수 있지만, 결코 만만치 않습니다. 공간 자체가 가져야 할 서사와 갈등이 인물과 엮여야 하고, 무서운 장면만으로 놀라게 하기보다는 그 무서운 장면이 하필이면 그 공간에서 나와야 할 맥락도 중요하며, 무엇보다 왜 꼭 그곳, 그 집에서 무서운 일이 벌어지느냐에 대한 개연성을 필수로 가지고 있어야 하기 때문입니다. 이렇듯 하우스 호러에서 하우스는 소재적으로는 쉽게 접근하게 하지만 주제적으로는 쉽게 구축될 수 없게 하는 어려운 요소로 작동하지요.

그리고 전건우 작가님께서는 단순히 하우스 호러 장르 법칙을 따르는 데 그치지 않고 어떻게 보면 사회파 호러라고 부를 수 있는 새로운 지점까지 나아가며 결국 이 힘든 레이스를 완주해 내셨습니다.

하나의 이야기 씨앗이 싹을 틔우고, 성장하고, 열매를 맺는 과정은 사실 언제나 쉽지 않습니다. 돌이켜 보면 《뒤틀린 집》은 유독 그 과정이 어렵고 괴로웠던 순간들이 많았습니다. 그럼에도 결국 작품을 완성해 내신 전건우 작가님께 감사의 인사와 함께 존경의 마음을 보냅니다. 더불어 하우스 호러를 처음 기획하고 《뒤틀린 집》이 단단한 토대를 다질 수 있도록 그 누구보다 노력했던 김신 PD에게도 감사의 마음과 안부의 인사를 전합니다.

우리 가까이에서, 바로 지금 현실에서 벌어지고 있는, 아이들에 대한 폭력과 끔찍한 사건들이 그저 떠도는 가십거리가 아닌 진정한 이해와 도움이 될 수 있도록 《뒤틀린 집》이 작은 역할이라도 담당할 수 있기를 소망합니다.

이 작품을 끝까지 읽어 주신 모든 분께, 감사합니다.

안전가옥 스토리 PD

윤성훈 드림

뒤틀린 집

1판 1쇄 발행 2021년 11월 5일
1판 2쇄 발행 2022년 5월 31일

지은이 전건우

기획 안전가옥
콘텐츠 총괄 이지향
프로듀서 박혜신, 윤성훈,
          김보희, 반소현, 신지민, 이은진,
          임미나, 정지원, 조우리, 황찬주
퍼블리싱 박혜신, 이범학, 임수빈
편집 남다름
디자인 박연미
표지 사진 게티이미지코리아
경영전략 나현호
서비스 디자인 김보영
비즈니스 이기훈, 임이랑
경영지원 홍연화

펴낸이 김홍익
펴낸곳 안전가옥
출판등록 제2018-000005호
주소 04779 서울특별시 성동구 뚝섬로1나길 5,
      헤이그라운드 성수 시작점 201호
대표전화 (02) 461- 0601
전자우편 marketing@safehouse.kr
홈페이지 safehouse.kr

ISBN 979-11-91193-25-1 (03810)